L'inconnu des Bahamas

*

La rançon de la passion

CARA COLTER

L'inconnu des Bahamas

Traduction française de
ANNE DAUTUN

AZUR

HARLEQUIN

Collection : Azur

Titre original :
BAHAMAS ESCAPE WITH THE BEST MAN

HARPERCOLLINS FRANCE
83-85, boulevard Vincent-Auriol, 75646 PARIS CEDEX 13
Service Lectrices — Tél. : 01 45 82 47 47 - www.harlequin.fr
ISBN 978-2-2804-8934-8 — ISSN 0993-4448

Composé et édité par HarperCollins France.
Imprimé en juillet 2023 par CPI Black Print (Barcelone)
en utilisant 100% d'électricité renouvelable.
Dépôt légal : août 2023.

FSC www.fsc.org MIXTE Papier issu de sources responsables FSC® C159065

Pour limiter l'empreinte environnementale de ses livres, HarperCollins France s'engage à n'utiliser que du papier fabriqué à partir de bois provenant de forêts gérées durablement et de manière responsable.

1.

— Nous allons atterrir, monsieur.

Matteo Keller ouvrit les yeux. Il ne savait pas très bien s'il avait dormi ou sommeillé. Dans un cas comme dans l'autre, cela n'était pas habituel. En général, il profitait du temps passé à bord du jet privé de son entreprise pour rattraper sans être dérangé son travail en retard. Sa tactique contre le décalage horaire était bien rodée : la traversée lui permettait d'adapter son horloge interne, réglée sur le fuseau horaire de Zurich, à celui du lieu où il se rendait.

Oui, il avait bel et bien dormi ! pensa-t-il, médusé, regardant les documents d'affaires qui avaient glissé de son bureau sur le sol. Au temps pour sa stratégie anti-décalage horaire ! Sur son lieu d'arrivée, le soleil se couchait, et voici qu'il était on ne peut plus réveillé !

Une brochure en papier glacé surmontait les papiers épars. Matteo la ramassa. Elle décrivait sa destination, parmi les deux mille quatre cents cayes coralliennes et les sept cents îles qui formaient les Bahamas. *Coconut Bay, l'endroit le plus sûr sur terre.*

En jetant un coup d'œil sur les photos – l'hôtel et ses boutiques, la plage de sable blanc, les eaux turquoise –, Matteo se demanda pourquoi c'était la sécurité qui était mise en avant comme principal atout de ce paradis tropical. S'il avait été responsable du marketing…

La brochure marquait peut-être un point en faisant valoir qu'on pouvait ne pas verrouiller sa porte, abandonner une montre sur sa table de nuit sans risque de se la faire voler. À en croire la présentation, le taux de criminalité de la petite île qui comptait plusieurs hôtels balnéaires et un village était équivalent à zéro. Et les hôtes faisaient l'objet d'une enquête préalable soigneuse. Matteo se rappelait vaguement que son assistante lui avait posé des questions qu'il avait trouvées, sur le moment, assez indiscrètes et quelque peu irritantes.

L'île, tandis que le jet descendait vers ses rives, paraissait idyllique, assoupie et nimbée d'or. Protégée, à coup sûr.

Et pourtant, il était bien placé pour savoir que le danger résidait dans la vie même. On avait beau faire, il y aurait toujours des événements incontrôlables propres à réduire votre monde en mille morceaux.

Matteo se surprit d'avoir de telles pensées. Voilà ce qu'il avait gagné à somnoler plutôt qu'à travailler ! Au lieu de s'en tenir à ses habitudes strictes pour éviter les effets du décalage horaire. Ces pensées indésirables échappaient à sa discipline coutumière, à sa capacité à ne pas évoquer le monde qui avait été le sien ni à déplorer la rapidité avec laquelle il s'en était abstrait.

Il espérait que « l'endroit le plus sûr sur terre » ne verrait pas s'écrouler les barrières de défense qu'il avait édifiées avec soin. *Non, cela n'aura pas lieu,* se dit-il en se levant de son siège, le jet ayant atterri. *Parce que je ne le permettrai pas.*

Marlee Copeland avait en horreur les mariages à l'étranger. C'était son troisième en l'espace de deux ans.

Il fallait admettre que Coconut Bay était bel et bien la plus belle destination de toutes. La petite île tropicale était exceptionnelle : belles plages, flots paisibles, fleurs multicolores aux larges calices, manguiers, cocotiers et bananiers à perte de vue… La résidence hôtelière semblait issue d'un rêve. Les villas, à l'extérieur comme à l'intérieur, composaient une palette de blanc crème et de beiges apaisants, d'un goût exquis, en vif contraste avec le décor luxuriant de l'île.

Alors, qu'y avait-il de si détestable ici ? se demanda Marlee, caressée par l'air chaud, si différent de la grisaille qu'elle avait laissée derrière elle à Seattle.

Enveloppée par les ténèbres qui semblaient effleurer sa peau comme de la soie, elle se félicita d'avoir payé un supplément « bungalow privé » pour ne pas être hébergée avec les autres demoiselles d'honneur.

La nuit était tombée d'un coup, telle une ample cape jetée sur le ciel. Elle vit s'allumer une à une les étoiles clignotantes, contempla le lever de la lune nimbant d'argent les vagues tout proches. Elle écouta le murmure du ressac. Des rires et des voix lui parvenaient de la piscine, au loin.

Les invitées à la noce de la future mariée. Fiona avait suggéré qu'elles arrivent avec un ou deux jours d'avance. Pas pour se détendre après le stress de s'être préparées à un mariage à plusieurs milliers de kilomètres du pays natal, comme on aurait pu le supposer. Non, le but de l'arrivée précoce était de se défaire de leurs mines de « papier mâché » en prévision du grand jour. Pour être à leur avantage sur les photos qui devaient être parfaites. Fiona avait jeté un coup d'œil vers elle lorsqu'elle avait lancé son commentaire sur les teints pâlichons, Marlee en était certaine. À moins que, contrariée d'avoir à porter la robe que lui avait choisie la future mariée, elle n'ait pris pour elle une simple remarque…

Marlee soupira. Elle aurait dû se joindre aux autres, bien sûr. Mais elle n'en avait pas envie. Le fait que tout lui faisait horreur ne serait que trop visible, quels que soient ses efforts pour le cacher.

Qu'y avait-il de si détestable ici ? se demanda-t-elle une nouvelle fois. Un oiseau de nuit pépiait, les feuilles des palmiers oscillaient sous la brise, un léger parfum embaumait l'air. Tout était si romantique. Si *parfait*.

Et c'était bien ce que Marlee avait en horreur. Les mariages auxquels elle avait assisté ces derniers temps – il y en avait eu plusieurs – étaient tous semblables à celui-ci.

Elle devait avouer qu'elle était devenue cynique depuis que son propre mariage était tombé à l'eau, que des avis d'annulation avaient été envoyés et sa robe de mariée remballée pour prendre le chemin d'une friperie solidaire. Avant, à chaque noce, elle avait glané des idées, admiré des robes…

Ce mariage-ci était le premier auquel elle assistait après la débâcle du sien. Et désormais elle avait le sentiment que tous les mariages – y compris son mariage avorté – n'étaient que des mises en scène où chacun jouait la comédie, surtout la fiancée radieuse et le fiancé énamouré qui n'avaient d'yeux que pour eux-mêmes. C'était de la cérémonie à grand spectacle, imperméable aux statistiques prouvant que la suite ne correspondrait pas forcément aux espérances des futurs époux…

Cependant, Marlee savait au fond de son cœur qu'elle se racontait des histoires. Elle croyait toujours à l'amour…

Tu es jalouse, se dit-elle.

L'était-elle vraiment ? Bien sûr ! N'aurait-elle pas dû avoir droit à tout cela ? Les préparatifs de son grand jour avaient dévoré son existence pendant une année entière. Pas de noces à l'étranger pour elle, à cause de sa grande famille, mais une vieille église et un hôtel chic… Puis, six mois auparavant, son fiancé, Arthur, s'était désengagé à l'approche de leur mariage prévu au printemps. Même avec le soutien et la sympathie – la *pitié* – de sa famille et de ses amis, elle avait dû déployer autant d'efforts pour tout annuler et avertir les gens que la noce n'aurait pas lieu que pour organiser le mariage.

Sans parler de l'humiliation… Plaquée au pied de l'autel !

Non, je ne suis pas jalouse, décida Marlee. Elle était seulement fatiguée. Il n'y avait que trois heures de décalage horaire entre cette petite île et sa terre natale, mais les interminables quinze heures de vol depuis Seattle pour gagner la Floride, puis Nassau, la capitale des Bahamas, et de là Coconut Bay l'avaient épuisée. Elle ne savait même plus s'il était l'heure du lever ou du coucher. Et tout l'accablait.

Les demoiselles d'honneur venaient d'arriver du petit aéroport lorsque Fiona les avait réunies dans sa suite luxueuse de la résidence hôtelière pour la grande révélation : leurs robes. C'était la surprise qu'elle avait réservée aux amies qui l'escorteraient, un cadeau pour compenser un peu l'énorme investissement de temps et d'argent qu'impliquait un mariage à l'étranger. Fiona avait enregistré leurs mensurations mais refusé jusque-là de révéler le moindre détail sur leurs toilettes.

Jusqu'à ce qu'on soit coincées ici sans pouvoir dire non ! pensa Marlee, peu charitable.

Il y avait trois demoiselles d'honneur, et leurs robes étaient de la même couleur – hideuse ! Fiona l'avait baptisée « écume de mer », mais Marlee lui trouvait l'aspect du lichen verdâtre qui pendait, tels des doigts de fantôme, aux branches des cyprès de Louisiane.

Même si elles étaient du même vert, les robes étaient différentes, chacune étant censée refléter la personnalité de celle qui la porterait. Ainsi, Kathy avait une robe à bustier moulant et fines bretelles, avec une jupe courte et dansante qui effleurait ses longues jambes et accentuait sa sensualité naturelle. Kathy elle-même semblait avoir séjourné un mois dans une cabine de bronzage. Pas de mine de papier mâché pour elle !

La robe de Brenda était un mince fourreau sans manches qui, tout en épousant ses formes, révélait une femme de tête. Certes, Brenda était P-DG d'une grande entreprise de cosmétiques. Cette compagnie avait bâti son nom, et de considérables bénéfices, grâce à une lotion auto-bronzante baptisée Beach-in-a-Bottle – c'était donc la moindre des choses que Brenda arbore en toute saison un beau hâle doré.

Puis il y avait la toilette de Marlee. C'était hélas le genre de robe qu'aurait portée une lycéenne un peu coincée. Cette robe, en fait, était estampillée « future bibliothécaire invitée à une fête de fin d'études ». Et tant pis si Marlee était bel et bien bibliothécaire, qui plus est dotée de la mine de papier mâché qui allait avec ! Sa robe avait un col montant, des manches courtes et bouffantes et une profusion de froufrous. Comme si elle n'était pas à elle seule un vrai cauchemar, Fiona avait proclamé avec effusion :

« C'est tellement toi, Marlee ! »

Et les autres avaient approuvé !

Après la grande révélation, Fiona leur avait demandé à toutes trois de gagner leurs chambres pour se changer et mettre à l'abri les précieuses toilettes, puis suggéré qu'elles se retrouvent à la piscine pour l'apéritif. Mais Marlee s'attardait devant son bungalow – pas aussi luxueux que la suite de Fiona, mais tout de même très « bord de mer » et charmant. Elle ne s'était pas changée et, malgré une faim de loup, ne rejoignait pas la piscine. Tout ce programme préétabli lui donnait la migraine. Sans parler d'un agaçant mais croissant désir de rébellion.

Une mignonnette de rhum et un cigare de courtoisie, symboles de l'île, l'attendaient sur la table du salon. Marlee n'avait jamais fumé le cigare et encore moins bu de rhum pur. Mais aucune autre boisson n'était fournie. À cause de l'horrible robe, et ce qu'elle disait de la façon dont elle était perçue par celles qui la connaissaient le mieux, Marlee ouvrit la petite bouteille d'un geste de défi, et cala le cigare entre ses doigts, savourant la sensation d'être glamour et audacieuse, un peu comme l'héroïne d'un vieux film hollywoodien.

Si ses amies l'avaient vue en cet instant, elles auraient compris le message. « Vous ne me connaissez pas du tout ! »

Marlee goûta une gorgée de rhum. Des larmes lui picotèrent les yeux, elle toussa. Avaler de l'alcool le ventre vide, c'était comme boire du feu. Pourtant, flattée par sa propre audace, elle sentit se répandre en elle une agréable et chaude sensation. Elle prit encore une gorgée, puis considéra le cigare, tentée de l'allumer, après tout.

C'est alors qu'elle réalisa qu'elle n'était plus seule.

Le chemin qui serpentait entre les bungalows pour mener jusqu'à la plage était mal éclairé par les lanternes solaires clignotant de chaque côté de l'allée, dans l'épais feuillage en floraison. Mais elle distinguait nettement l'homme qui venait dans sa direction.

À Seattle, seule ainsi par une nuit noire, elle se serait réfugiée à l'intérieur. Mais il y avait de la lumière dans le bungalow voisin d'où lui parvenait, par sa porte ouverte, un murmure de conversations. Et elle n'oubliait pas l'affirmation de la brochure : elle était dans l'endroit le plus sûr sur terre. L'hôtel lui avait même envoyé un prospectus pour lui assurer qu'on ne recevrait pas de délinquants ou de voyous dans cette île paradisiaque. Alors, il n'était guère probable que l'homme qui venait sur le chemin soit un tueur !

De plus, le cigare entre ses doigts et le rhum bu à même le goulot la poussaient à agir comme une personne différente, moins timide, pas aussi réticente à prendre un risque. Au lieu de s'éclipser, Marlee regarda venir l'inconnu.

Il était l'un de ces spécimens masculins dont on pense : *Voilà un homme, un vrai.* Cela se voyait à sa démarche. Ce n'était pas celle d'un arrogant, mais plutôt d'un être déterminé et sûr de lui. Chacune de ses grandes enjambées traduisait une grande assurance. La serviette blanche drapée autour de son cou avait un éclat singulier dans les ténèbres.

Il était torse nu et, à mesure qu'il approchait, sa beauté virile se révélait. Il avait tout du mâle idéal. Épaules bien découplées, large torse dont les côtes se dessinaient à peine sous une peau ferme et lisse, ventre plat et musclé drapé d'un maillot boxer de couleur vive, longues jambes qui révélaient à chaque pas la perfection de leurs muscles puissants. Il allait nu-pieds.

Franchement, se dit Marlee, *je ne vois pas pourquoi tu trouves ça sexy. Normal d'avoir les pieds nus à la plage.* Il était évident qu'il allait nager. Dans l'océan, et non à la piscine. Par cette nuit noire. En solitaire.

Ça, c'était plutôt sexy, non ? Très sexy, même.

Un instinct obscur l'amena à s'immobiliser à cet instant, et il regarda dans sa direction. La lune nimbait son visage, aussi parfait que tout le reste de sa personne. Il était si beau que ç'en était rageant. Tout à fait le genre d'homme qui n'accordait jamais la moindre attention à une femme comme elle.

De nouveau, Marlee résista à l'impulsion qui la poussait à s'éclipser par la porte-fenêtre ouverte de son bungalow. N'était-ce pas cette attitude de souris de bibliothèque qui lui avait valu cette fichue robe ?

2.

À cet instant, l'homme la repéra dans la pénombre. Il hésita, puis continua son chemin, comme s'il avait le don d'identifier au premier regard les femmes de son espèce.

— Désolé, dit-il, je ne voulais pas vous faire sursauter.

Ces excuses contrarièrent Marlee, qui tentait d'avoir l'air dégagé. S'il fallait que quelque chose la surprenne, cependant, les yeux dont il était doté jouaient très bien ce rôle. Sous la faible clarté des lampadaires, ils avaient le bleu turquoise de l'océan avant la tombée de la nuit.

— Selon la carte de la résidence hôtelière, il me semble que c'est le seul chemin vers la plage, ajouta-t-il.

Voici qu'il s'excusait presque d'emprunter une voie ouverte à tous, à présent. Avait-elle donc l'air si guindé ? Il était vrai qu'elle n'avait toujours pas ôté la robe, malgré la demande de Fiona.

L'inconnu avait une voix chaude et grave, rassurante d'une certaine façon. Elle y avait perçu un très léger accent qui avait de quoi intriguer. L'ancienne Marlee – celle qu'elle était à l'arrivée, avant qu'on lui présente la robe – se serait contentée de hocher la tête en souriant poliment et de le laisser poursuivre sa route, résignée à subir son dédain.

— C'est une drôle d'heure pour aller nager, dit-elle.

Elle ne flirtait pas vraiment, elle ne se mettait pas non plus en retrait. Elle lui lançait une perche. Par défi, elle avala une nouvelle gorgée de rhum, comme pour oublier que cette attitude n'était vraiment pas dans son caractère.

Il la regarda, la tête inclinée sur le côté, ses yeux extraordinaires se plissant en une expression de surprise.

— J'ai bossé toute la journée, dit-il, et elle a été riche en rebondissements. J'ai besoin de m'éclaircir les idées.

Ainsi, il travaillait ici, à Coconut Bay. Elle se demanda ce qu'il faisait. Sûrement un job à responsabilités. Il avait l'allure de quelqu'un qui dirigeait des gens et y excellait. Elle se demanda si les défis inattendus du jour avaient à voir avec l'arrivée de Fiona, prête à jurer que oui.

— Alors, un bain de minuit est idéal pour ça ! affirma-t-elle.

Même si elle n'en savait rien. Avait-elle jamais pris un bain de minuit ? Soudain, elle fut saisie d'une envie quelque peu inédite d'explorer des univers inconnus.

Maintenant qu'elle l'avait « ferré », l'inconnu semblait ravi de mordre à l'hameçon. Son regard viril se porta sur le cigare intact qu'elle tenait entre deux doigts de la main droite. Un sourire apparut sur son visage, révélant des dents blanches et régulières, une lèvre inférieure bien renflée.

Enhardie par le rhum – ou la personnalité qu'elle avait adoptée en tenant le cigare comme si le geste lui était familier –, elle l'embrassa du regard.

Il avait du charme à revendre. Ses cheveux étaient un peu longs, ramenés en arrière, les mèches effilées lui effleurant les épaules. Raides et épais, ils étaient noirs comme l'ébène. Il avait de hautes pommettes, un nez droit, des lèvres pleines et sensuelles. Et il émettait une enivrante senteur estivale, comme si sa peau dorée avait tout le jour durant absorbé le soleil, qui irradiait à présent autour de lui.

Marlee réalisa qu'elle avait des démangeaisons au bout des doigts. Elle avait envie de le toucher. Lui, un parfait inconnu. Enfin, voyons, c'était ridicule ! Elle n'était pas ce genre de femme !

Même si, pour la première fois de sa vie, elle réalisait que, peut-être, elle désirait l'être.

— À propos de petits plaisirs insolites… rhum et cigare à minuit, est-ce vraiment sérieux ?

Il y avait dans sa voix cette note d'humour si souvent présente chez les hommes très sûrs d'eux.

— Je ne crois pas qu'il soit minuit, dit-elle.

L'inconnu ne parut pas s'offusquer du ton qu'elle avait employé, peut-être un peu agressif face à la séduction de cet homme, son assurance facile, et la façon dont, par sa seule présence, il lui laissait entrevoir tout ce qu'elle avait manqué.

— Vous l'avez suggéré la première en parlant de « bain de minuit », non ? observa-t-il.

— Ce n'est qu'une façon de parler.

— Ah…

Il devait être habitué à gérer des touristes extravagants et exigeants, et à les apaiser avec sa belle voix profonde au léger accent, avec ses yeux superbes. De fait, il sourit de plus belle. Elle nota avec délice qu'il avait une fossette, juste d'un côté.

— Il est toujours minuit quelque part, dit-il, accoutumé qu'il devait être à des visiteurs du monde entier. Allez-vous le fumer ?

Il désigna le cigare d'un coup de menton. Apparemment, elle avait détourné son attention de la robe hideuse, qu'il ne semblait pas avoir remarquée.

— J'y songe, mentit-elle en humant le cigare – tout expert en aurait fait autant avant de l'allumer, non ?

L'inconnu haussa un sourcil.

— Votre coup d'essai ?

Il n'était pas dupe de son petit jeu. Et du diable si elle savait comment il avait su glisser tant d'espièglerie dans ces mots. Elle aurait pu faire semblant, soutenir qu'elle n'en était pas à son « coup d'essai », mais à quoi bon ?

— Qu'est-ce qui m'a trahie ?

— La manière dont vous le tenez. Comme si, après avoir cru soulever par la peau du cou un gentil chat du voisinage, vous veniez de réaliser qu'il s'agit d'un putois.

Marlee laissa échapper un… gloussement. Et elle en fut choquée, car elle n'était pas du genre à pouffer. Mais alors, pas du tout ! Allait-elle mettre ça sur le compte de deux ou trois gorgées de rhum, si fort soit-il ? Cela n'était guère vraisemblable.

C'était l'inconnu le responsable, il faisait remonter à la surface, chez elle, un côté mutin. Bref, il était aussi charmeur que beau. Il aurait fallu l'obliger à porter un signal d'alarme. *Danger.*

— Il se peut que je le fume, dit-elle.

— Tiens donc… Et à quelle occasion, ce premier cigare ?

Faisait-il la conversation, ou s'intéressait-il à elle ? Elle perdait presque ses mots, à cette idée.

— Tout le monde a besoin d'essayer des choses nouvelles, répliqua-t-elle.

— Pardonnez-moi si je suis présomptueux, mais vous ne semblez pas du genre à risquer un essai avec un produit aussi nocif.

Bon, cela voulait dire qu'elle avait l'air saine. Ou alors… coincée.

— La faute à la robe, admit-elle à contrecœur.

Pourquoi avait-elle lâché ça ? Elle avait focalisé l'attention de l'inconnu sur sa toilette. La robe trahissait sa future présence au mariage, et Marlee ne voulait pas qu'il sache qu'elle faisait partie des invités épuisants qui l'avaient poussé à aller nager en pleine nuit pour se vider la tête.

Il examina la robe pendant un moment, d'un air grave. Prise dans l'envoûtement de ses yeux turquoise frangés d'épais cils noirs, elle lutta pour ne pas frémir alors que, d'une certaine façon, il la déshabillait du regard.

— Cette robe vous incite à perdre votre virginité de fumeuse de cigares ?

Le mot « virginité », dans sa bouche, avait quelque chose d'intime et provocant. Il ne semblait pas avoir réalisé que c'était une robe de demoiselle d'honneur.

— Elle est *vugly,* dit-elle.

— Désolé. L'anglais est ma seconde langue et je suis rarement pris en défaut, mais je ne connais pas ce mot-là.

— Il est de mon cru. *Vugly* est un mot-valise pour *very ugly,* qui signifie « très moche ».

Elle fut récompensée de son inventivité par un demi sourire teinté de sensualité.

— *Vugly,* répéta-t-il avec un petit rire satisfait. Il faut que je le retienne, ça peut servir.

Certes, pensa Marlee, cette addition à son vocabulaire pourrait s'avérer utile. Pour décrire une future mariée en pleine crise de nerfs au sujet d'un minuscule détail discordant.

— En plus d'être *vugly,* continua Marlee, avec tous ces froufrous, elle me donne des démangeaisons.

— Où ça ? demanda-t-il doucement.

Et cela aussi avait une note provocante, comme s'il laissait deviner qu'il pourrait la soulager d'une façon ou d'une autre.

— Partout !

— Ah.

Il recula d'un pas et examina la robe d'un air pensif.

— D'une certaine façon, elle ne vous correspond pas, décida-t-il.

Marlee eut bel et bien la sensation que le sol bougeait, une sensation évocatrice des petits éboulements qui se produisent quand on approche dangereusement du bord d'une falaise.

Un parfait étranger avait su *voir* qui elle était vraiment alors que ses amies en avaient été incapables ! Cela le rendait encore plus fascinant. Et fascinant, il l'était déjà plus que de raison.

Elle ne pourrait pas prétendre qu'elle n'avait pas perçu le danger !

Marlee décida sur-le-champ qu'elle renonçait à son inclination de toujours pour la prudence. Elle allait flirter, s'approcher du bord de la falaise, mais elle ne tomberait pas. Elle bondirait dans l'air ! Enfin, pas elle précisément, mais la femme qui buvait du rhum et était prête à fumer le cigare.

— Cette robe me donne envie d'enfourcher un cheval, masquée d'un foulard, et de faire des hold-up de trains, dit-elle.

Le sourire en coin, diaboliquement enjôleur, qui flottait sur les lèvres de l'inconnu s'élargit, révélant ses dents régulières et blanches. Puis il renversa la tête et éclata de rire. Son cou puissant donnait envie d'y poser les doigts pour une caresse. Son rire était plus enivrant que le rhum.

Elle venait, elle, Marlee Copeland, de faire rire un homme

follement séduisant ! Cela méritait d'être fêté en fumant le cigare, oh oui !

— Le cigare va bien avec votre carrière naissante de Calamity Jane. Certaines personnes les lèchent avant de les allumer.

— Quoi ?

— Ils sont souvent trempés dans du rhum avant, pour les humecter.

Elle effleura le cigare du bout de la langue.

— Allons, dit-il gentiment, donnez-moi ça.

Et soudain sa main virile effleura la sienne. Il prit le cigare, tandis que son regard s'attardait sur ses lèvres, et Marlee eut la sensation qu'un feu intérieur venait de prendre en elle.

— Je me demande s'il y a réellement une hors-la-loi pilleuse de trains sous ces froufrous verts.

— La robe n'est pas verte, dit-elle en un murmure. Mais « couleur d'écume ». En mousseline de soie.

Il leva le cigare et, le regard posé sur elle, passa la langue à l'endroit précis où elle l'avait léché, en un geste scandaleusement sensuel.

— Il faut que j'enlève cette robe qui me démange.

Mais pourquoi avait-elle dit ça ? C'était vraiment déplacé ! Avait-elle eu l'air de suggérer qu'elle voulait se dévêtir *avec lui ?* Cela pouvait-il passer pour une invite ?

Comment se débrouillait-elle pour se montrer toujours maladroite en société ? Et pourquoi les hommes lui donnaient-ils la sensation de n'être qu'une adolescente effarouchée ? Décidément, Fiona avait vu juste. Cette robe *était* faite pour elle.

Comment se serait comportée une hors-la-loi pilleuse de trains portée sur le rhum et les cigares ? Ne pouvait-elle pas jouer ce rôle ?

Elle inspira à fond, rassemblant son courage.

— Vous voulez de la compagnie pour aller nager ?

Là, elle commettait une folie. Elle n'était pas très bonne nageuse.

Il inclina la tête et la regarda, sans doute aussi surpris qu'elle. Voilà ce qu'on gagnait à vouloir sortir de sa coquille, pensa-t-elle avec nervosité. Un voyage sans retour depuis le haut de la falaise. Le cigare, le rhum, cette conversation… Tout ça lui avait donné le sentiment de pouvoir être audacieuse. Mais quand on sautait d'une falaise, si grisant que fût le vol plané, l'atterrissage risquait d'être brutal. Et de faire mal.

L'inconnu allait esquiver la proposition. Il avait besoin d'être seul. Il avait eu une rude journée.

— Bien sûr, dit-il. J'adorerais que vous veniez avec moi.

Elle était sur une île tropicale, avec un parfait étranger. Pourquoi ne pas se lâcher ? Elle n'était pas du genre à s'aventurer avec un inconnu. Mais en se comportant ainsi, qu'avait-elle gagné, dans la vie ?

— Cela vous est-il permis ? lâcha-t-elle, aussitôt consciente de chercher une échappatoire.

Il lui décocha un haussement de sourcils interrogateur.

— Euh, je veux dire, de fréquenter les hôtes ? C'est contraire aux règles, en général, dans une résidence hôtelière.

— Vous avez raison, dit-il après un temps. Mais il y a, chez une femme qui arbore un cigare, quelque chose qui éveille le hors-la-loi qui sommeille en moi.

Marlee frissonna. Il était si sexy ! Elle avait la sensation de faire le saut de l'ange du haut de la falaise – une aventure à la fois terrifiante et jubilatoire, et dont nul ne pouvait prédire l'issue.

3.

Elle ne savait même pas son nom, et entre eux des courants électrisants zébraient l'air. Marlee était consciente de jouer avec le feu, comme dit l'adage. Cependant, elle était sur l'île pour cinq jours. Trois jours pleins, si on tenait compte des longues heures de voyage. C'était comme si elle entamait un compte à rebours.

Elle pouvait choisir d'être celle qu'elle voulait, n'est-ce pas ?

Soudain, elle eut hâte de se délivrer de la robe, de toute trace de la personne qu'elle avait pensé être.

— Je veillerai sur le cigare pendant que vous vous changez.

De nouveau, l'inconnu porta le cigare à ses lèvres, y goûtant de façon prolongée.

— Presque aussi bon qu'un baiser, décida-t-il de sa voix aussi chaude et voluptueuse que la nuit tropicale. Il a votre saveur.

Comme si la situation n'était pas assez dangereuse, il fallait qu'il introduise un baiser dans la discussion ! Elle eut une intense envie de le goûter, lui. Et pas par l'intermédiaire d'un cigare partagé.

— Je ne sais même pas votre prénom.

— Matteo. Et le vôtre ?

— Marlee.

Il s'inclina à demi.

— Tout le plaisir est pour moi.

Seigneur ! *Matteo.* Quel prénom superbe, si exotique !

— J'en ai pour une minute, dit-elle d'une voix embrumée,

en se faufilant par la porte ouverte de son bungalow, le cœur battant.

Elle avait le visage en feu et espéra que les ténèbres avaient masqué sa rougeur. Cela dit, il la soupçonnait peut-être d'être naïve et inexpérimentée.

En tout cas, les faits étaient là : elle, Marlee Copeland, bibliothécaire à Seattle, allait prendre un bain de minuit avec un magnifique inconnu prénommé Matteo. Était-il vraiment minuit ? Peu importait. La nuit était là. Et s'il était contraire à son caractère d'être spontanée et d'envoyer valser toute prudence, c'était peut-être pour ça que l'aventure lui paraissait si jubilatoire.

Marlee traversa son bungalow enténébré, réticente à allumer de crainte de voir se dissiper le charme de cette expérience pareille à un songe enchanté.

Cela aurait dû lui donner à réfléchir, mais il n'en fut rien. Elle dénicha sa valise, l'ouvrit sur le lit et chercha à tâtons, dans le noir, le tissu fluide de son maillot. Elle gagna la salle de bains, toujours dans le noir, comme si le conte de fées allait prendre fin dès le jaillissement de la lumière. D'ailleurs, cela l'aurait contrainte à se voir en maillot, ce qui aurait suffi à lui faire perdre toute audace.

Elle se délivra de la robe, qu'elle abandonna sur le sol. Puis elle enfila le maillot une pièce qui lui sembla soudain trop serré. Elle avait pris un peu de poids après le fiasco de son mariage avorté. Deux à trois kilos. Peut-être plus.

Bon, soit, elle n'était pas sexy en maillot. Et alors ? Matteo était sexy pour deux. D'ailleurs, malgré le rhum, le cigare et l'invitation, elle n'avait pas envie qu'il se fasse des idées. Quoique, à vrai dire, ce qui était bien, ce qui était mal… Cela semblait soudain plus que contraignant pour qui quêtait l'aventure, l'audace, et voulait vivre sa vie.

Mais… allait-elle réellement nager avec un parfait inconnu ?

D'un seul coup, elle reprit ses esprits. Elle alluma. Ainsi qu'elle s'en était doutée, le maillot ne la flattait pas. Et elle était si quelconque avec ses cheveux ternes décoiffés par le voyage, ses yeux verts marqués de cernes de fatigue. Le maillot révélait trop de chair couleur cachet d'aspirine. Il n'y avait pas à s'étonner que Fiona ait suggéré quelques jours de bronzage !

En fait, Marlee se trouvait l'air d'un rat de bibliothèque, soucieux de choisir avec soin des livres merveilleux pour le temps fort de sa journée : l'heure du conte pour les enfants. L'air du genre de personne à qui cette fichue robe allait à merveille, et que son fiancé plaquait une semaine avant le mariage parce qu'il avait soudain découvert la vérité : avec elle, il s'ennuierait vite.

Frustrée, elle ramassa la robe et la suspendit par-dessus la barre de la douche. Puis elle s'enroula dans un drap de bain, traversa le bungalow et passa une tête dans l'entrebâillement de la porte. Elle le vit, le dos appuyé contre le mur.

Matteo…

C'était un prénom italien, non ? Or les Italiens aimaient les femmes plutôt voluptueuses. Les mots qu'elle allait prononcer – j'ai changé d'avis, j'ai repris mes esprits – moururent sur ses lèvres, tandis qu'une voix intérieure lui intimait de prouver qu'Arthur avait tort.

Vis, bon sang ! Au moins pour une fois, vis !

Marlee revint sur ses pas, et ouvrit sa valise où elle avait rangé la lingerie prévue pour sa nuit de noces en se disant qu'il était absurde de la laisser dormir inutilement. À l'essayage, les sous-vêtements sans coutures avaient su se faire oublier sous sa robe de mariée tout en lui donnant beaucoup d'allure. Pourquoi ne pas les porter sous la robe de demoiselle d'honneur ? Ne serait-ce pas idéal pour une journée où elle serait un peu sous le feu des projecteurs, et devrait poser pour des photos ?

La révélation de la toilette choisie par Fiona rendait caduc ce beau raisonnement. Sous ces excès de fanfreluches, on ne risquait pas de voir la marque de sous-vêtements, quels qu'ils soient !

Mon moi secret, se dit-elle en effleurant l'exquise dentelle du slip et du soutien-gorge assortis. Bien sûr, quand elle les avait achetés, elle anticipait le jour où ce moi secret serait révélé à un nouvel époux ravi. La vendeuse avait souligné d'un air entendu l'ouverture facile du soutien-gorge.

Marlee était lasse d'être « une fille sage ». Lasse de vivre en respectant les règles de bonne conduite. Oui, elle le prendrait, ce bain de minuit ! Avec l'inconnu sexy. En sous-vêtements, et non avec son maillot de bain sans allure ni chic. De nos jours, et qui plus est dans le noir, qui ferait la différence ?

Matteo patientait dans l'allée ténébreuse devant le bungalow de Marlee. La nuit était divinement belle, avec le ciel d'un noir d'encre clouté d'étoiles, l'air humide d'une douceur caressante, l'éternel murmure chantant des vagues. Tout près de lui, un oiseau lança un cri strident, et il entrevit des plumes colorées dans le feuillage vert glacé des palmiers.

Il n'avait jamais séjourné sous les tropiques. Soudain, il se demanda pourquoi. Bien sûr, sa rencontre avec Marlee ajoutait à la magie de l'endroit, mais il redouta de lui avoir donné une fausse image de lui. Allez savoir pourquoi, la « jeune femme au cigare » apparue dans le chemin pensait qu'il travaillait dans le complexe hôtelier. Elle avait créé la surprise, lovée dans le feuillage, bouteille de rhum et cigare à la main. Si elle avait prétendu que c'était à cause de la robe, il n'avait pour sa part vu la toilette qu'au moment où elle en avait parlé. Fasciné par ses yeux, il n'y avait pas prêté garde. Ils avaient le vert lustré du jade. Ils étaient si envoûtants qu'il ne se rappelait même pas la couleur de ses cheveux. Mais il avait remarqué sa bouche pleine et pulpeuse, sans rouge ni brillant à lèvres, si belle au naturel.

Il y avait chez elle quelque chose de mesuré et d'excessif à la fois – contradiction qui piquait l'intérêt et donnait envie d'explorer sa personnalité. Si elle avait les yeux clairs d'un ange, et caressait le désir de piller des trains !

Il vivait lui-même dans un univers prévisible. Tout y était programmé. Géré. Contrôlé. Et cela lui convenait ainsi. Mais si cela lui plaisait tant, pourquoi était-il si sensible au goût d'aventure de cette rencontre imprévue ?

Peut-être, s'avoua-t-il, cela le distrayait-il de ses souvenirs perturbants, qui avaient resurgi quand il avait feuilleté la brochure proclamant que Coconut Bay était l'endroit le plus sûr sur terre. Il n'avait pas envie de penser à cela, de ranimer la douleur de la longue maladie de sa mère et de la terrible dérive de son père dévasté…

Matteo évitait délibérément qu'une relation sentimentale s'approfondisse au risque de devenir porteuse de malheur et de destruction. Il avait été témoin, en première ligne, du terrible prix qu'on pouvait être amené à payer au nom de l'amour.

Cette aventure qui se présentait à lui recelait-elle un danger ? Pas vraiment, décida-t-il. Il n'était ici que pour quelques jours et il allait se distraire un peu. Point barre.

À cause de l'essor fulgurant de l'entreprise familiale qu'il avait sauvée d'une faillite presque certaine, Matteo était devenu un personnage public. Il ne pouvait pas se permettre d'avoir un comportement incorrect, de baisser sa garde, même pour un moment de détente. Cette nécessité d'être toujours sur ses gardes était, entre autres, ce qui rendait si pénible la vie sous les projecteurs.

Il avait dit à Marlee qu'il avait travaillé toute la journée et dû relever des défis imprévus. Elle en avait tiré la conclusion qu'il travaillait ici. En vérité, il s'était trouvé à trois mille pieds au-dessus du sol, dans son jet privé, occupé à régler un problème si ardu et ennuyeux qu'il s'était endormi. Pourtant, il ne s'était pas empressé de la détromper.

En fait, il avait *adoré* qu'elle n'ait pas la moindre idée de sa notoriété. En Europe, de façon de plus en plus fréquente, il était reconnu comme le P-DG de Monte Rosa Alpen. Récemment, dans le centre-ville de Zurich, un touriste français l'avait arrêté pour obtenir un autographe !

Mais le succès n'avait pas pour seul effet inopportun de le rendre populaire. Il modifiait aussi le comportement de son entourage. Les femmes, surtout, semblaient attirées par ce que sa réussite pourrait *leur* apporter. Et, si flatteuse que fût au départ toute cette attention, Matteo avait vite été désabusé. Depuis combien de temps ne l'avait-on pas apprécié pour lui-même, au lieu de le considérer comme une opportunité, une relation importante, quelqu'un qu'on pouvait *utiliser* ?

Il était heureux d'avoir des amis de longue date, qu'il avait connus avant sa réussite. C'était la raison pour laquelle il se retrouvait à Coconut Bay alors qu'il n'avait pas vraiment le temps de prendre des vacances et que ce genre d'endroit, en dépit de sa beauté exotique, n'était pas sa tasse de thé. Du moins, il l'avait cru. Depuis qu'il était sur place, il n'en aurait pas juré…

Il y avait une éternité qu'il ne s'était pas accordé un temps de repos. Il rêvait parfois des montagnes sauvages de son adolescence, loin des pressions et du stress, mais il ne prenait pas de repos. Il était motivé, dévoré par sa seule mission : sauver l'entreprise que sa famille possédait depuis quatre siècles. Non, il n'y avait pas place pour les frivolités dans la vie de Matteo ! Même en cet instant, il avait le sentiment que tout pouvait lui échapper, comme à son père.

Mais quand un vieil ami d'université – qui le connaissait bien et se fichait de savoir s'il figurait en couverture des magazines financiers – lui demandait un service, la réponse était simplement « Oui. » Car Matteo savait que cet ami lui aurait rendu la pareille. Qu'il soit l'un des hommes les plus riches du monde ou fasse la manche dans les rues.

Derrière lui, il entendit le chuintement d'une porte qui pivotait sur ses gonds, et se retourna. Marlee apparut, seulement vêtue d'un drap de bain !

4.

Matteo en eut la bouche sèche, mais, en y regardant mieux, il distingua les fines bretelles d'un maillot sur ses épaules.

Il n'avait jamais vu des yeux comme ça. Dans un décor où dominaient de nombreuses nuances de vert, celui des yeux de Marlee restait sans pareil. Ce regard invitait à lâcher prise et, loin de lui sembler terrifiant, cela lui paraissait libérateur.

Les cheveux de Marlee, où la lune déposait des reflets d'or, étaient châtain clair. Elle était pieds nus, et ses épaules dénudées révélaient une chair d'un blanc laiteux.

Seigneur ! Qu'avait-il fait en proposant à cette créature d'aller nager ? Il abandonna le cigare toujours intact sur un muret comme s'il était la raison de cette situation délicate. Ne savait-il pas, mieux que personne, sur quelle pente pouvait dégringoler un homme qui cédait à la tentation ?

En silence, ils marchèrent jusqu'au rivage. Il avait vu la plage depuis son jet, mais il n'aurait jamais pu s'attendre à tant d'étourdissante beauté sous le clair de lune. C'était un croissant de sable d'un blanc pur, environné de palmiers oscillant doucement au gré d'une brise légère. Les vagues effleurant la rive étaient festonnées d'argent.

Il hésita, conscient d'être sur le point de tourner le dos à la vie bien organisée qu'il s'était bâtie. Cette rencontre était riche de possibilités dans le domaine que Matteo appréciait le moins : l'inattendu ! Pouvait-il dire à Marlee qu'il avait commis une erreur ? Ou qu'il n'avait plus envie de nager ? Lui était-il possible d'altérer le cours des événements qui s'annonçaient ? Et le voulait-il ?

Marlee aussi hésitait, il en aurait juré. Il se tourna vers elle et, une fois encore, fut captivé par son regard. Tant de contradictions s'y exprimaient ! Comment pouvait-elle paraître à la fois timide et hardie ? Forte et fragile ?

S'il disait qu'il avait changé d'avis, il la blesserait, d'une certaine façon. Il le devinait, et était incapable de s'y résoudre. Il prit la serviette jetée sur son épaule et la lâcha sur le sable, tous les sens en alerte : il sentait avec acuité l'océan et chaque grain de sable sous ses pieds.

Lorsqu'elle laissa tomber son drap de bain, dans un chuintement léger, il eut soudain peur de la regarder. Mais rien n'aurait pu l'empêcher de le faire, même si son avenir et sa fortune avaient été en jeu. Elle n'était pas en maillot. Elle portait un slip et un soutien-gorge dont la blancheur contrastait avec les ténèbres environnantes. Ils ne laissaient pas grand-chose à l'imagination et semblaient tissés de fils de brouillard diaphanes.

Matteo pensa à tout le contrôle qu'il exerçait sur sa vie et qui ne lui aurait pourtant pas permis de prédire que sa journée s'achèverait par ce moment électrique, grâce à la folle séduction de cette femme. Sa féminité, la douceur de ses courbes exacerbaient sa virilité. Sa force. Et lui donnaient dans le même temps la sensation d'être totalement désarmé.

Alors que Matteo l'enveloppait du regard, Marlee perçut la tension électrique qui, soudain, envahissait l'air, comme si quelque câble s'était rompu et fouettait le sol en crachant des étincelles. Elle frissonna. Elle, Marlee Copeland, se trouvait sur une belle plage, presque nue dans sa lingerie de nuit de noces, avec un homme qu'elle ne connaissait pas.

Elle devait être en plein songe ! Et si vraiment c'était un rêve, elle en jouissait sans entrave. La nouvelle Marlee qui, de façon étonnante, adoptait une personnalité hardie, riait et savourait le regard de Matteo soudain obscurci, virant du turquoise au bleu marine.

Rompant la magie de cet instant, elle s'élança au pas de course.

— Au premier qui arrivera dans l'eau ! cria-t-elle par-dessus son épaule.

Ils coururent sur le sable fin et clair et, en dépit de l'avance qu'elle avait prise, il la dépassa. Mais ce fut ensemble qu'ils atteignirent les vagues, et elle se serait sans doute laissé arrêter par la fraîcheur de l'eau s'il n'avait continué sur sa lancée. Quand il s'aperçut qu'elle était freinée dans son élan, il revint en arrière et lui prit la main, puis se jeta dans la mer couleur d'encre en l'entraînant avec lui.

Les flots se refermèrent sur elle. Incapable de respirer, elle sentit sous ses pieds le fond sablonneux, resurgit à la surface puis replongea aussitôt, accroupie, le menton au ras de l'eau.

Matteo n'était pas si timide. Et pourquoi l'aurait-il été ? Marlee regarda glisser l'eau sur son torse superbe.

— Hé ! lança-t-elle. Je voulais entrer dans l'eau progressivement !

Il claqua de la langue, comme pour signifier : « Petite peureuse ! »

— Je ne suis pas très bonne nageuse, avoua-t-elle.

Aussitôt, il parut contrit, et elle poussa son avantage en l'aspergeant. Il se mit à rire, s'écarta prestement avant qu'elle renouvelle le manège. Le jeu était lancé. Très vite, alors qu'ils se pourchassaient, elle oublia ses complexes. Ils coururent et jouèrent dans l'eau à en perdre le souffle à force de rire. La résistance des flots contre leurs cuisses leur donnait la sensation de se débattre dans des sables mouvants. Matteo était plus solide, plus rapide aussi. Il l'aurait distancée sans peine, mais il ralentissait exprès, la taquinant, lui laissant croire qu'il était à portée avant de piquer une nouvelle pointe de vitesse.

Quand il ralentit de nouveau, en lançant par-dessus son épaule un regard espiègle qui signifiait « Tu peux toujours rêver de m'attraper », Marlee se jeta dans sa direction. Et eut prise !

Joyeuse, elle lui enveloppa la taille de ses bras et se cramponna ainsi. Sa peau était chaude et glissante sous ses doigts.

Il poussa un cri, s'écroula et, comme il s'abattait dans l'eau dans une gerbe d'éclaboussures, elle le lâcha. Lorsque Matteo se releva, elle était déjà en fuite. Elle riait tellement qu'elle n'arrivait pas à gagner du terrain. Elle sentait qu'il se rapprochait, son haleine virile lui effleurait le cou. Elle chuta, aussitôt submergée par une vague. Il coupa derrière elle, lui saisit le pied alors qu'elle se maintenait debout sur une jambe en tentant de se libérer.

Elle ne trouvait plus que l'eau était froide ! Elle lui semblait aussi chaude et sensuelle que ce contact.

— Je vais me noyer, dit-elle en sautillant sur sa jambe et en aspergeant son « adversaire ». À force de rire.

— Ah, fit-il sans la relâcher. Mais quelle belle fin !

Ce serait une merveilleuse façon de quitter ce monde, en effet, se dit Marlee. Il lui semblait qu'elle aurait pu sombrer, submergée de rires, de joie, de liberté. Jamais elle ne s'était sentie aussi libre !

Puis Matteo, le regard posé sur son visage, leva le pied qu'il tenait prisonnier jusqu'à ses lèvres.

Elle avait toujours l'impression d'être près de sombrer, mais elle ne riait plus. Les lèvres de Matteo effleurèrent le gros orteil puis, stupéfaite, elle le vit glisser la langue entre cet orteil et son voisin.

Ce fut pour elle une sensation inouïe. Il lui sembla que le temps s'arrêtait. Dans l'exacerbation de ses sens, elle croyait distinguer chaque goutte qui coulait le long du cou de Matteo, caressait son torse mouillé…

Il lâcha son pied, l'air aussi surpris de son geste qu'elle l'était elle-même.

Elle fixa sa bouche. Elle avait désespérément envie d'y goûter. L'idée la traversa qu'elle avait failli épouser un homme qui, pas une fois, ne lui avait fait éprouver l'ombre de ce qu'elle ressentait en cet instant. Ce sol qui semblait se dérober sous ses pieds, les étoiles tourbillonnant dans le ciel d'encre… un séisme ! Ou un tsunami.

Leur enjouement s'était comme envolé, et elle tenta de revenir en arrière. Elle arrosa Matteo dans l'espoir de ranimer leur humeur joueuse mais un mouvement des flots la déstabilisa, et elle tomba. Elle se débattit, gagnée par la panique.

Alors des bras puissants la saisirent et la remirent sur ses pieds. Elle se laissa aller contre Matteo, recracha l'eau qu'elle avait avalée tandis qu'il lui tapotait fermement le dos. Enfin, elle reprit son souffle et s'écarta d'un pas.

— Je crois que je survivrai, dit-elle d'une voix enrouée.

— Euh… Marlee ? Vous avez… perdu quelque chose.

Elle inclina la tête sur le côté en le regardant, consciente d'avoir perdu la raison, certes, mais n'était-ce pas ce qu'il lui était arrivé de mieux depuis longtemps ?

— Le haut de votre maillot, ajouta-t-il dans un murmure rauque.

Elle baissa la tête et eut un choc. Le soutien-gorge léger n'était pas fait pour les folles poursuites ni les chutes dans l'eau, c'était évident. La magie du moment se dissipa d'un coup. Elle lâcha un petit cri, replia les bras autour d'elle et se laissa tomber accroupie dans les flots.

— Ne regardez pas ! ordonna-t-elle.

Mais il regardait toujours !

— Arrêtez !

— D'accord…

Il leva les mains en un geste de reddition, et se retourna. Loin de lui faire confiance, Marlee s'approcha maladroitement du rivage et, une fois sur la plage, se redressa et piqua un sprint. Elle s'empara de son drap de bain et s'en enveloppa, puis courut vers son bungalow sans regarder en arrière. Elle ne voulait pas voir l'expression gênée de Matteo. En fait, elle espérait ne jamais revoir Matteo lui-même !

Elle venait de recevoir une bonne leçon : elle n'était pas douée pour l'insouciance. Elle n'avait rien d'une pilleuse de trains. L'expérience avait raté. Elle n'aurait jamais dû chercher à abandonner sa véritable personnalité !

Et elle ne s'y risquerait plus. Au grand jamais.

Après une telle humiliation, Marlee s'attendait à une nuit de honte et d'insomnie. Mais il n'en fut rien. Elle dormit profondément, sans rêver, et se réveilla avec une faim de loup. Quand elle se regarda dans la glace, sûre d'avoir la mine de quelqu'un qui a la gueule de bois, elle fut surprise. Si elle avait des faux plis après avoir dormi avec les cheveux humides, ses yeux étaient étonnamment brillants ! C'était à croire que les choses étaient allées beaucoup plus loin qu'un jeu du chat et de la souris dans l'océan…

Une fois douchée, elle mit un survêtement et des lunettes noires, rabattit une casquette sur ses yeux. Convaincue de passer inaperçu grâce à ce déguisement, elle resta pourtant aux aguets, prête à se cacher derrière un palmier pour éviter un certain employé de la résidence hôtelière.

Elle gagna le restaurant sous le premier soleil matinal. À la vive lumière du jour, l'atmosphère était différente. Les épaisses frondaisons qui bordaient les allées sinueuses étaient une explosion de couleurs, avec leurs fleurs dont le parfum embaumait l'air. Des villas d'un blanc éclatant étaient presque dissimulées par cet épais feuillage, même si elles ne se trouvaient qu'à quelques pas du chemin.

Celui-ci débouchait sur la piscine turquoise. Des transats à rayures protégés par des parasols étaient disséminés tout autour. D'un côté de la piscine, en retrait, on trouvait le restaurant principal et quelques boutiques au charme désuet. Suspendue devant l'une d'elles, une ravissante robe bain de soleil jaune vif dansait sous la brise.

Ignorant la tentation, elle entra dans le restaurant. Puis elle releva ses lunettes de soleil et s'accommoda peu à peu à la pénombre. La salle à manger était vraiment très belle avec son mélange éclectique de meubles en rotin anciens et d'étonnants portraits d'habitants de l'île.

Elle jeta un regard furtif autour d'elle puis cala ses lunettes de soleil sur la visière de sa casquette de base-ball. Vite, elle alla remplir une assiette au buffet, espérant l'emporter dans sa chambre. Elle était affamée. Elle n'avait rien mangé la veille au soir.

— Marlee ! Enfin, te voilà !

Fiona venait de franchir les portes et se dirigeait droit sur elle, tel un marine en mission commando.

— Tu n'es pas venue à la piscine, hier soir ! lança-t-elle d'un ton accusateur.

— Désolée, j'étais épuisée. Je me suis endormie.

Marlee fut un peu étonnée de la facilité avec laquelle ce mensonge lui était venu. Cependant, la vérité – ses jeux dans l'océan avec un bel inconnu – aurait probablement passé pour un bobard aux yeux de celle qui lui avait choisi sa robe.

— Tu n'es pas malade, au moins ? demanda Fiona avec une inquiétude non feinte.

— J'espère que non.

— Parce que ça mettrait vraiment la pagaille dans le mariage.

Marlee regarda son amie et eut l'impression de découvrir quelque chose qu'elle n'avait jamais perçu. Non pas sur son amie. Fiona était Fiona. Mais au sujet d'elle-même. Et de ce qu'elle avait toléré dans sa vie – de la part d'un fiancé qui avait fini par la plaquer, et de cette amie qui se souciait avant tout d'elle-même.

Voilà ce que c'était de goûter à la vie comme Marlee l'avait fait la nuit dernière. Certes, l'expérience avait été brève. Mais elle s'était sentie si vivante ! Si joyeuse ! Si follement libre ! Une telle expérience changeait une femme ! Même si elle désirait laisser ça derrière elle, avec les malencontreuses conséquences…

— Attends, dit Fiona, je vais te montrer quelque chose.

Elle sortit son mobile et exhiba la photo sur l'écran. Une femme en robe de mariée embrassait le museau d'un poulain aux grands yeux.

— C'est une belle photo de mariage, non ? dit-elle d'un air rêveur.

— Euh…

Elle se rendait compte que la veille elle aurait approuvé. Oui, bien sûr. Une belle photo. Mais quelque chose avait changé en elle.

— Je ne vois pas tellement l'intérêt.

— Pff ! Mince, enchaîna Fiona, lorgnant soudain le contenu de l'assiette de Marlee, c'est très sucré tout ça !

Elle était peut-être accro au sucre et un peu enrobée, mais elle avait folâtré dans l'océan, cette nuit, avec l'homme le plus sexy du monde !

En repensant aux lèvres de Matteo sur son pied, Marlee frémit, et sentit qu'un nouveau changement s'opérait en elle. Cette fois, elle en avait contre elle-même. Elle était amie avec Fiona depuis le CM2 ! On ne portait pas un regard critique sur une amie juste parce qu'un homme inconnu vous avait embrassé le pied !

— S'il te plaît, ne tombe pas malade ! lui intima Fiona. Je nous ai pris des rendez-vous au spa pour cet après-midi. Chez la pédicure. On aura le même vernis à ongles ! Ce sera une photo de mariage super, non ? Pas aussi géniale qu'avec le cheval, mais quand même.

En dépit de son désir de ne pas critiquer son amie, Marlee eut du mal à ne pas demander à Fiona si Mike, son fiancé, avait une chance de figurer sur quelque cliché que ce soit.

Quand la porte du restaurant s'ouvrit sur Matteo, Marlee, affolée, se figea.

À la lumière du jour, il paraissait encore plus beau que la veille. Il ne portait pas l'uniforme gris des employés de l'hôtel. En fait, il était la décontraction incarnée dans une chemise à motifs, short kaki et sandales. Il avait les cheveux humides, il devait sortir de la douche. Il était si sexy !

Bouge ! s'ordonna Marlee, tandis que Fiona était distraite par le nouvel arrivant – quelle femme ne l'aurait pas été ?

Cet homme l'avait vue seins nus ! Elle ne voulait certes pas qu'il la voie aussi en survêtement rose tout chiffonné et une assiette trop copieuse à la main !

Elle rabattit les lunettes de soleil sur son nez et baissa la visière de sa casquette. Elle abandonna sa nourriture sur la table la plus proche sans se soucier des regards étonnés de ceux qui y étaient attablés. Désespérément, elle chercha une sortie qui ne l'obligerait pas à passer près de Matteo. Elle en repéra une et s'en approcha.

5.

Ouf ! C'était presque gagné. Marlee n'avait plus qu'à se faufiler derrière le chariot chauffant rempli d'œufs brouillés et…

— Oh ! Ça alors ! s'écria Fiona. Matt !

Marlee, horrifiée, vit Fiona qui traversait la salle en courant puis étreignait Matteo comme un ami perdu de vue depuis longtemps. Ensuite la future mariée se retourna pour balayer le restaurant du regard.

Marlee avait enfin la main sur la porte et espéra que ce n'était pas une issue de secours. Elle appuya sur le levier, soulagée de ne déclencher aucune alarme, quand la voix de Fiona résonna, toute proche.

— Marlee, viens par ici ! cria Fiona. Il faut que je te présente notre témoin de mariage !

Quoi !? Matteo, leur témoin ? Mais non, le témoin de Mike se prénommait Matt. Ils s'étaient connus à l'université, où ils étaient camarades de chambre. En tout cas, le temps de comprendre que Fiona connaissait Matteo, Marlee avait perdu une précieuse occasion de prendre la tangente.

Elle laissa se refermer la porte sans la franchir. S'il était de la partie, à quoi bon repousser cette affreuse réunion ? Marlee traversa la salle à contrecœur.

— Je te présente Matt Keller, notre témoin, dit avec effusion Fiona. Marlee est une de mes demoiselles d'honneur. Je lui ai beaucoup parlé de toi, n'est-ce pas, Marlee ?

Certes ! Et, à en croire Fiona, le témoin de Mike était un brillant et séduisant homme d'affaires qui faisait régulièrement la une des magazines financiers, surtout en Europe. Fiona semblait considérer la présence à son mariage d'un homme de sa réputation comme un titre de gloire personnel.

— Nous nous sommes déjà rencontrés, dit Marlee, gênée.

Elle leva les yeux sur les prunelles turquoise, et aurait juré qu'elles pétillaient d'amusement. Elle fit mine de s'intéresser au buffet, et ne tendit pas la main.

— Ah, fit Fiona, vous vous connaissez ? Comment ça se f…

— À peine, coupa avec aisance Matteo. Notre échange a été bref. Très… dépouillé.

Marlee se sentit rougir. Pourtant, elle releva le menton et lui décocha un regard d'avertissement.

— J'ai trouvé le costume que tu m'as réservé, dit Matteo à Fiona – ses yeux rieurs demeurant fixés sur Marlee. Avec un veston croisé.

— Quoi ? s'écria Fiona. Un veston croisé ! Ce serait catastrophique.

— Pas du tout, soutint Matteo. Il m'a beaucoup plu.

Marlee avait envie de lui flanquer un coup de pied dans le tibia pour faire disparaître son air satisfait.

— Pitié, dis-moi qu'ils n'ont pas livré le mauvais costume ! dit Fiona d'une voix soudain stridente. Je ne suis pas sûre de pouvoir arranger ça. J'ai découvert qu'il était très difficile de faire venir des choses ici.

— À la réflexion, je ne jurerais pas que c'était un veston croisé, dit Matteo, prenant pitié de cette pauvre Fiona à laquelle il faisait des misères en voulant taquiner Marlee. Excuse-moi, je suis un peu distrait.

— Forcément, roucoula Fiona, avec une entreprise comme la tienne ! Mais si tu pouvais vérifier au plus vite, pour le costume, ce serait génial. Je suis au bord de la crise de nerfs, là !

— Je le ferai, promis. Inutile de t'affoler.

Il n'avait toujours pas détaché les yeux de Marlee, qui releva le menton encore un peu plus. Fiona les regarda tour à tour, soupçonneuse. Elle était contrariée que Matteo se concentre sur elle, c'était évident. D'un geste brusque, elle sortit son mobile.

— Je montrais cette photo à Marlee, tout à l'heure. Qu'en penses-tu ?

Marlee aperçut la photo de la mariée avec le poulain avant que Matteo ne prenne l'appareil.

— Intéressant…

— Elle a remporté le prix de « Photo de fiancée la plus originale de l'année ».

Matteo se tourna vers Marlee, et haussa un sourcil dans une mimique éloquente qu'elle saisit aussitôt. Qui se préoccupait de savoir qu'un tel prix existait ?

— Il doit bien y avoir des chevaux à Coconut Bay, reprit Fiona. Si j'arrive à en trouver un, le photographe pourrait reproduire ce cliché.

Marlee se garda de signaler à Fiona qu'une copie n'avait guère de chances de remporter une quelconque récompense.

— Est-ce que ce serait difficile de trouver un cheval ? reprit Fiona. Matteo, tu y arriverais ?

— J'en doute. Je ne connais pas cette île.

Ce fut Marlee qui, cette fois, esquissa un sourire en coin.

— Mais bien sûr qu'il pourrait trouver un cheval ! lança-t-elle. Ce n'est quand même pas sorcier.

Il lui jeta un regard noir.

— Mike soutient que tu es un génie, Matt, dit Fiona. Que tu peux tout.

Marlee ne résista pas au plaisir pervers d'ajouter :

— Ce sera un jeu d'enfant, pour vous, de dénicher un cheval photogénique.

La mine de Matteo se rembrunit encore plus. Il était follement sexy, avec cet air furibond.

— Alors, c'est décidé ! trancha Fiona, soulagée. Merci, Matt.

Il parut vaguement éberlué. Marlee eut un sourire narquois.

— Tu t'en charges dès ce matin ? continua Fiona. S'il te plaît, Matteo !

Marlee se retint d'éclater de rire, ce qui attira sur elle l'attention de son amie.

— Marlee, tu l'accompagnes ?

— Quoi ?! Non, je…

— C'est un homme d'affaires, tu sais. L'aspect artistique lui échappera totalement.

— Quoi ? marmonna Matteo. Ce n'est qu'un cheval, non ?

— Voilà ! C'est bien ce que je disais ! Il ne me faut pas n'importe quel cheval. Je veux un poulain. Attention, pas un blanc, car il ne faut pas qu'il soit de la même couleur que ma robe.

— Alors çà, ce serait une sacrée photo ! dit Matteo, pince-sans-rire.

— Je veux dire que la robe du cheval doit contraster avec la mienne, expliqua Fiona. C'est là que tu entres en jeu, Marlee. Je te fais confiance, tu as un grand sens artistique. Tu te rappelles la fois où tu avais installé un décor de château médiéval dans la bibliothèque pour…

— La bibliothèque ? coupa Matteo, surpris.

— Marlee est bibliothécaire.

— Bibliothécaire, répéta-t-il, et l'arc de ses sourcils s'accentua.

— Je ne me rappelle plus pourquoi tu avais transformé la bibliothèque en château médiéval, dit Fiona, fouillant dans sa mémoire.

— Pour les Journées de la Table ronde, précisa Marlee.

Et voilà ! Elle était démasquée. Même si, après sa fuite de la veille, Matteo avait probablement compris qu'elle n'avait rien d'une Calamity Jane. Elle n'était qu'une intello coincée.

— Je ne t'en demande pas trop, j'espère ? s'enquit Fiona, battant des cils à l'adresse de Matteo.

Oh que si ! pensa Marlee.

— Pas du tout, répondit Matteo, semblant mettre de côté sa réticence pour adresser à Marlee un clin d'œil. Nous considérerons ça comme une mission sacrée.

Nous ? Marlee doutait qu'il soit prudent d'entreprendre une quelconque mission avec un homme tel que celui-là.

Il se tourna vers elle.

— N'est-ce pas ? continua-t-il à son adresse. Nous allons commencer tout de suite !

— J'avais quelque chose à faire, ce matin, prétendit Marlee.

— Pus maintenant ! dit Fiona, dédaigneuse. Mais assure-toi que Marlee sera de retour à temps pour une pédicure, Matt.

Comme ce dernier fixait ses pieds chaussés de sandales, Marlee se remémora le contact de sa langue sur ses orteils. Voilà ce qu'on gagnait à remiser au placard ses inhibitions ! Au lieu d'avoir eu droit à des présentations ordinaires – « Bonjour, ravie de vous connaître » – elle en était réduite à de telles pensées !

— À 14 heures, la pédicure, continua Fiona. Et s'il te plaît, Matt, vérifie le veston. Peux-tu en prendre une photo et me l'envoyer, s'il te plaît ?

— Je le ferai, promit-il.

— J'adorerais rester bavarder, mais je ne peux pas, poursuivit Fiona. Je vais juste emporter une assiette de fruits…

Venait-elle vraiment d'adresser un regard entendu à Marlee ? Avait-elle fait exprès de leur confier cette mission ? Fiona jouait-elle les entremetteuses ?

Cela ne semblait guère vraisemblable, préoccupée qu'elle était par son mariage.

— … et aller voir la fleuriste chargée de la déco florale. Elle a oublié les gardénias !

Fiona s'éclipsa, et Marlee et Matteo se retrouvèrent face à face.

— Bibliothécaire… Je me doutais, après votre réaction à un petit accident vestimentaire, que vous n'étiez pas une hors-la-loi portée sur le rhum et les cigares, après tout.

— Je n'ai pas dit que je l'étais, mais que cette robe me donnait *envie* de l'être.

— Une bibliothécaire explorant son côté rebelle ! dit-il doucement. Enlevez vos lunettes, s'il vous plaît.

Elle réalisa qu'il la chambrait gentiment et qu'elle avait toujours ses lunettes de soleil. Elle les ôta.

— Oh ! mon cœur ! dit-il, posant les mains sur son torse et faisant mine de chanceler.

Fallait-il qu'il soit irrésistible ? Et sans effort, en plus.

— Vous auriez dû me dire qui vous étiez, hier.

Il la dépassa pour gagner le buffet et prit une assiette qu'il remplit d'œufs et de bacon.

— Vous m'avez laissé croire que vous étiez un employé italien de l'hôtel, dit-elle en récupérant son assiette là où elle l'avait déposée.

Elle le suivit alors qu'il s'attablait, et s'assit face à lui.

— Je n'ai jamais dit que je travaillais à l'hôtel.

— Je l'ai supposé. Vous prétendiez avoir bossé toute la journée. Vous auriez pu me détromper quand je vous ai demandé s'il vous était permis de fréquenter les clients.

— J'avais bossé toute la journée. Dans mon jet.

Son jet ? Cet homme possédait un jet. Et il lui avait léché les doigts de pied !

— De plus, je n'ai jamais dit que j'étais italien.

— Votre prénom l'est, en tout cas.

— Nous autres, Suisses, sommes voisins frontaliers de l'Italie, dit-il avec douceur.

— Vous avez eu mille fois l'occasion de me dire qui vous étiez réellement, et vous ne l'avez pas fait !

— N'exagérez pas.

De nouveau, elle le foudroya du regard.

— J'ai joué sur votre méprise, admit-il enfin. Il est parfois épuisant d'être moi-même. On comprend à quel point l'intimité est précieuse lorsque les gens commencent à vous reconnaître dans la rue. J'étais soulagé que vous ne sachiez rien de moi !

Et voici qu'elle avait de la compassion pour l'un des hommes les plus riches du monde !

— Hum... Si vous voulez être aimé pour ce que vous êtes, vous devriez éviter de claironner que vous possédez un jet.

Les lèvres de Matteo frémirent. Elle n'aurait pas su dire s'il était amusé ou contrarié.

— Il n'y a pas moyen de gagner, avec vous. Que je vous dise qui je suis ou non, ça vous irrite autant. Et vous avez vos contradictions, vous aussi. Bibliothécaire ou hors-la-loi ?

— J'ai fini d'explorer mon côté sauvage, décréta-t-elle. Il n'y a qu'à voir comment cela a tourné.

6.

Matteo sourit, d'un sourire sexy à faire fondre la plus insensible des femmes.

— J'ai trouvé ça plutôt drôle, moi.

— C'était humiliant. Et c'est moche de votre part de ne pas vous en rendre compte et de continuer à plaisanter là-dessus.

Exactement ce qu'aurait dit une bibliothécaire collet monté !

— Ne soyez pas gênée à cause d'hier, lâcha-t-il, soudain sérieux.

— Dois-je en conclure que vous êtes à court de blagues ?

— Oh ! j'en ai encore en réserve !

— S'il vous plaît, laissez-les-y ! Elles ne sont pas drôles.

— Ce qui est la vérité *toute nue*.

Pour la première fois de sa vie, elle se demanda si ce personnage un peu trop comme il faut ne lui permettait pas de dissimuler sa véritable personnalité.

— OK, dit Matteo, levant les mains en signe de reddition. J'essaierai d'avoir plus de tact à l'avenir. Pourquoi les Américaines sont-elles si guindées ? La plupart des gens sont torse nu, à la plage.

Un homme d'affaires aussi sophistiqué et célèbre que lui devait avoir fréquenté une foule de plages de ce genre !

— Ce qui me fait penser, continua-t-il, que j'ai quelque chose qui vous appartient.

Il sortit un morceau de tissu de la poche de son pantalon et le leva devant elle.

— C'est ce que vous appelez faire preuve de tact ? Agiter mes sous-vêtements en public ? fulmina Marlee.

— Je ne l'agite pas. Mais je pourrais.

Il lui décocha un clin d'œil espiègle. Elle lui arracha le soutien-gorge des mains et le fourra dans sa poche.

— Pour ce qui est du tact, je vais travailler ça, promit Matteo. Je m'y efforcerai pendant que nous chercherons le cheval.

Comment résister à cet air espiègle ? Au demeurant, le mal n'était-il pas déjà fait ? La situation ne pouvait guère devenir plus embarrassante. Et ils auraient l'occasion de se revoir, puisqu'ils assisteraient au même mariage. Il valait mieux qu'ils apprennent à se sentir plus à l'aise ensemble. Les photos de la fête seraient meilleures ainsi, non ?

C'était-là l'explication logique. Ce qu'il y avait d'illogique était qu'elle *avait envie* d'être avec Matteo. Alors que cela ne pouvait la mener nulle part. De toute évidence, ils venaient de deux mondes à des années-lumière l'un de l'autre.

Mais justement, cela avait son attrait.

Elle ne serait sur cette île que quelques jours. Elle était célibataire et, de toute manière, s'engager dans une relation au long cours ne l'intéressait pas. Ce qui était merveilleusement libérateur, quand on y pensait.

Pourquoi ne pas savourer son séjour à Coconut Bay et sa rencontre avec Matteo ? Il était intelligent et drôle, et en prime, séduisant. Elle pouvait s'amuser un peu, non ? Les gens parlaient toujours de vivre l'instant présent. La veille, elle en avait fait l'expérience. Et c'était très addictif !

Matteo patientait devant l'entrée principale du complexe hôtelier en attendant Marlee, et savourait la chaleur du soleil. Cela le changeait de Zurich à cette époque de l'année. La veille au soir, il était arrivé de l'aéroport en limousine, par une autre entrée, et était maintenant surpris de voir que l'accès pédestre à la résidence débouchait sur la rue principale très animée du village.

L'étroite voie pavée était en pleine effervescence. Les maisons chaulées aux couleurs pastel semblaient se pencher vers la chaussée. Le bruit, les couleurs, les odeurs contrastaient vivement avec la villa où il était logé, qui laissait croire que la résidence hôtelière était à l'abri d'un mur d'enceinte.

Il cessa de regarder autour de lui alors que Marlee franchissait le seuil principal, et se concentra sur elle.

Elle portait un grand sac et était vêtue d'une robe bain de soleil jaune, aux antipodes de celle de la veille et de l'horrible survêtement en velours qu'elle portait au petit déjeuner. Si cette robe n'était pas aussi sexy que sa tenue de bain, elle était audacieuse avec ses fines bretelles et sa courte jupe à volants. Marlee semblait gênée dans cette toilette et, étrangement, cela la rendait attachante.

Une brise légère choisit cet instant pour soulever la jupe, révélant ses longues jambes. Elle tenta, en vain, de maintenir la jupe en place des deux mains et lui jeta un regard noir en voyant qu'il souriait jusqu'aux oreilles. Maintenant toujours la jupe, elle s'approcha de l'endroit où il était garé, en bordure du trottoir.

— Qu'est-ce que c'est que ça ?

— Un scooter, répondit Matteo, enfourchant le deux-roues qu'il avait loué.

— Je le vois bien, dit-elle, contrariée, en baissant les yeux sur sa robe – elle n'était pas habillée pour circuler en deux-roues !

Il était réellement rafraîchissant de voir qu'elle n'avait pas la moindre idée d'être une déesse – celle qui s'était révélée à lui dans la nuit.

— Désolé, dit-il. J'ai découvert que les moyens de transport étaient limités, ici. Il y a deux taxis, déjà occupés. J'ai trouvé une écurie grâce à une recherche en ligne, mais elle est trop loin pour qu'on y aille à pied.

— Oh…

— Vous voulez vous changer, peut-être ?

Elle réfléchit. Puis elle prit une profonde inspiration, un peu comme quelqu'un qui s'apprêterait à sauter d'une falaise.

— Non, ça ira.

— Très bien !

Il tapota le siège derrière lui, et elle s'y installa, et posa son sac devant elle.

— Je me tiens comment ? demanda-t-elle. Je ne vois pas de barres d'appui.

— Il n'y en a pas sur les scooters. Accrochez-vous à moi. Il faudra peut-être déplacer votre sac.

Il y eut un long silence. Puis elle mit son sac en bandoulière et ses mains vinrent se poser sur ses hanches viriles, timidement. Comment ce contact ténu pouvait-il être aussi excitant ?

— Euh, je pense que vous devrez vous tenir plus fort.

— Serait-ce une ruse de play-boy italien ? répliqua Marlee, soupçonneuse.

— Je ne suis pas un play-boy.

— Vous avez un jet. C'est un signe.

— Et je ne suis pas italien. Mais bon, faites comme il vous plaira !

— C'est bien mon intention.

Matteo mit les gaz. Le scooter fit un bond en avant, et Marlee, lâchant un petit cri, enlaça Matteo.

— Vous l'avez fait exprès !

— Pas du tout. Ce serait manquer de tact. Il y a tout simplement des années que je n'ai pas roulé en scooter.

— Voilà ce que c'est, de voyager en jet. On oublie les moyens de transport moins onéreux. Ne roulez pas trop vite, alors…

Du coup, il eut envie d'accélérer. La petite embardée qui les engagea dans le trafic était peut-être calculée, mais ce fut lui qui en pâtit. Elle resserra les bras autour de lui, plaquée contre son dos, et il sentit la chaleur de ses longues jambes contre ses cuisses.

Quel drôle de tour prenait donc sa vie bien ordonnée ? Enfourcher un scooter avec une femme super sexy pour aller à la recherche d'un cheval n'était pas du tout ce qu'il avait envisagé pour cette matinée !

Mais peut-être devait-il accepter qu'à Coconut Bay rien

n'irait comme il l'avait prévu. Il ne s'était pas attendu à la revoir aussi vite, et encore moins à se sentir aussi protecteur envers elle alors qu'elle semblait très gênée par ce qui s'était passé entre eux. Allez donc vous montrer détaché, face à une telle réaction ! Et comment exprimer des regrets quand on n'en éprouvait aucun ?

Peut-être était-ce elle, Marlee, simple bibliothécaire en mal d'aventure, qui allait perturber sa vie si bien réglée ?

Il aurait dû dire non à Fiona. Il aurait dû rester à l'hôtel et travailler. Il avait toujours du boulot à faire, et c'était le meilleur antidote contre les émotions trop fortes.

Sans pouvoir s'en empêcher, il jeta un coup d'œil en arrière.

— Attention !

Il freina sec.

— Je l'ai vue, ne vous inquiétez pas.

Une poule ébouriffée le regarda d'un œil noir, caqueta avec indignation, puis fit traverser sa couvée devant eux. Quand Marlee pouffa et que son souffle chaud lui effleura l'oreille, il se dit qu'il était heureux de ne pas être resté à travailler.

Quelques instants plus tard, ils sortirent enfin des rues pavées tortueuses du pittoresque centre-ville.

La route principale – pas vraiment une grande route – serpentait entre des maisons humbles mais gaies, avec leurs portes et des volets de couleurs vives, et leurs fenêtres abondamment fleuries. Ces quartiers cédaient la place à des zones résidentielles élégantes, bâties sur des collines verdoyantes et jouissant de panoramas superbes. La route sinuait au sein d'une végétation dense, grimpait en pente raide, épousait le flanc des collines pour replonger ensuite vers l'océan.

Après avoir dû faire une embardée pour éviter un cochon endormi au milieu de la chaussée, Matteo déclara qu'il était temps de faire une pause. Il s'arrêta près d'une gargote en bord de route qui se targuait d'offrir le meilleur café glacé de l'île.

Ils en commandèrent et s'assirent en terrasse, des poules picorant à leurs pieds tandis qu'ils admiraient la vue sur l'Atlantique. Plusieurs îles étaient visibles, au loin. Matteo sortit son mobile pour afficher le plan du trajet vers l'écurie.

— On ne doit plus être très loin, dit-il.

Il n'avait plus de signal. Il ne voulait pas le dire à Marlee, mais il les croyait égarés. Comment pouvait-on se perdre sur une île qui n'avait qu'une route principale ?

Marlee était belle avec ses cheveux emmêlés, son visage rosi par le vent et le soleil. Elle semblait détendue.

— On finira bien par trouver, dit-elle avec un haussement d'épaules. Ça ne doit pas être très compliqué.

Il but une gorgée de café. Repoussa sa tasse.

— Je crois que le café est additionné du célèbre rhum.

Elle goûta le sien.

— Oh ! mmm, c'est bon.

Et elle avala une grande gorgée.

— Vous commencez à avoir un coup de soleil sur les épaules, observa-t-il.

— Ah non ! Ça gâchera les photos de mariage ! fit-elle.

Puis elle ricana légèrement. Le rhum faisait-il déjà son effet ? Il en doutait. Entre deux gorgées de café, elle fouilla dans son grand sac et y dénicha un tube de crème solaire. Il fixa son mobile plutôt que de la regarder appliquer la crème sur ses épaules.

— Vous pouvez m'en mettre sur le dos ?

Difficile de refuser, n'est-ce pas ? Matteo lui prit le tube des mains et alla se placer derrière elle. Elle releva ses cheveux, et il regarda son cou gracile avec l'envie d'y poser les lèvres. Qu'avait donc cette femme pour qu'il la désire tant ?

Il se rappela l'instant où il lui avait léché les orteils, la nuit passée. *Arrête !* s'ordonna-t-il.

Sa peau, si délicate, avait déjà commencé à rougir. Comme il étalait la crème sur ses épaules, elle ferma les yeux, le visage offert au soleil, et se laissa aller contre ses mains viriles.

Brusquement, il ferma le tube et le lui tendit avant de se tourner vers le scooter.

— Allons-y !

S'il avait espéré se distraire de la sensation que lui avait procuré le contact de sa peau sous ses doigts, ce fut en vain. Elle se lova contre lui, la joue collée à son dos.

— Démarrez ! suggéra-t-elle gaiement.

Il regarda par-dessus son épaule. Elle avait sur le visage comme une expression espiègle, lumineuse. Il eut l'impression qu'elle n'était pas grisée par le rhum mais ivre de vie, et c'était incroyablement attirant.

— Je n'étais jamais montée à moto ! avoua-t-elle.

— Moto… c'est un peu exagéré ! C'est un scooter !

— En tout cas, c'est génial ! Roulez plus vite !

Il se dit qu'ils étaient sans doute déjà à la vitesse maximale, mais s'il parvenait à pousser un peu plus la machine, ne s'accrocherait-elle pas plus fort à lui ? Il céda à la tentation.

Et tout à coup, ce fut divin : le vent, le soleil, les charmes de l'île, une jolie femme cramponnée à lui… Vaincu, Matteo rendit les armes.

7.

Marlee était consciente de dévoiler une facette secrète, plus téméraire, de sa personnalité. Cela avait commencé par l'achat impulsif de la robe bain de soleil jaune, ce matin-là. Elle n'achetait *jamais* ce genre de tenue beaucoup trop courte.

Mais elle n'était pas non plus du genre à nager dans l'océan avec un inconnu. Ni à rouler en scooter, ou à inviter un homme à lui mettre de la crème solaire. Pourtant, en violant toutes ces règles, en faisant ce qu'elle n'aurait jamais imaginé faire, elle pétillait de joie.

En fait, Marlee se sentait ivre de vie. Le fait que cette journée soit un moment marquant de son existence en disait long sur la vie qu'elle avait menée jusqu'ici ! Elle fut bel et bien désolée que Matteo rebrousse chemin et repère une pancarte défraîchie indiquant la route cahoteuse de l'écurie. L'établissement en question n'était qu'un appentis branlant avec un toit en feuilles de palmier.

Et pas le moindre cheval en vue ! Il y avait là trois petits ânes sellés, dont le propriétaire affable se présenta sous le nom de Mackay. Quand Matteo lui expliqua leur mission, sa mine s'allongea.

— Il n'y a pas de chevaux sur Coconut Bay, dit-il. Seulement des ânes.

— Pas un seul cheval sur toute l'île ? insista Marlee.

— Ils mangent trop, expliqua Mackay. Les ânes sont plus adaptés au climat et à la géographie de l'île.

Marlee envisagea la situation sous l'angle de la requête de Fiona.

— Ils sont mignons, dit-elle en s'approchant d'un âne pour lui caresser la tête.

Son camarade, jaloux, se mit à braire très fort. Elle éclata de rire et lui caressa aussi la tête.

— Est-ce que Fiona pourrait faire une concession, à votre avis ? demanda-t-elle à Matteo.

— Je dirais non, mais vous la connaissez mieux que moi.

— Mmm, je crois que je dirais non aussi.

— D'un autre côté, observa Matteo, les ânes sont tout de même des équidés, pas vrai ? De la même famille que les chevaux ?

Marlee parut hésiter.

— C'est un peu comme appeler « moto » un scooter : très exagéré.

— Certes, reconnut Matteo.

Elle se tourna vers Mackay.

— Je suppose que vous n'avez pas d'ânons ?

Mackay secoua tristement la tête.

— Ils ont l'air d'être des bébés, même s'ils sont adultes, fit valoir Matteo. Ils ne sont pas blancs, mais gris. Celui-ci à des oreilles noires. On coche trois points de la liste de Fiona : équidé, jeune animal, pas blanc.

— Pour vous, ce n'est qu'une liste, et je crois que c'est pour cette raison qu'elle m'a envoyée avec vous. Je dois m'occuper de l'aspect esthétique ! Mais ces ânes sont super mignons, je trouve.

— Nous devons prendre une décision, car le temps presse. C'est jeudi, aujourd'hui. Le mariage a lieu après-demain. En louant un âne, nous couvrons nos arrières. Si Fiona est contre, tant pis, nous aurons fait de notre mieux. Mackay, un de vos ânes serait-il libre pour un mariage, ce week-end ?

Mackay se rengorgea comme si un de ses enfants venait de remporter le premier prix d'orthographe.

— Ce sera un honneur pour moi !

Ils mirent au point la « livraison » et donnèrent à Mackay

des instructions pour qu'il arrive peu après la cérémonie, à l'heure de la séance de photos.

— Lequel désirez-vous ? demanda Mackay, caressant avec affection chacun de ses protégés tandis qu'il les présentait. Henry, Harvey, Calamity.

— Évitons Calamity, suggéra Marlee.

Matteo passa en revue les deux autres ânes avec tant de feinte gravité qu'elle se mit à rire.

— Celui-ci a les plus jolies oreilles, décida-t-il.

— Oh ! mais celui-là a l'air si gentil ! s'extasia-t-elle, ravie.

— C'est bon, on prend celui-là.

— Henry, C'est un très bon choix, approuva Mackay comme s'ils venaient de commander un grand cru.

Matteo consulta sa montre.

— Nous avons accompli notre tâche. Et avant le déjeuner ! Ce qui m'amène au repas de midi. Vous avez faim, Marlee ?

— Une faim de loup !

— Pouvez-vous nous recommander un endroit ? demanda Matteo à Mackay.

— J'ai de quoi vous proposer un repas, si vous le souhaitez ! Et je peux vous conduire à une plage secrète. Très romantique.

— Oh ! balbutia Marlee, rougissante, évitant de regarder Matteo. Nous ne sommes pas… en couple.

Mackay les observa tour à tour, l'air désappointé.

— Après le repas, vous le serez peut-être !

Matteo adressa une mimique expressive à Marlee, amusé de la voir gênée.

— J'ai rendez-vous à 14 heures, et je ne sais pas si…

— Il n'y en a que pour une heure ! coupa Mackay. Le repas sera délicieux. Des spécialités de l'île cuisinées par ma mère…

Comment résister ?

Et ainsi, Marlee se retrouva à califourchon, en robe bain de soleil, sur l'âne Henry, derrière Matteo monté sur Calamity, ses longues jambes touchant presque terre.

Ils empruntèrent un chemin plein d'ornières bordé de champs d'agrumes qui sentaient délicieusement bon. Les vues sur l'océan étaient étourdissantes. Le soleil baignait le visage de Marlee, une brise légère faisait voltiger ses cheveux. C'était merveilleux !

Mackay ouvrit la marche et s'engagea avec son âne sur une piste pentue épousant la falaise. Les pierres qu'ils faisaient rouler hors du sentier semblaient dégringoler longtemps avant d'atteindre le sol en contrebas. En temps habituel, Marlee aurait eu peur, pourtant, ce n'était pas le cas. Sa sensation d'euphorie perdurait. Sans doute grâce au café additionné de rhum !

Le chemin, plus plat désormais, serpentait à travers les palétuviers, qu'ils longèrent un moment avant de déboucher sur la plus belle des plages, avec du sable fin d'un rose subtil. Mackay y étala une couverture et déballa le repas contenu dans de gros paniers. Les mets étaient très savoureux : poulet aux épices, salade fraîche et une sélection de fruits mûris sur l'île. Mackay proposa une bouteille de vin local. Matteo, qui conduisait, refusa, mais Marlee en prit un verre. C'était idiot après le café au rhum, mais qu'est-ce que ça pouvait bien faire ? Elle ne s'était jamais comportée ainsi, avant. Et elle prenait plaisir à la transgression !

— Allez donc nager, insista Mackay en rangeant les restes du repas. L'eau est parfaite.

— Je n'ai pas de maillot…

— Ici, on peut s'en passer. Je ne regarderai pas, affirma-t-il avec un clin d'œil. Mais Henry le fera peut-être…

L'homme décocha à Matteo un regard de complicité masculine. Leur hôte était visiblement résolu à initier une relation romantique, et ce fut au tour de Matteo de paraître mal à l'aise. Il avait l'air d'un animal pris dans le faisceau des phares d'une voiture !

— J'adorerais aller nager, décida Marlee.

Jamais elle ne s'était sentie aussi détendue, aussi spontanée.

Matteo la regarda, puis consulta sa montre et s'écria :

— Il est plus de 13 heures ! C'est trop tard !

Avait-elle perçu du soulagement dans sa voix ? Marlee eut un élan de regret. Mais s'ils retournaient se baigner ensemble, qui pouvait prédire ce qui se produirait ? Elle pensa aux lèvres de Matteo, sur ses pieds nus. À son regard lorsqu'elle avait surgi de l'eau les seins nus. Ils deviendraient peut-être *amants !* Cette éventualité lui donna le frisson. Elle s'aventurait là où elle n'avait pas pied, elle qui savait à peine nager !

Matteo, lui, semblait soudain pressé de partir, et il aida Mackay à remballer les paniers. Quelques instants plus tard, les ânes remontaient le sentier, les ramenaient à l'écurie. Ils mirent pied à terre. Matteo paya Mackay, lui octroyant un pourboire qui le fit sourire jusqu'aux oreilles. Marlee embrassa Henry sur le bout de son joli museau tout doux.

Quand ils furent de retour là où ils avaient laissé le scooter, Matteo fixa d'un air stupéfait l'endroit maintenant vide.

— On dirait que nous avons été victimes d'un vol, dit-il.

— Non, non, affirma Mackay. Il n'y a pas de vols à Coconut Bay.

— Mais le scooter a disparu. Je l'avais garé juste là !

— On a pu l'emprunter, concéda Mackay.

— On *l'a* emprunté, dit Matteo. Comment revenir à l'hôtel, maintenant ?

— Je n'ai pas de véhicule à disposition, aujourd'hui, reprit Mackay, alors je suggère de rejoindre à dos d'âne la route principale ! De là, vous pourrez rentrer.

— Comment ? demanda Matteo, sceptique.

— Il y a un car. Deux fois par jour.

— J'imagine que je ne pourrai pas être à la résidence à 14 heures ? glissa Marlee.

— Si vous ne voulez pas attendre le car, vous n'avez qu'à lever le pouce, suggéra Mackay. Quelqu'un vous prendra en stop. C'est sans danger, ici.

— N'est-ce pas ? répliqua Matteo, pince-sans-rire. L'endroit le plus sûr sur terre. Je le rappellerai au loueur du scooter !

À l'arrière d'une camionnette, sur le plateau encombré de ballots de feuilles de maïs, Matteo savourait cette balade en plein air et la caresse de la brise légère sur son visage. Les chants joyeux de la famille de leur chauffeur, entassée dans la cabine, parvenaient jusqu'à lui tandis que Marlee dormait profondément, la tête appuyée contre son torse, son souffle tiède lui effleurant la peau. Sa senteur citronnée se mêlait à l'odeur des feuilles de maïs chauffées par le soleil.

Il ne savait pas s'il lui était déjà arrivé de se sentir aussi satisfait de la vie. Mais il éprouvait aussi une étrange sensation de danger, car un tel bonheur rendait vulnérable à la souffrance.

Or, Matteo avait pris plaisir à cette journée. Chaque moment l'avait exalté, jusqu'à la perte du scooter. Il y avait une éternité qu'il ne s'était pas senti aussi libre, si tant est que cela lui soit jamais arrivé. Il avait pris plaisir à la compagnie de Marlee. Elle le rendait euphorique !

Marlee était belle. Et très fine, aussi. Il ne savait pas très bien si elle le faisait rire, ou si le fait d'être avec elle l'amenait à s'ouvrir aux plaisirs de la vie dont il avait été privé. En tout cas, c'était une femme qui savait faire oublier à un homme les dangers auxquels on s'exposait quand on s'attachait à quelqu'un. Il céda à la tentation de lui caresser les cheveux. Il serait si facile de s'attacher à elle. Profondément…

Elle remua, et sa robe remonta, révélant un peu plus une longue jambe fuselée. Il se la rappela dans l'océan, la veille, déesse surgie des eaux, et il retira vivement sa main posée sur sa chevelure tiédie par le soleil. Il avait intérêt à reprendre la maîtrise de lui-même, et vite !

La camionnette s'arrêta avec un à-coup devant la résidence hôtelière, et Marlee ouvrit soudain les yeux. Elle se redressa, et il vit que le grain du tissu de sa chemise en lin s'était imprimé sur la peau douce de sa joue. Elle l'enveloppa du regard, ses superbes yeux verts dilatés d'étonnement. Quand elle vit le chargement qui les entourait, son air ensommeillé et confus céda la place à un sourire qui lui incurva les lèvres. De belles lèvres généreuses, qui appelaient le baiser.

Troublé, Matteo se leva d'un bond et descendit de la

camionnette. Hélas, la galanterie exigeait qu'il aide Marlee à mettre pied à terre. Il se retourna vers elle.

Elle s'était mise debout et naviguait entre les ballots. Sa robe était chiffonnée, une feuille de palmier accrochée à ses cheveux. Elle était d'une beauté saisissante. Il lui tendit la main, et quand elle replia les doigts sur les siens il trouva cela tout à fait naturel.

Et aussi terriblement déplacé, car ce geste menaçait de lui faire perdre tout contrôle.

Elle lui lâcha la main, glissa les bras autour de son cou, et il se surprit à la prendre par la taille, à la soulever hors du plateau. Soudain, les bavardages de la joyeuse famille qui les avait pris en stop s'effacèrent. Tout comme les bruits de la rue, des véhicules, des avertisseurs, des cris des vendeurs à leurs étals, des enfants rieurs, des poules qui caquetaient.

C'était comme si son monde s'était réduit à la chevelure emmêlée de Marlee, à ses yeux, à la douceur de ses lèvres pulpeuses, à la sensation suave de son corps pressé contre le sien.

8.

Abandon… Matteo n'avait pas prononcé ce mot à voix haute, mais on aurait pourtant dit que Marlee l'avait entendu. Son corps se laissa aller contre son corps viril et elle renversa la tête, le regard inconsciemment sensuel. Puis ce regard se porta sur sa bouche. Avide. Curieux. Il sut, lorsqu'elle s'humecta les lèvres du bout de la langue, ce qui allait venir. Il s'intima de battre en retraite, mais une force plus puissante lui ordonnait autre chose...

Plaquée contre lui, elle se hissa sur la pointe des pieds et posa ses lèvres sur les siennes. Elle avait un goût de sel et de vin, et tout en lui l'appelait à aller plus loin, pour mieux la connaître et explorer ses secrets. Heureusement, avant qu'il perde tout à fait l'esprit, elle s'écarta de lui.

Elle avait rosi sous le léger hâle que lui avait donné le soleil.

— Merci pour cette incroyable journée, dit-elle si maladroitement qu'il eut envie de l'embrasser encore.

Matteo comprit qu'il devait se ressaisir. Tout de suite. Cela ne serait pas difficile, n'est-ce pas ? Ils avaient achevé leur mission. Il n'était pas obligé de la revoir d'ici au mariage. Non, ce n'était pas tout à fait exact, il y avait un dîner de répétition demain soir. Cela lui donnerait le temps de reconstruire les défenses qu'elle avait mises à mal…

— Oui, acquiesça-t-il, c'était une journée intéressante.

Il avait voulu minimiser les choses, et il vit l'expression surprise et blessée de son regard.

Il la dépassa avant que sa résolution ne s'effondre, et lui

tint ouvert le portail du complexe hôtelier. Ils marchèrent en silence jusqu'au bungalow de Marlee, où il l'avait vue pour la première fois. Il lui sembla impossible que cela remonte à moins de vingt-quatre heures, car il avait le sentiment de la connaître depuis toujours.

C'était l'instant dangereux. Ne valait-il pas mieux la blesser maintenant, et non plus tard ? Ce qu'il savait, pour sa part, c'était que plus on tenait à quelqu'un, plus la souffrance qu'on pouvait lui causer était grande. Il était absurde de poursuivre l'aventure amoureuse à laquelle l'invitaient ces yeux vert jade. Absurde de poursuivre le parcours rieur qu'ils avaient mené tout le jour. S'il pensait à son rire, il avait envie de regarder sa bouche. Oui, il était absurde de continuer d'entretenir ce désir-là.

L'un d'eux devait se montrer raisonnable. Il éprouva un vague ressentiment en voyant que ce ne serait pas elle. Si l'on ne pouvait pas compter sur une bibliothécaire pour se montrer raisonnable, à qui pouvait-on se fier ?

— Je vous laisse le soin de mettre Fiona au courant, dit-il.

— Bien sûr.

— Et je vous reverrai au dîner de répétition.

— Mais je croyais… Il me semblait que…

Elle s'interrompit, blessée par cette rebuffade, et reprit d'une voix tendue.

— Oui. Bien sûr. Pas de souci.

Marlee lui adressa un long regard puis, redressant fièrement la tête, elle commença à s'éloigner.

C'est alors que Fiona fondit sur eux et se planta devant Marlee, les mains sur les hanches.

— Ah, te voilà ! Tu as raté la pédicure ! lui jeta-t-elle sans prendre la peine de les saluer. Tout va de travers ! Tout !

Matteo adressa à Marlee un regard signifiant que le moment était mal choisi pour informer la future mariée qu'elle devrait se contenter d'un âne pour ses photos de mariage.

— Indique-moi la bonne couleur, dit Marlee, apaisante. Je ferai une pédicure demain pour qu'on ait toutes la même couleur de vernis, comme tu le souhaites.

— Tu ne pourras pas, dit Fiona. La pédicure ne vient qu'une fois par semaine, alors, il est un peu tard pour penser à ce que je veux !

Malgré tout, elle leur montra ses orteils, en les remuant, et Matteo entrevit du vernis or brillant.

— Je me débrouillerai, promit Marlee.

— J'espère bien ! À part ça, as-tu trouvé un cheval ?

— Euh…

Fiona s'approcha d'elle et renifla.

— Tu as réussi ! Je sens une odeur de cheval !

— En effet, c'est presque ça, risqua Marlee, prudente.

Fiona se détendit, mais au lieu de manifester de la gratitude, elle s'exclama :

— Mince ! Tu es entrée dans l'écurie ? Tu as de la paille dans les cheveux et une tache sur ta robe. On dirait que tu t'es battue !

À cet instant, Matteo éprouva le besoin de s'interposer.

— Pas du tout ! dit-il d'une voix tranchante. Mais nous… la mission n'était pas si simple à accomplir.

Fiona le foudroya du regard, prête à argumenter, puis, avec un soupir, elle tourna les talons et s'éloigna.

— Bon sang ! s'exclama-t-il. Est-elle toujours comme ça ? Elle s'est montrée vraiment *vugly.*

— Elle avait l'air d'avoir pleuré, dit Marlee.

— Vraiment ?

— Elle veut seulement que tout soit parfait.

— Je ne comprends pas très bien pourquoi vous la défendez.

— Fiona n'a pas eu la meilleure des enfances, confia Marlee. Je la connais depuis le CM2, lorsque sa famille a emménagé au bas de ma rue. C'était toujours le chaos chez elle. Je crois que c'est pour cette raison qu'elle tient tant à ce que le mariage soit irréprochable. Quand elle a rencontré Mike, elle a sans doute pensé qu'enfin elle allait pouvoir prendre sa revanche sur son passé.

Matteo découvrait une nouvelle facette de Marlee : sa bienveillance et sa compassion profondes.

— Si je dois me vernir les ongles en doré pour qu'elle se sente mieux, je le ferai, conclut-elle.

Contre toute attente, il s'entendit proposer :

— Voulez-vous dîner avec moi, ce soir ? demanda-t-il.

Sa propre réaction le choqua. Dix minutes plus tôt, il s'était juré de fuir la tentation. Et voici qu'il s'impliquait encore plus !

Marlee se figea, le fouilla du regard. L'idée le traversa qu'elle allait refuser.

— Je vous remercie, mais je suis fatiguée, dit Marlee, d'un ton qu'elle espérait convaincant.

Car, en réalité, cette journée avait été l'une des meilleures de sa vie : gorgée de soleil, de joie et d'aventure. Et, bien sûr, il avait fallu qu'elle gâche tout en l'embrassant !

Il venait d'un milieu différent du sien, et ce trajet en scooter, ce déjeuner improvisé et ce voyage à l'arrière d'une camionnette avaient dû lui sembler un peu… *ringards*. Marlee avait su dès le départ qu'il était beaucoup trop bien pour elle, et quand il l'avait congédiée, elle avait senti qu'il voulait lui rappeler cette réalité.

Maintenant, il changeait d'avis.

Cela lui avait plu qu'il s'interpose entre elle et Fiona, mais elle n'allait pas le fréquenter parce qu'il avait pitié d'elle, tout de même !

Cependant, elle était consciente qu'un changement s'opérait en elle. Il était impossible, après une telle journée, de ne pas avoir soif de liberté et d'aventure.

Elle se rendait compte soudain que ce qu'elle avait vécu auprès de son ex avait été bien peu excitant, et se reprochait son manque d'exigence. Pas envers Arthur, mais envers elle-même. Elle n'avait pas placé la barre assez haut.

Peut-être était-ce l'histoire de sa vie. Mais il n'était jamais trop tard pour changer, n'est-ce pas. Alors, même si une part d'elle-même lui soufflait d'accepter, une autre se montrait plus orgueilleuse.

— Merci, répéta-t-elle, je n'ai pas faim. J'ai hâte de me débarrasser de la poussière de l'écurie. Et vous devez signaler le vol du scooter, n'est-ce pas ? On se revoit au dîner de répétition ?

Matteo parut abasourdi. C'était sûrement la première fois qu'une femme opposait une rebuffade à ce charmeur ! pensa Marlee. Alors qu'elle se détournait et entrait dans son bungalow, Marlee se surprit à sourire.

Cela lui apprendrait à se montrer aussi arrogant !

C'était bon de reprendre l'ascendant, même s'il y avait un prix à payer. Alors, livrée à la tentation de rester lire dans sa chambre ce soir-là, elle n'y céda pas. Après s'être douchée, elle passa une robe légère et se rendit au restaurant situé près de l'hôtel, y acheta un demi-poulet rôti encore chaud, et reprit le chemin de son bungalow. Le cigare était toujours sur le muret où Matteo l'avait laissé la veille, et elle le ramassa au passage.

Puis elle descendit sur la plage où ils étaient allés. Elle regarda le coucher de soleil, bref et splendide déploiement de couleurs. Elle n'avait pas besoin de la présence d'un homme pour embellir le spectacle !

Soudain, alors qu'elle était presque convaincue de ce qu'elle pensait, un frisson sur sa nuque l'avertit qu'elle n'était plus seule. Tournant la tête, elle vit Matteo qui marchait sur le sable.

Elle se hâta de reporter son attention sur l'orbe du soleil, qui désertait l'horizon comme s'il sombrait dans la mer. Le simple fait de le voir venir à elle dans la douce lumière dorée fit galoper son cœur.

— Salut, fit-il doucement. Quelle belle nuit !

— Oui…

— Je suis tombé sur Fiona, qui m'a demandé de partir à ta recherche pour te remettre ceci, dit-il en laissant tomber sur ses genoux un sachet brun. Comme tu n'étais pas dans ton bungalow, j'ai pensé que tu avais pu venir ici.

Ce passage au tutoiement, loin de lui déplaire, lui parut tout à fait naturel.

Sans y être invité, il se laissa tomber sur le sable à côté d'elle, et ajouta en lorgnant le poulet :

— Je croyais que tu n'avais pas faim.

Parfait ! Il comprenait que c'était à lui qu'elle avait opposé un refus, pas au repas.

— Il est bon ? s'enquit-il.

— Pas aussi bon que celui de la mère de Mackay, mais tout à fait mangeable.

Sans savoir pourquoi, elle sortit le cigare de sa poche et le cala entre ses doigts, comme si elle comptait le fumer d'un moment à l'autre.

9.

— Puis-je en avoir un morceau ?

Matteo avait rempli sa mission. Pourquoi s'attardait-il ? se demanda Marlee.

— Oui, si tu veux, répondit-elle, le tutoyant à son tour. Mais ne te sens pas obligé de me tenir compagnie. Tu as accompli ta mission.

Elle reposa le cigare pour fouiller dans le sachet déposé sur ses genoux et en tira un à un les objets qu'il contenait.

C'était tout un kit de pédicure. Le dernier objet qu'elle sortit était un flacon de vernis or scintillant.

— Tu as sauvé le mariage, Matteo. Acquisition d'un âne et pédicure de secours, tout ça en un seul jour. Tu dois être éreinté !

— Tu es sarcastique, dit-il. Je t'ai blessée.

Marlee n'appréciait pas d'être aussi transparente.

— Pas du tout ! protesta-t-elle.

Matteo la regarda en silence. On aurait dit qu'il lisait en elle – jusqu'au tréfonds de son âme. C'était très troublant.

— Je comprends tout à fait, reprit-elle. Vous évoluez dans un tout autre milieu que le mien. Il ne faudrait surtout pas que la petite bibliothécaire quelconque que je suis se fasse des idées. Je vous ai embrassé, après tout. Une impulsion très regrettable, mais il faut reconnaître que vous avez beaucoup d'atouts. Mais, pour votre gouverne, je sors d'une rupture. La dernière chose que je veux, c'est…

Il interrompit ce flot de paroles en posant un doigt sur sa bouche pour lui imposer silence.

— Vous pensez que je ne voulais pas vous revoir avant le dîner de répétition parce que je vous trouvais… comment avez-vous dit ? « Quelconque » ? Vous pensez que je ne vous trouve pas séduisante ?

Il avait prononcé ces mots d'une voix basse et rauque qui lui arracha un frisson. Elle hocha la tête, ce qui eut pour effet malencontreux de faire bouger ses lèvres contre son doigt viril, suscitant une sensation… incroyable.

— Marlee, dit Matteo en posant sur elle ses yeux turquoise au regard intense, c'est tout le contraire.

— Comment ça, tout le contraire ? Que veux-tu dire ?

Il parut mal à l'aise.

— Il se peut que cette discussion soit stérile, de toute façon. Je ne suis pas sûr qu'il y aura un dîner de répétition.

— Quoi ?!

— L'adorable future mariée est en pleine crise de rage contre Mike, en ce moment.

— À quel sujet ?

— Va savoir. Des gardénias ? Une livraison de champagne en retard ? Elle voulait peut-être que Mike ait une pédicure lui aussi, et il a raté le rendez-vous ?

— Vous la présentez comme une femme très capricieuse.

Matteo décocha un regard à Marlee, mais ne dit rien.

— Eh bien, disons qu'elle est un peu… déraisonnable.

— Seulement « un peu » ?

— Après ce qu'elle a subi en grandissant, Fiona veut que tout soit plus que parfait. C'est pour ça qu'elle tient à tout contrôler.

— Ce qu'elle a subi ?

Marlee eut le sentiment d'avoir à faire un choix. D'un côté, elle répugnait à révéler des informations personnelles sur son amie. De l'autre, elle ne voulait pas que Matteo pense tant de mal de Fiona injustement, sans *savoir.*

— Son père et sa mère buvaient. Chez elle, c'était le chaos. Rien n'était prévisible en dehors des bagarres quotidiennes. Je crois qu'elle a choisi de se marier à l'étranger parce que sa mère a une peur bleue de l'avion. Fiona ne voulait pas d'eux pour son grand jour. Elle savait qu'ils gâcheraient tout.

Matteo resta un instant silencieux, puis répondit :

— Merci de m'avoir confié ça. Cela me fait voir la situation sous un autre jour. Elle a beaucoup de chance de t'avoir comme amie. En fait, tout le monde aurait de la chance de t'avoir comme amie.

Le message était peu subtil, mais il avait l'avantage d'être clair : Matteo et elle pouvaient être *amis*.

Or les amis ne s'embrassaient pas sur la bouche !

— Je vais mettre le vernis et aller le lui montrer, dit-elle. Cela la rassurera peut-être.

— C'est beaucoup demander à un vernis à ongles, observa Matteo, ébauchant un sourire.

— Pas si sûr. La couleur est intéressante. On dirait qu'il contient des songes et de la poussière de fée.

Matteo fit mine d'examiner le flacon.

— On a incorporé un peu de magie là-dedans, c'est clair.

— Vive la magie, alors ! dit-elle en envoyant valser ses sandales.

— Vous n'y connaissez rien en vernis à ongles, pas plus qu'en cigares, n'est-ce pas ?

Elle le toisa.

— Mais vous, si ?

— J'ai des sœurs aînées. On ne met pas du vernis quand on est environné de sable.

— Oh ! Bien sûr !

— Et si tu veux nager, nous devrions le faire avant.

Nous.

— Parce que tu ne pourras pas te mouiller les orteils avant un moment, une fois que tu auras verni tes ongles.

Marlee vit des étoiles clignoter dans un ciel d'encre, sentit dans l'air l'odeur de l'océan. Elle prit une profonde inspiration.

Matteo lui envoyait des messages contradictoires. Voulait-il seulement qu'ils soient amis ? Ou aller plus loin ?

Peut-être était-il temps pour elle de faire des choix ! Or son choix était de jouir de l'instant présent. Elle se leva, enleva sa robe et l'abandonna sur le sable. Debout devant Matteo, en maillot cette fois, elle se sentit belle. Elle aimait la façon dont ses prunelles viriles se troublèrent tandis qu'il enveloppait du regard son corps baigné par la lueur argentée de la lune.

— Tu aimes vivre dangereusement, dit-il d'une voix rauque.

— Pas vraiment. Il n'y aura pas d'incident vestimentaire, ce soir.

— Quel dommage !

Là-dessus, il se leva et, avec des cris rieurs, il la pourchassa jusqu'à l'eau.

Epuisés de jouer dans l'océan comme des enfants, ils sortirent de l'eau et s'allongèrent sur la petite serviette que Marlee avait apportée.

— Nous devrions rentrer, dit Matteo en la voyant frissonner. Il fait chaud, ici, mais la nuit, ça reste frais quand on est mouillé.

Devait-elle lui proposer un verre chez elle ?

— Il nous reste à vernir tes ongles, ajouta-t-il.

Cette fois, elle lâcha le mot, en haussant les sourcils.

— *Nous ?*

Il lui semblait imprudent de lui permettre de toucher ses pieds. Elle frissonna au souvenir de l'instant où il y avait posé les lèvres, la veille.

— Je m'y connais en pédicure. Je t'ai déjà dit que j'avais des sœurs. Et il est temps d'y aller. Tu es frigorifiée.

Elle avait plutôt la sensation d'être en fusion ! Il attendit qu'elle ait rassemblé ses affaires, puis secoua la serviette ensablée avant de lui en envelopper les épaules.

Dans son bungalow, il l'expédia sous la douche. Elle se demanda quoi emporter à la salle de bains pour se changer. Elle voulait être ultra sexy, sans avoir l'air d'avoir longuement réfléchi à sa tenue. Elle finit par choisir une veste de pyjama surdimensionnée qui lui arrivait à mi-cuisses. Et laissa de côté le pantalon.

Elle s'examina dans le miroir en pied avant de revenir dans la pièce principale. Ses cheveux humides bouclaient. Son visage resplendissait après une journée au soleil, elle avait les yeux brillants. À quoi jouaient-ils exactement, et comment tout cela allait-il tourner ? se demanda-t-elle.

Assez réfléchi ! Une vraie rebelle ne se souciait ni des conséquences de ses actes ni de l'avenir, se contentant de savourer l'ivresse et le frisson du moment.

Quand elle entra dans le salon, Matteo leva brièvement les yeux, puis les reporta sur son mobile.

— Je plaide coupable ! lança-t-il soudain, en lui montrant l'écran.

Elle éclata de rire en lisant : « Faire une pédicure comme les pros, le guide ultime. »

— Tu prétendais en avoir fait à tes sœurs !

— Il y a au moins cent ans !

— Tu fais beaucoup plus jeune que ton âge, alors, dit-elle avec humour. Combien as-tu de sœurs ?

— Deux. Mia et Emma.

— Vous êtes proches ?

— Oh ! oui. Nous dirigeons ensemble l'affaire familiale. J'ai deux nièces et deux neveux aussi. D'incorrigibles vauriens.

— Tu les adores, non ?

Le sourire qu'il lui offrit était éloquent. Elle aimait l'idée qu'il soit proche de ses sœurs et de sa famille.

— Bon, assez de bavardages, dit-il d'un air sévère. Viens t'asseoir ici.

Elle prit place sur le canapé, tandis qu'il s'installait sur un tabouret. Elle devait rêver : l'homme le plus sexy du monde était à ses pieds !

— C'est sérieux, lui affirma-t-il d'un air si grave qu'elle eut envie de rire. Je ne tiens pas à être distrait et te couper un doigt. Un pansement ruinerait les photos de mariage.

— Je doute que tu puisses m'amputer avec ce truc-là, dit-elle en désignant le coupe-ongles. Tu ne comptes pas t'en servir, j'espère ?

— C’est l’étape quatre : couper et façonner les ongles.

Il lui saisit le pied d’une main enveloppante. Elle en eut des frissons dans tout le corps, et pourtant il n’avait encore rien fait !

— Mets-moi du vernis, et c’est tout !

— Mmm. Je suis du genre à faire les choses bien, et à suivre à la lettre les instructions.

La caresse du bout de ses doigts sur son cou-de-pied n’en faisait pas partie, elle en aurait juré !

— Ce n’est pas là que mes orteils se trouvent, dit-elle, mâchoires serrées.

— Je sais, répondit-il avec un sourire énigmatique.

10.

Avec un soupir déterminé, Matteo prit le coupe-ongles qui faisait partie du kit.

— Donne-moi ça, ordonna Marlee. Il n'est pas question que tu me coupes les ongles.

— Attends ! dit-il, tenant l'instrument hors de portée alors qu'elle tentait de s'en saisir. J'ai sauté des étapes. Nous n'en sommes pas encore là. La première étape est le bain de pieds. As-tu une bassine ?

— Il me semble que la douche et l'océan s'en sont déjà chargés.

— Bon, passons à la suite, alors. Deuxième étape : se débarrasser des peaux mortes.

— Non ! On saute ça et on passe au vernis.

— Nous en sommes à l'étape trois : ôter l'ancien vernis.

— Il n'y en a pas !

— Quatrième étape : couper et façonner les ongles. Nous y voilà…

— Mes ongles sont très bien comme ils sont ! insista Marlee.

Il saisit son pied et l'examina.

— Tu frissonnes. As-tu toujours froid ? demanda Matteo.

— Non, tu me chatouilles.

— Oh ! dit-il d'un air satisfait, tu es chatouilleuse. J'en prends note pour l'avenir.

Pour l'avenir ? Ils n'avaient pas d'avenir ensemble, elle ne devait pas l'oublier ! Le hasard les avait rapprochés pour quelques jours. Après le mariage, ils ne se reverraient plus.

Cela aurait dû lui donner à réfléchir à ce qui était en train de se produire, au trouble sensuel qui planait dans l'air…

Mais Marlee n'était déjà plus la même. Au lieu de l'amener à réfléchir, le fait qu'elle ne reverrait pas Matteo lui donnait le sentiment d'être libre, autorisée à tout.

Elle sentait son souffle sur sa peau. S'il lui embrassait les pieds, comme la veille, elle ne répondait plus de rien…

Mais il n'en fit rien, et elle ne sut pas trop si elle était déçue ou soulagée.

— Tu as raison, décida-t-il. Inutile de les couper.

Il agita le flacon devant son nez.

— Sixième étape : appliquer la base de vernis. C'est capital.

Avec soin, il sortit le pinceau et appliqua la première couche. Concentré sur sa tâche, il commença à parler, désireux de la mettre en garde avant qu'il soit trop tard.

— Ma mère et mon père s'aimaient d'amour fou, dit-il, réalisant que sa voix rauque laissait filtrer sa douleur. Ils ne supportaient pas d'être séparés. Ils se touchaient tout le temps. Leur histoire d'amour n'a jamais faibli. Ce n'étaient que petits cadeaux, billets doux, regards de passion réciproque. Notre famille s'ancrait autour d'eux, ils étaient le soleil, et nous gravitions autour de cette lumière.

Quand il passa à l'autre pied, un silence de cathédrale régnait dans la pièce.

— Puis ma mère est tombée malade, reprit-il. Très vite, sa maladie s'est aggravée et elle en est morte. Mon père, cet homme si fort, si maître de tout, sauf de son amour pour elle, n'a rien pu faire. Quand elle est partie, elle a emporté une part de son âme avec elle.

Il déglutit avec peine, puis souffla sur les ongles pour les sécher, avant d'ouvrir le flacon de vernis or.

— Il n'a jamais fait son deuil.

Matteo fixa les pieds de Marlee. Il n'osait pas lever les yeux vers elle. S'il voyait de la douceur dans son regard, il craquerait.

Il passa le vernis doré et, en achevant sa tâche, prit une profonde inspiration pour terminer ce qu'il avait à dire.

— Dans son chagrin, il a oublié qu'il avait une raison de vivre : ses enfants. Cela a failli anéantir l'entreprise que notre famille possédait depuis quatre siècles.

Enfin, il en vint au fait.

— Si je ne voulais pas te revoir avant le dîner, ce n'est pas parce que je ne te trouve pas séduisante, Marlee. Si tu te considères comme une bibliothécaire quelconque, ce n'est pas mon sentiment. Je ressens quelque chose pour toi. Pas toi ?

Comme Marlee ne répondait pas, il poursuivit.

— Mais je ne suis pas sûr d'avoir le courage de m'engager dans cette aventure.

Enfin, il la regarda.

— Je suis désolé. Je suis insensible au décalage horaire, en général, mais je crois que j'en souffre en ce moment. Cela… trouble mon jugement.

Il souffla quelques instants sur ses ongles, puis lança :

— C'est presque sec. Je crois que je ferais mieux de te laisser, maintenant.

Puis, sans lui laisser le temps de réagir, il quitta le bungalow.

Remuant machinalement ses ongles vernis, Marlee resta immobile, étourdie par ce brusque départ. Elle se sentait abandonnée. Comment pouvait-on avouer ses sentiments à une femme un instant, et l'abandonner celui d'après ?

Au demeurant, elle partageait sa crainte, et hésitait à céder aux forces qui les poussaient l'un vers l'autre. Même si, quand on y songeait, des forces encore plus puissantes les éloignaient. Leurs peurs et leurs expériences passées constituaient un obstacle de taille.

Elle devrait le revoir au dîner de répétition demain soir, et à la noce, bien sûr, songea-t-elle. Mais en dehors de ça, elle pouvait l'éviter. Elle le devrait, même, car il serait stupide de risquer son cœur déjà si malmené ! Matteo s'était retiré à temps, elle respecterait cela.

Une fois cette décision prise, Marlee gagna la salle de bains.

Elle acheva de sécher son vernis avec son sèche-cheveux, puis consulta l'heure. Il était tard, mais elle doutait de réussir à fermer l'œil. On lui avait appris, en famille, que la meilleure chose à faire, quand on allait mal, était d'apporter de l'aide à quelqu'un qui en avait besoin au lieu de penser à soi. Fiona était peut-être encore debout et en mal de réconfort ?

Marlee s'habilla simplement, puis traversa le complexe désert jusqu'à la suite de Fiona. Comme elle s'en était doutée, on y percevait encore de la lumière. Elle frappa.

La mine de Fiona s'allongea quand elle découvrit Marlee.

— J'espérais que c'était Mike, fit-elle, regardant par-dessus l'épaule de sa visiteuse, comme si son fiancé était susceptible de se dissimuler derrière elle.

— Je suis venue te montrer mes ongles, dit Marlee, dans l'espoir d'alléger l'humeur de son amie.

Et elle leva une jambe et remua les orteils. Fiona se pencha, les regarda et poussa un soupir exaspéré.

— Tu n'as pas eu mon SMS ?

Marlee reposa le pied par terre.

— Comment ça ?

— Je t'ai envoyé la photo de ce que je veux, dit Fiona, lui montrant son téléphone. Elle a été élue photo de mariée de l'année.

Marlee regarda le cliché. Quatre très jolis pieds sur fond de sable immaculé. Les ongles étaient vernis couleur or, mais il y avait une minuscule fleur sur chacun d'eux.

— Il doit y avoir une fleur sur ton quatrième orteil. J'en ai une sur le gros orteil, Kathy sur le deuxième et Brenda sur le troisième.

— Eh bien, le mien sera seulement doré, dit Marlee, agacée.

— Tu gâches tout, dit Fiona.

— *Moi,* je gâche tout ?

Marlee fut prise de l'envie soudaine de monter dans le premier avion pour rentrer chez elle. Elle ferait ainsi d'une pierre trois coups : elle n'aurait pas à se garder de Matteo ; elle n'aurait pas à supporter Fiona ; et elle ne gâcherait pas tout en admettant qu'elle n'avait trouvé qu'un âne à la place d'un cheval !

— J'ai très bien vu que tu détestais la robe que je t'ai choisie, dit Fiona. Tu n'es pas venue à la fête de bienvenue à la piscine. Tu as manqué la pédicure. Tu agis comme si tout te faisait horreur.

Dire que Marlee avait cru bien jouer la comédie ! Tout à fait consciente que sa journée avec Matteo avait fait ressortir le côté plus direct de son caractère, elle prit une inspiration.

— Fiona, je me suis donné du mal, j'ai consacré beaucoup de temps et d'argent pour être ici avec toi. J'ai passé une journée à te chercher un cheval. J'ai manqué la fête à la piscine, c'est vrai, et la pédicure, mais j'ai fait de mon mieux pour t'apporter ce que tu voulais. Et, au lieu d'être reconnaissante, tu te montres égocentrique et méchante !

Fiona resta bouche bée.

— Oui, je déteste la robe, continua Marlee. Je ne la porterai pas.

— Rien ne t'y oblige ! dit Fiona, fondant en larmes. Il n'y aura pas de mariage, de toute façon !

Stupéfaite, Marlee la fit asseoir sur le canapé.

— Qu'est-ce qui se passe, Fiona ?

— Mike m'a dit la même chose que toi. Sauf qu'il ne l'a pas fait gentiment. Il m'a traitée de sale garce !

— Je suis désolée, Fiona.

— C'est ce que mon père criait à ma mère quand ils se disputaient. J'ai hurlé à Mike que je ne l'épouserais pas. Pourquoi faut-il qu'il m'arrive une chose pareille ? gémit Fiona. J'étais sûre que mes parents ne viendraient pas si je me mariais ici, mais ça ne change rien. Je suis comme toi, Marlee : plaquée au pied de l'autel.

Marlee resta songeuse un instant, puis la vérité se fit jour en elle.

— C'est la meilleure chose qui me soit jamais arrivée, tu sais, dit-elle.

11.

— Comment ? dit Fiona, stupéfaite. Tu étais dévastée ! Cela fait six mois que tu as l'air triste.

— J'ai été triste. Mais je ne le suis plus.

Marlee aurait pu identifier le moment exact où ça s'était produit. Le moment où elle avait rencontré l'homme qui avait tout changé. À partir de là, un monde nouveau s'était ouvert à elle. Un monde merveilleux.

— Vous alliez si bien ensemble, Arthur et toi ! reprit Fiona. Quand j'ai appris que ça ne marcherait pas entre vous, je me suis rendu compte qu'il pouvait arriver n'importe quoi à n'importe qui, et à n'importe quel moment !

— Pourquoi dis-tu que nous allions bien ensemble ?

— Vous formiez un couple stable, comme tes parents. C'est pourquoi votre rupture m'a tant surprise.

Marlee sourit.

— En effet. Quand il a rompu avec moi, Arthur m'a dit que nous étions trop jeunes pour être aussi rangés. Il avait l'impression de deux vieux fauteuils relax devant la télé !

Fiona pouffa à travers ses larmes.

— Si je l'avais épousé, ajouta Marlee, qui en prenait conscience pour la toute première fois, j'aurais manqué tant de choses ! L'audace. L'aventure. La spontanéité.

— Comme si tu allais t'y adonner maintenant !

— Je pourrais te surprendre !

— Pardon, Marlee, j'ai été invivable, ces derniers temps.

Je voulais que mon mariage soit chic et romantique, et je ne suis pas sûre du tout d'y arriver !

— Comme si tu laissais tout ce passé derrière toi.

— Exactement, dit Fiona avec tristesse.

— On ne peut pas tout renier, Fiona. Que tu le croies ou non, c'est aussi de ton passé que vient ce qu'il y a de mieux en toi.

Son amie resta pensive, puis lâcha enfin :

— Tu crois ?

— Tu as besoin de parler à Mike, de lui expliquer pourquoi tu tiens tant à garder le contrôle. Il faut qu'il sache que tu crois par-dessus tout au pouvoir de l'amour.

Fiona regarda Marlee avec espoir, malgré ses yeux humides.

— Bon, dit-elle. Est-ce que j'ai une mine épouvantable ?

— Eh bien, oui.

— Il faut que je…

— Que tu ailles le voir telle que tu es, coupa Marlee.

Fiona la dévisagea, les yeux ronds.

— Sans maquillage ? murmura-t-elle. Mais… il ne m'a jamais vue comme ça !

— Tu restes maquillée au lit ? demanda Marlee, étonnée.

— Juste un peu. Je suis affreuse au naturel.

— Je suis certaine que ce n'est pas pour ton maquillage qu'il t'aime.

— Moi, je ne suis même pas sûre qu'il m'aime.

— Sois courageuse, Fiona, et… pense à Mike, pas à toi, cette fois, acheva prudemment Marlee.

— Bon, d'accord, je vais suivre tes conseils, conclut Fiona, quelque peu rassérénée.

Marlee regagna son bungalow. Fatiguée par cette journée riche en émotions fortes, elle se coucha et s'endormit dès qu'elle posa la tête sur l'oreiller.

Quand son mobile sonna, elle consulta le réveil sur la table de nuit. Il était 1 heure du matin. Elle caressa un instant l'espoir que c'était Matteo, même s'ils n'avaient pas eu l'occasion d'échanger leurs numéros de téléphone. C'était Fiona.

— Le mariage aura bien lieu ! s'écria cette dernière.

— C'est génial, dit Marlee d'une voix ensommeillée.

— Mike ne m'avait jamais vue sans maquillage et il a dit que j'étais « trop mimi ».

— C'est ça, le véritable amour.

— Tu crois ? J'avais le visage tout bouffi et j'avais pleuré, mais ça lui était égal.

— Mike est une perle, je l'ai toujours pensé.

— Il pense la même chose de toi. Tu étais une des causes de notre dispute, en fait.

— Moi ?

— Je me suis plainte que tu aies manqué la fête à la piscine et la pédicure, et il a dit que tous ces préparatifs te rendaient peut-être triste.

Marlee resta pensive. Le fait qu'on parle d'elle et la prenne en pitié la mettait mal à l'aise.

— Il a eu l'air soulagé quand je lui ai dit que tu avais surmonté le traumatisme de ta rupture. Il n'aimait pas que tu sois avec Arthur. Selon lui, tu n'aurais pas dû céder au premier mec qui s'intéressait à toi.

Là encore, il déplut à Marlee qu'on parle d'elle, qu'on dissèque sa vie et ses choix. Elle détestait qu'on la considère comme la fille qui faisait tapisserie, ravie de la moindre attention de la part d'un homme, au point que son mariage avait paru dicté par le désespoir et non par l'amour. Qu'y avait-il de vrai, là-dedans ?

— Pendant que j'y suis, reprit Fiona, pourrais-tu faire quelque chose au sujet de la fleur ?

— Quelle fleur ? demanda Marlee, déroutée.

— La petite fleur blanche sur le quatrième orteil.

Si le mariage de Fiona avait failli ne pas avoir lieu, Marlee doutait soudain que son amie en aurait tiré la leçon !

— Je ne sais pas comment peindre une petite fleur sur mon ongle, dit-elle.

Elle était sûre que cela ne faisait pas partie non plus des

talents de Matteo – auquel elle n'avait nulle intention de le demander !

— Tu trouveras une solution, dit gaiement Fiona. Merci d'avoir été là pour moi ce soir ! Tu es la meilleure des amies !

Et là-dessus, elle raccrocha.

Marlee resta éveillée, et ses idées dérivèrent aussitôt vers Matteo et sa fuite de la veille au soir. Elle comprenait pourquoi il était parti. L'amour le terrifiait. L'amour avait détruit son père et il en avait été témoin, aussi se gardait-il de suivre le même chemin.

Allongée dans le noir, elle se rappela sa conversation avec Fiona, à qui elle avait conseillé de penser à Mike. Et elle se surprit à songer que Matteo avait peut-être besoin de quelqu'un qui le soutienne, lui aussi. C'était en apparence un homme qui avait tout, et pourtant, il était abîmé par la vie, en souffrance. Elle trouvait triste qu'un homme qui avait accompli tant de choses se soit condamné à une existence aussi solitaire. De fait, il lui avait confié qu'il ne s'attacherait à personne de crainte de souffrir.

Bien sûr, il avait ses sœurs, ses nièces et neveux, mais était-ce suffisant ?

— Tu ne peux pas réparer ça, murmura-t-elle pour elle-même.

Pourtant, elle avait soudain honte d'avoir décidé d'éviter Matteo pour se préserver. Ce n'était pas dans cet esprit qu'elle avait été élevée.

De plus, rien ne les obligeait, elle et Matteo, à entamer une relation. Ils étaient libres de faire ce qu'ils voulaient de cette rencontre.

Elle frissonna, alors que cette pensée lui traversait l'esprit. Elle et Matteo devaient simplement se convaincre qu'il était bon de s'intéresser l'un à l'autre. Que c'était une bonne chose de baisser sa garde, de s'amuser et de croire en la vie. Oui, il était bon d'être curieux et ouvert à l'aventure…

Le lendemain, Marlee n'eut aucune peine à obtenir du réceptionniste le numéro de chambre de Matteo. Elle aurait sans doute obtenu la clé si elle l'avait demandée !

Le cœur battant, elle réussit à trouver la chambre... qui était en fait une villa. À côté, son petit bungalow avait l'air d'une boîte à chaussures ! Soudain, Marlee n'était plus aussi sûre d'elle. Si elle s'était vêtue de manière décontractée, en short, sandales et chemisier blanc, elle regrettait maintenant de ne pas avoir cédé à la tentation d'acheter une autre robe bain de soleil à la boutique de la résidence. Mais il était trop tard !

Après avoir pris une profonde inspiration, elle frappa à la porte, en se répétant le conseil donné à Fiona.

Lorsque Matteo parut, ceint d'une serviette de bain, elle en oublia presque la raison de sa venue !

— Tu fais ça quand tu es en Suisse ? demanda-t-elle d'une voix étranglée.

— C'est-à-dire ?

— Ouvrir la porte à moitié dévêtu.

Il se regarda, et un léger sourire releva le coin de ses lèvres, la mettant mal à l'aise.

— Tu m'as déjà vu en maillot de bain, dit-il. Je ne crois pas que ceci soit moins décent.

— Euh...

— À moins d'un incident, tout ira bien, ajouta-t-il avec malice. Qu'est-ce qui me vaut le plaisir, ce matin ?

Elle agita devant lui un flacon de vernis blanc.

— Fiona a une nouvelle idée. Puis-je entrer ? J'ai une photo.

Il hésita, puis la laissa entrer. Au passage, la fragrance épicée de son après-rasage lui chatouilla les narines, et elle eut une conscience aiguë de la perfection de son torse sculpté, de sa virilité triomphante. Elle se remémora la rencontre de ses doigts avec sa peau nue quand ils avaient nagé ensemble...

Une fois franchi le seuil, elle se figea, alors que ses yeux s'accoutumaient à la lumière tamisée. Sous les hauts plafonds, les canapés de cuir blanc et l'ensemble du mobilier étaient d'une opulence discrète et sophistiquée. De belles œuvres d'art et des tapis persans complétaient ce décor. Un grand vase, sur la table basse, accueillait un gros bouquet de fleurs colorées.

Une grande baie vitrée donnait sur une piscine à débordement. Il y avait sur la terrasse en marbre des fauteuils en osier en forme d'œuf, garnis de grands coussins de couleurs vives, des pots d'arbustes fleuris, des petits palmiers. Un bar se trouvait à l'extrémité de la piscine.

— C'est la piscine de cette villa ? demanda-t-elle d'une voix étranglée.

— Oui. Le luxe a ses avantages, dit Matteo, lui décochant un clin d'œil malicieux.

Elle regarda le drap de bain qui l'enveloppait et rougit. Elle avait supposé qu'il s'était douché, mais sans doute avait-il nagé nu dans sa piscine *privée* !

— Pourquoi es-tu allé te baigner dans l'océan, l'autre nuit, alors que tu as une magnifique piscine ?

Matteo venait décidément d'un tout autre monde que le sien. Un monde plus extravagant, plus sophistiqué. Il nageait nu !

— Qu'est-ce qui ne va pas ? demanda-t-il, les sourcils froncés.

Marlee pensa à la vie que menait cet homme étonnant et à la vie qu'elle avait failli avoir, avec Arthur…

Si c'était le genre de vie qu'elle voulait, autant partir tout de suite !

12.

Matteo observa Marlee, qui embrassait les lieux du regard. Elle avait l'air d'avoir envie de s'enfuir.

— Qu'est-ce qui ne va pas ? répéta-t-il.

En la voyant se détendre, il sut qu'elle resterait, ce qui lui causa un plaisir immense.

Il médita la question qu'elle lui avait posée. Disposant d'une piscine, pourquoi était-il allé au bord de l'océan pour nager ? Il n'était pas d'un naturel fantasque. Pas du tout. Pourtant, c'était comme si un élan irrésistible l'avait conduit là-bas, l'amenant à croiser la route de Marlee.

La veille, après lui avoir ouvert son cœur, il avait pris une décision. Fini les faiblesses, puisqu'il voulait être son propre maître. Et malgré tout, quand il avait ouvert sa porte et l'avait vue, quelque chose en lui avait cédé.

Un sentiment dangereux s'était fait jour en lui : l'espoir…

— J'étais en train de prendre un café au bord de la piscine, dit-il. Joins-toi à moi, et nous discuterons des dernières exigences de la future mariée. Laisse-moi deviner… Il faut prendre modèle sur des photos, c'est ça ?

Il fut satisfait de faire rire Marlee.

— Comment as-tu deviné ?

Il haussa les épaules et la guida jusqu'au patio, où il lui servit un café avant de se laisser tomber dans un fauteuil, face à elle. Elle ajouta du lait, du sucre, et avala une gorgée.

— Délicieux, dit-elle.

Il y avait à Coconut Bay une lumière magnifique qui dansait

sur les cheveux de Marlee et illuminait son regard. Elle portait aujourd'hui un chemisier blanc, sur un short kaki. Comment arrivait-elle à être aussi sexy avec ce banal look de touriste ?

— Tu ne portes pas de pantalon ?

— Est-ce que je te mets mal à l'aise ?

— Oui !

Il sourit jusqu'aux oreilles.

— Tant mieux.

Délibérément, il allongea les jambes, tandis qu'elle sortait son mobile pour lui montrer la photo.

— C'est une plaisanterie ? dit-il en fixant le cliché des pieds aux ongles peints de petites fleurs blanches.

— Non, hélas !

— Il y a des miniaturistes. Mais je n'en fais pas partie.

— Veux-tu au moins essayer ?

Il regarda de nouveau la photo. Cela s'annonçait comme un exercice dangereux ! Toucher de nouveau les pieds de Marlee risquait de réveiller en lui un désir qu'il voulait justement combattre.

Nul ne fut plus choqué que lui quand il s'entendit répondre :

— Après tout, pourquoi pas ? Cela ne doit pas être sorcier !

Cela se révéla très difficile, au contraire. Quand ils eurent pris leur café, Matteo fit asseoir Marlee sur l'un des grands fauteuils en osier garnis de coussins qui entouraient la piscine. Il lui saisit le pied et inclina la tête, luttant contre une ridicule envie de l'embrasser. Avec précaution, en s'appliquant, il sortit le pinceau du flacon.

— Ta maison de Suisse est-elle aussi luxueuse que celle-ci ? demanda-t-elle. Est-ce la demeure d'un homme qui voyage en jet privé ?

— Veux-tu que je te dise un secret ?

Encore des secrets ? Elle se pencha vers lui, et il se sentit fondre en voyant qu'elle appréciait ses confidences.

— Je dors toujours dans ma chambre d'adolescent. En toute

franchise, elle n'a pas beaucoup changé. Le modèle réduit d'avion que j'ai fait avec mon père est toujours accroché dans un coin, avec du fil à pêche.

Elle se laissa aller en arrière, contre les coussins, détendue, presque lascive. Soudain, il eut envie de lui caresser le pied, mais se retint.

— Ma maison de Zurich est ancienne. Comme notre entreprise, qui appartient à ma famille depuis des générations. À la mort de mon père, aucune de mes sœurs n'en voulait. Mia la disait hantée, et Emma craignait que ses enfants abîment les antiquités dont il regorge. Je n'ai pas pu me résoudre à emménager dans la chambre de mes parents, alors je suis resté dans ma chambre d'adolescent. J'envisage une rénovation totale, mais je ne m'y suis pas encore attelé.

L'idée le traversa que ce qu'on appelait un *foyer* n'était pas une priorité pour lui, et s'apparentait d'une certaine façon aux dangers qu'il avait révélés la veille à Marlee. Les dangers de l'attachement amoureux.

— Parle-moi de ton entreprise familiale, dit-elle.

— Selon la légende familiale, elle a été fondée il y a plusieurs siècles, quand une de mes aïeules du côté maternel a vendu un manteau d'hiver de sa confection. Puis un autre, et encore un autre. Elle s'appelait Rosa, qui est aussi le nom du plus haut sommet de Suisse. Au fil des générations, Monte Rosa Alpen Wear est devenue synonyme de qualité et d'excellence, et un contrat avec l'armée, que nous devions fournir en cabans de laine, a assis définitivement sa réputation. L'entreprise a ensuite étendu sa gamme aux articles de montagne et de plein air et aux équipements de survie.

« Quand mon père a repris le flambeau, l'entreprise était en plein essor et a connu de nombreuses années de prospérité sous sa gouvernance. Mais après la mort de ma mère, il a lâché les rênes. Je crois qu'en coulisses, c'était elle qui veillait aux détails. Elle était peut-être même l'éminence grise de l'entreprise. En tout cas, après sa mort, mon père ne s'est pas intéressé aux tendances, ni à la nécessité de rester moderne dans un marché toujours plus compétitif.

« Mes sœurs et moi avons été des témoins impuissants de son indifférence qui menait l'entreprise à sa perte. Notre réputation en a souffert. Nous recevions des avis et des plaintes, on nous reprochait d'être trop chers et démodés.

« J'ai fait des études de marketing à l'université – où j'ai rencontré Mike. Une fois mon diplôme obtenu, je savais ce qu'il fallait à Monte Rosa et voulais que mes sœurs y soient impliquées. Il me semblait que l'entreprise avait toujours été une affaire de femmes, même si les hommes s'en attribuaient le crédit. Donc, ma sœur Emma a mis en œuvre ses brillantes idées de styliste pour repenser la ligne vestimentaire, et Mia s'est chargée du contrôle de la qualité des articles de montagne et des équipements de survie. Nous avons raccourci le nom en Monte Rosa Alpen, et nous sommes allés de l'avant. »

Matteo se rendait compte qu'il ne parlait pas autant, d'habitude. Il était agréable de s'adresser à Marlee. Et n'était-ce pas ce qu'il avait voulu ? La mettre à l'aise ? Mais s'il avait cherché à la séduire, il s'était pris à son propre jeu.

— Hélas, mon père est mort avant d'avoir pu profiter de notre réussite, conclut-il dans un soupir, avant de se concentrer de nouveau sur sa tâche.

Il posa de petites touches sur l'ongle de Marlee. Cela ne ressemblait pas tellement à une fleur. Il tenta de rectifier, mais il tremblait légèrement et une goutte de vernis blanc recouvrit presque entièrement l'orteil. Il se leva d'un bond et saisit la bouteille de dissolvant.

— J'aurais dû m'entraîner d'abord, marmonna-t-il en essuyant le vernis. Ce pinceau est trop épais. Il me faut quelque chose de plus fin. Ah, je sais !

Il traversa la suite, puis revint muni d'un crayon dont il trempa la pointe dans le vernis et, avec grand soin, laissa tomber une goutte sur l'ongle. Il n'obtint à nouveau qu'une tache informe.

Il fronça les sourcils, essuya, recommença.

— Ne ris pas, dit-il sévèrement. Ça fait bouger tes pieds.

— C'est plus fort que moi. J'ai l'impression d'être Cléopâtre et d'avoir un esclave.

— Vos désirs sont des ordres, ô ma reine ! plaisanta-t-il.

Pendant un instant, Marlee resta silencieuse, et il leva les yeux. Il avait la bouche sèche, tout à coup, et son cœur s'accélérait.

— Je te souhaite de trouver ce que tu cherches, dit-elle avec douceur.

Il lui sembla que ce qu'il cherchait – sans même qu'il sache quoi, précisément – était là, dans le regard de Marlee, telle une promesse. Il détourna les yeux, se concentra sur sa tâche. Sa main n'était plus très sûre.

— Voilà, c'est fini ! dit-il enfin en écartant de lui le pied de Marlee.

Elle examina le résultat, et éclata de rire.

— Je ne vois pas ce qu'il y a de drôle.

— Ça ne ressemble pas vraiment à une fleur. On dirait une pieuvre !

Il examina son œuvre.

— Vous n'avez pas tort, reine Cléo. Téléphonez à Fiona. Pour changer le thème.

— Un décor égyptien ? suggéra-t-elle.

— Ou « bord de mer ».

— Lequel conviendrait le mieux pour Henry ?

— Oui, au fait, Henry ! Lui as-tu déjà parlé de l'âne ?

— Pas encore. Le moment semblait mal choisi. Elle est à bout de nerfs.

Après s'être montrée si complaisante avec Fiona, Marlee se souciait encore de ce que celle-ci traversait ? Matteo pensait n'avoir jamais rencontré quelqu'un qui ait un aussi grand cœur. Elle était douce, tendre… trop, peut-être ? Quelqu'un comme Marlee pouvait facilement souffrir.

Et son envie de lui embrasser le pied était si forte qu'il se leva d'un bond.

— Mon travail est terminé !

Il sentit soudain la caresse de la brise sur sa peau nue. Il compris avant même d'avoir baissé les yeux : le drap de bain s'était accroché au fauteuil en rotin. Il était nu comme un ver !

Matteo regarda Marlee, s'attendant à la voir éclater de rire, maintenant que la situation était inversée. Mais elle resta de marbre.

Il pivota sur lui-même et plongea dans la piscine.

13.

Marlee regarda Matteo fendre l'eau et disparaissait sous la surface bleue et paisible. Il était superbe dans sa nudité, et aurait fait un modèle idéal pour un peintre ou un sculpteur.

Elle était sans cesse troublée par les imprévus que lui réservait la vie depuis qu'elle avait résolu d'être audacieuse, et par la révélation d'une autre Marlee. Si elle avait toujours été celle qu'elle était à son arrivée à Coconut Bay, elle se serait levée et serait allée chercher un drap de bain pour Matteo.

Au lieu de cela, elle se leva pour gagner le bord du bassin. Elle y trempa le pied à l'instant où Matteo refaisait surface. Il secoua la tête et lui lança un regard sévère.

— Ne mouille pas tes pieds, tu vas abîmer le vernis !

Elle sourit.

— Comme si c'était ton principal souci !

Il se rembrunit.

— Si tu veux bien placer ma serviette à portée de main et tourner le dos un instant, je t'en serai très reconnaissant.

Elle se pencha pour ramasser le morceau de tissu et fit mine de l'examiner d'un air grave. Puis elle le lança hors de portée de Matteo.

— Hé ! Ce n'est pas drôle !

— Mais si !

— Marlee, sois raisonnable !

— Ah oui, pourquoi ? demanda-t-elle d'un ton mutin.

D'un geste lent, délibéré, elle porta la main sur le premier bouton de son chemisier et le défit. Matteo écarquilla les yeux. Elle déboutonna le suivant.

— Marlee ! Passe-moi la serviette. Avant que tu… que nous… avant de faire quelque chose que tu regretteras.

— Qu'est-ce que je regretterai, au juste ?

Marlee éclata de rire, cette fois. Jamais elle n'avait été aussi consciente de son pouvoir érotique, de sa séduction de femme…

Lentement, elle enleva son chemisier et le laissa glisser sur la terrasse de la piscine. Tout aussi lentement, elle porta la main à la fermeture de son short, la défit et se délivra du vêtement.

Elle n'était pas du tout gênée. La Marlee qui avait fui l'océan pour courir se cacher avait disparu à jamais. Fini d'être de celles qui font tapisserie et inspirent la pitié !

C'était Matteo qui l'avait changée. Et qui continuait à le faire. L'expression de son regard l'enhardissait, et elle n'était plus la même, avec lui.

— Qu'est-ce qui te prend ? dit-il d'une voix étranglée.

— Je vais me baigner toute nue.

— Ah, non !

— Tu les fais bien, toi.

— Par accident !

— Je suis sûre que c'est délicieux.

— Pas du tout.

— La peau en contact direct avec l'eau, sans barrière… Je suis curieuse de l'effet que ça fait.

— Tu as vécu ça chaque fois que tu as pris un bain !

— Je ne crois pas que ce soit la même chose.

— Mais si, ça l'est !

Elle sourit, puis atteignit dans son dos la fermeture de son soutien-gorge et le dégrafa, avant de le laisser choir. Elle s'étira et savoura la caresse du soleil sur sa peau nue.

Matteo poussa un gémissement rauque.

— Tu te rends compte ? dit-elle. J'ai vingt-six ans, et je n'avais jamais senti la chaleur du soleil sur mes seins. Je pourrais en prendre facilement l'habitude.

— Marlee… Tu me mets au supplice.

Le sourire de Marlee s'accentua.

— Mais quelle belle fin, non ? dit-elle, lui resservant sa réplique.

Elle ôta son slip et sauta dans l'eau, qui se referma sur elle. Le temps d'un éclair, elle savoura la sensation de l'eau tiède, soyeuse, contre sa peau nue. Exactement ce qu'elle avait espéré. Une libération totale. D'une sensualité folle.

Puis elle s'aperçut qu'elle n'avait pas pied. Elle n'avait pas pensé qu'elle plongeait dans le côté profond et se rappela un peu tard qu'elle n'était pas bonne nageuse…

Ses pieds rencontrèrent enfin le fond de la piscine, et elle se força à ouvrir les yeux sous l'eau, même si elle détestait ça. La lumière du jour semblait loin, très loin. Se propulsant d'une poussée contre le sol, elle fusa jusqu'à la surface, prit une seule goulée d'air et réussit à pousser un petit cri de détresse. Elle agita frénétiquement les bras, cherchant à gagner le bord, mais ses membres étaient comme engourdis.

Puis, soudain, elle sentit les bras de Matteo autour d'elle, et noua les siens autour de son cou viril.

— Accroche-toi, je te tiens ! Détends-toi, ça va aller.

Sans effort, il nagea jusqu'au petit bassin.

— Tu as pied, maintenant.

Mais, étrangement, elle n'arrivait pas à le lâcher. Et ils n'étaient pas à l'abri du danger. Loin de là…

Elle leva les yeux sur son visage si familier, si séduisant… Lentement, elle en redessina du bout des doigts les contours, effleurant son front, ses paupières, son nez droit, la fossette de son menton. Il happa un doigt entre ses lèvres, tandis qu'elle goûtait l'intimité de leurs corps soudés, de leurs peaux glissantes comme de la soie.

La main de Matteo se posa sur sa nuque et il l'attira à lui. Sa bouche trouva la sienne.

Il n'y avait nulle timidité dans le geste. Ce baiser n'avait pas du tout l'innocence de celui qu'elle lui avait donné la veille après leur aventure. Il mariait douceur et passion, et Marlee en fut bouleversée.

Tout en elle s'éveillait à cet appel des sens. C'était comme si son désir, qui couvait en elle telles les braises sous la cendre, prenait vie sous un souffle qui s'intensifiait, la portant à incandescence. Au moment où il lui sembla qu'il ne pouvait pas être plus fort, Matteo inclina la tête vers ses seins.

Le feu prit aussitôt.

Matteo la souleva aisément et la porta hors de l'eau. Il poussa d'un coup de pied la porte de la villa et emporta son fardeau dans la fraîcheur de la suite, pour le déposer sur son lit. Marlee eut la sensation de s'enfoncer dans un nuage blanc.

Au-dessus d'elle, Matteo la dévorait du regard, attendant son signal. Elle perçut les fines gouttelettes qui s'attardaient sur ses cils, le renflement sensuel de sa lèvre inférieure, la largeur de ses épaules et la puissance de son torse, sa taille étroite…

La femme qu'elle avait été tenta faiblement de lutter.

Réfléchis ! l'implora l'ancienne Marlee.

À quoi donc ? demanda la nouvelle.

Aux conséquences. À l'après.

En elle, la petite voix se tut comme elle offrait ses lèvres à Matteo.

Matteo fut un amant divin, avide de lui donner du plaisir. Il découvrit les points les plus sensibles de son corps, qu'il titilla pour la soumettre à un délicieux supplice. Enjôleur, il l'amena à laisser s'exprimer sa sensualité jusque-là inexplorée. Elle testa, savoura, osa, puis s'abandonna…

Beaucoup plus tard, dans le désordre des draps, merveilleusement comblés, ils savourèrent la douceur des rayons du soleil qui filtraient à travers l'épais feuillage, au-dehors.

Ils prirent une douche ensemble, réapprenant une nouvelle fois les secrets de leurs corps. Il la savonna avec des gestes d'une tendresse possessive, comme pour dire : « Tu m'appartiens. » Puis ils se séchèrent mutuellement tout en échangeant des baisers fougueux.

Et soudain, le réel se rappela à eux. On tambourinait à la porte de la villa ! Ils se figèrent, muets l'un et l'autre.

— Hé, Matt ! lança Mike de l'autre côté de la porte close. Qu'est-ce que tu fabriques ? Tu ne viens pas au golf ?

Marlee étouffa un petit rire, tandis que Matteo posait la main sur son bras. Elle n'avait guère besoin de cet avertissement. Elle n'allait certes pas aller ouvrir !

Mike frappa encore, et d'autres voix masculines et joviales se joignirent à lui. Puis les visiteurs s'éloignèrent.

— Pourquoi ne vas-tu pas golfer ? demanda Marlee.

Comme si elle n'y voyait pas d'inconvénient. Comme si elle était habituée à ce genre de situation, et indifférente à sa présence. Mais elle retenait son souffle, et Matteo ne fut pas dupe.

— Tu penses que j'ai envie d'aller jouer au golf maintenant ?

Il rit, et elle en fut comblée.

— Viens, lui dit-il, habillons-nous ! Je veux profiter de chaque minute avec toi. Qu'as-tu envie de faire ?

Je veux être avec toi, pensa Marlee, soulagée. *Et rien d'autre.*

— Ce que je ne veux surtout pas, répondit-elle avec force, c'est tomber sur Fiona !

Elle frémit à l'idée de l'inquisition qui pourrait s'ensuivre si la future mariée les voyait ensemble.

— Ou sur Mike, ajouta Matteo.

Elle voulait que, pour quelque temps encore, ce moment sensuel n'appartienne qu'à elle et Matteo. Elle n'était pas prête à le partager avec leur cercle d'amis.

Surtout ses amies à elle, qui la jugeaient comme la femme qu'elle n'était plus, coincée et trop conventionnelle. Comment elle et Matteo allaient-ils affronter le dîner de répétition ?

Mais il n'aurait lieu que ce soir, et cela semblait encore loin. Seul l'instant présent semblait réel, lumineux, étincelant, riche de leur complicité physique toute neuve. À tel point qu'ils avaient du mal à se retenir de se toucher tandis qu'ils gagnaient la sortie principale de la résidence en jetant des regards furtifs autour d'eux, réticents à ce que leur intimité soit si tôt repérée. Mise en question. *Mise au défi,* même…

Une fois hors de l'hôtel, Marlee poussa un grand soupir de soulagement. Elle se sentait magnifiquement libre. La rue, avec ses étals de légumes et fruits, ses poules en liberté, ses véhicules, ses enfants en uniforme scolaire, avait un éclat particulier.

Soudain, elle vit la calèche tirée par un âne garée en bordure du trottoir, qui attendait ses passagers. On aurait dit que le monde entier était avec eux, les hors-la-loi de l'amour, et leur offrait un moyen d'évasion parfait.

14.

Elle entraîna Matteo.

— Regarde, c'est Mackay, avec Henry et Calamity !

— C'est Mackay, pas de doute, mais comment reconnais-tu les ânes ?

— À leur regard !

Dans un éclat de rire, ils rejoignirent Mackay, qui les salua d'un doigt posé sur son chapeau, comme s'il n'avait attendu qu'eux. Il les regarda tour à tour avec un large sourire. Son regard perspicace confirma à Marlee qu'ils avaient eu raison de s'éclipser de la résidence : ce qu'ils venaient de faire se lisait sur leurs visages.

Elle embrassa les deux adorables petits ânes sur le museau.

— Alors, où puis-je vous emmener ? demanda Mackay.

— Où veux-tu aller ? demanda Matteo à Marlee.

— Où tu veux ! Le meilleur plan est de ne pas en avoir.

Matteo se frappa légèrement le front, et s'adressa à Mackay.

— Connaissez-vous quelqu'un qui sache faire une pédicure ?

— Tu crois ? dit Marlee, contemplant ses orteils. Moi j'aime bien la pieuvre, en fait.

— Elle a souffert de la baignade dans la piscine. Entre autres…

Marlee rougit légèrement, et ils échangèrent un sourire complice.

— Je ne tiens pas à gâcher une journée parfaite en m'exposant à la rage de Fiona, dit Matteo. J'ai déjà manqué le tournoi de golf, alors, soyons irréprochables côté pédicure.

Marlee avait espéré quelque chose de plus romantique. Mais Matteo se pencha pour lui murmurer à l'oreille :

— Je vais observer ça de près, pour savoir comment faire la prochaine fois.

La prochaine fois…

— Vous connaissez quelqu'un qui saurait vernir les orteils de Marlee ?

— Oui, ma cousine est très douée pour ça, dit Mackay.

Il les observa un instant, puis ajouta :

— Vous ne voulez pas manger quelque chose, avant ?

— Bonne idée ! répondit Matteo.

Et c'est ainsi qu'ils se retrouvèrent dans un de ces endroits où jamais Marlee n'aurait mis les pieds. C'était un petit boui-boui hors des sentiers battus, qu'aucun touriste n'aurait pu dénicher, au bord d'une petite route. Une aire de pique-nique fréquentée par des locaux qui déjeunaient dans une ambiance festive était aménagée tout près. Dès que Matteo et Marlee furent assis, trois hommes grimpèrent sur une estrade improvisée, et les sons joyeux du calypso résonnèrent. Marlee et Matteo mangèrent avec leurs doigts des mets délicieusement épicés.

— Je crois n'avoir jamais rien goûté d'aussi bon, dit Marlee.

— Tu as les sens un peu exacerbés, lui souffla-t-il à l'oreille.

Elle n'avait bu que de l'eau, et pourtant elle se sentait ivre. Et vibrante de vie. Comme si elle absorbait les sons et les couleurs de Coconut Bay et qu'ils devenaient une part d'elle-même.

Elle regarda Matteo. Lui aussi était une part d'elle-même et, quoi qu'il puisse advenir, elle ne l'oublierait pas. Mais elle n'allait pas gâcher cette rencontre en se demandant ce qui arriverait après !

Soudain, Mackay s'inclina devant elle.

— Accepteriez-vous de danser avec moi, mademoiselle ?

Elle jeta un coup d'œil par-dessus son épaule : les gens dansaient sur l'estrade, et la musique était plus forte, plus entraînante. On tapait dans ses mains, on chantait. C'était la fête.

— Je ne…

Elle retint au dernier moment les paroles qu'elle s'apprêtait à prononcer. La nouvelle Marlee, elle, était ouverte à tout ce que la vie avait à offrir. Elle ôta ses sandales, saisit la main que Mackay lui tendait et se laissa mener sur la piste de danse à présent envahie.

Les paroles de la chanson en cours étaient d'une sensualité sans fard, et elle eut l'impression que la foule autour d'elle célébrai la sensualité, la vie… Elle ferma les yeux pour mieux sentir résonner en elle le rythme de la musique, puis elle leva les bras. Comme par magie, ses hanches se mirent à onduler. Le calypso s'était emparé d'elle et la portait.

Elle était consciente de se sentir pleinement femme. Une femme qui dansait pour un homme…

Matteo regardait Marlee se déhancher, émerveillé. Quelque chose en elle s'était libéré depuis qu'ils avaient fait l'amour, et c'était très beau à voir.

Ce n'était plus la femme qui, en robe à froufrous devant sa cabane, envisageait de fumer un cigare, comme pour effacer par ce geste la femme qu'elle était. Un peu timide. Un peu coincée, même…

Et pourtant, à cet instant, il avait perçu autre chose en elle, au-delà des apparences. Cette autre chose, Marlee la lui avait dévoilée ces dernières heures : tout feu tout flammes, elle adorait la vie et voulait la croquer à belles dents.

Tout le monde autour d'elle semblait voir la vraie Marlee, et semblait attiré par la lumière qu'elle dégageait.

Tandis qu'il la contemplait, il se rendit compte qu'un sentiment insidieux s'était glissé en lui pour se loger dans la région de son cœur. Cela faisait si longtemps. Était-ce réellement possible ?

Oui. C'était le bonheur, dans sa forme la plus simple et la plus pure. Ce n'était pas l'ivresse du succès, ni la satisfaction d'avoir sauvé l'entreprise familiale. C'était plus profond que cela, plus essentiel.

La chanson s'acheva, et Matteo se leva. Il n'était pas bon danseur, et pourtant la piste l'appelait, et il brûlait d'y rejoindre

Marlee pour s'abandonner avec elle au rythme lancinant de la musique. Rien n'aurait pu l'empêcher de partager son bonheur tout neuf avec elle, qui en était l'inspiratrice.

Il la rejoignit, et ils dansèrent comme si rien d'autre au monde n'existait. Ensuite, ils explorèrent les boutiques et les jardins locaux, où ils participèrent à un entraînant jeu de limbo, pour lequel Marlee s'avéra très douée. Plus que lui, en tout cas !

Pour finir, Mackay les accompagna chez sa cousine Margaret, qui obtint sans peine le résultat que Marlee lui montra sur la photo.

— Je vais vous regarder faire, dit Matteo en désignant les pieds de Marlee. Comme ça, la prochaine fois, je ferai mieux.

La prochaine fois…

Demain, le mariage aurait lieu et, dès le dimanche, chacun reprendrait le cours de son existence. Lui-même avait un rendez-vous important à Zurich, lundi.

Marlee l'observait, et il vit la même question dans ses yeux. Comment ne pas y songer ?

Tout à coup, une idée un peu folle lui vint.

— Si on peignait aussi les sabots de l'âne pour faire une surprise à Fiona ? lança-t-il.

Margaret en resta bouche bée. Et Marlee aussi.

— Cet animal figurera sur les photos de mariage, expliqua-t-il. Nous devons tous nous présenter sous notre meilleur jour, n'est-ce pas ?

Margaret l'observa un moment, l'air de se demander s'il se moquait d'elle.

— Je suis tout à fait sérieux, lui dit-il en serrant la main de Marlee, qui la lui serra en retour avec un regard complice.

— C'est faisable, acquiesça Margaret.

Elle alla sortir d'un tiroir une série de flacons de vernis de toutes les couleurs, puis appela une bande de gamins qui jouaient dans la rue pour leur demander de faire un joli dessin.

— N'oubliez pas les fleurs ! lança Matteo.

Très vite, les rires et les voix des enfants résonnèrent, et tous se mirent au travail avec application.

15.

Marlee savait à quel moment précis elle avait senti basculer son aventure avec Matteo.

Ce n'était pas quand elle avait nagé avec lui dans l'océan, ni quand ils avaient roulé en scooter, ni quand il lui avait verni les ongles. Pas davantage quand elle avait décidé de se baigner nue en sa compagnie. Ni même lorsqu'ils avaient fait fougueusement, sauvagement l'amour. Tout cela avait simplement accentué sa folle attirance pour lui.

Mais lorsqu'il demanda à Margaret de vernir aussi les sabots de l'âne, elle saisit toute la finesse, toute la générosité de ce geste, qui l'émut profondément. Il trouvait le moyen d'être généreux tout en préservant la dignité de Margaret !

En percevant toutes ces qualités d'homme, elle saisissait aussi les limites de leur relation. Alors qu'elle jouait avec les enfants, chez Margaret, il lui demanda si elle souhaitait en avoir un jour. Comme s'il savait que sous ses dehors de femme audacieuse et libérée, elle caressait en réalité des rêves assez traditionnels, comme se marier et fonder une famille…

Ces rêves étaient des *pièges,* à en juger par l'expression de Matteo quand elle affirma avoir déjà choisi les prénoms de ses enfants. Quelle erreur !

Pourtant, en ce moment, Marlee n'avait pas envie de penser à l'avenir. Ou à construire une relation durable. Elle ne voulait pas que son existence soit prévisible, ni régie par des règles morales étouffantes. Elle désirait seulement se laisser porter par la vie et ses surprises.

Elle gérerait plus tard les retombées, les inévitables dégâts de cette aventure éphémère. Et d'ailleurs, qui disait qu'il y en aurait ? Ne pouvait-elle pas s'autoriser une brève idylle sans payer le prix fort ?

Bien sûr que si !

Une heure plus tard, chaussés de nu-pieds bon marché, ils retournèrent en riant à la carriole. Les pieds de Marlee étaient ornés d'une jolie fleur blanche parfaitement dessinée sur l'ongle du quatrième orteil. Matteo, lui, avait opté pour une pieuvre.

Au grand ravissement des enfants, ils s'extasièrent sur les sabots de Henry, magnifiquement peints eux aussi. Puis, réalisant que le temps allait manquer, ils pressèrent Mackay de les ramener le plus vite possible à la résidence hôtelière. Ce fut une folle cavalcade, tandis que les ânes trottaient par les rues étroites, balançant l'un contre l'autre Marlee et Matteo, cramponnés à leur crinière.

Une fois à l'hôtel, ils se hâtèrent, chacun de son côté, d'aller se préparer pour le dîner de répétition.

La robe bain de soleil jaune ne convenait pas vraiment pour le dîner, mais Marlee la passa quand même. Après tout, ce n'était pas un événement très formel, et ils étaient en vacances ! Elle arriva avec quelques minutes de retard, essoufflée, et prit place près de Fiona, qui lui jeta un regard vaguement désapprobateur.

En réponse, Marlee lui montra ses orteils et eut droit à un signe de tête satisfait.

— Cette couleur te va à ravir ! dit Brenda en réagissant, peut-être par défi, au regard de Fiona. Tu devrais porter plus souvent des couleurs vives.

— La longueur est osée, enchérit Kathy. J'adore ! Elle te va si bien. Tu es sexy !

Son humeur changea lorsque Matteo rejoignit les invités au mariage sur la plage. Il était le seul sur lequel elle n'osait pas poser les yeux. Comment l'aurait-elle pu sans révéler à tous leur intimité ? D'autant qu'il lui semblait que ce qu'elle ressentait se lisait sur son visage…

Pourtant, au bout d'un moment, elle fut incapable de résister. Elle coula un regard vers lui. Il portait un pantalon léger et une chemise, sans doute mise à la hâte car il avait oublié de fermer les deux premiers boutons. Attirée par ce triangle de peau hâlée, elle se rappela le moment où ses doigts avaient caressé son torse viril.

Il lui lança un regard torride, qui obscurcit ses prunelles turquoise. Puis ils détournèrent tous deux la tête au même instant.

La répétition fut un cauchemar pour Marlee, qui s'efforçait de ne pas regarder Matteo et, surtout, de ne pas le toucher ! Heureusement, il aurait pour cavalière Kathy, le lendemain, jour du mariage. Ils répétèrent sans fin l'entrée de la mariée dans la travée centrale, sous la supervision de Fiona.

— Juste un peu plus lentement, Kathy ! Brenda, tiens les fleurs légèrement plus haut. Marlee, ne balance pas autant les hanches ! On va répéter une dernière fois pour la signature du registre, et ce sera parfait.

— Laisse tomber la perfection, lança Mike. Je meurs de faim ! Dînons !

— Mais on doit discuter des photos ! Les prises de vue se feront entre la cérémonie et le dîner.

Les photos ! Marlee réalisa qu'elle n'avait pas encore appris à Fiona qu'elle devrait se contenter d'un âne en lieu et place d'un cheval.

— Je dois prendre une décision pour ma robe. Une si jolie robe, la gâcher en sautant dans l'océan !

— Tu trancheras pendant le repas, dit Mike. Ou pas. Rien ne t'empêche d'être spontanée.

À cette seule idée, Fiona parut horrifiée. Quelle que soit la suite des événements, pensa Marlee, elle serait toujours reconnaissante à Matteo de l'avoir amenée à rompre avec son besoin de toujours tout contrôler.

Au grand dam de Fiona, les invités se précipitèrent pour

profiter du repas préparé pour eux dans une grotte artificielle, près de l'endroit où aurait lieu la cérémonie de mariage.

Elle était d'une beauté saisissante, avec une cascade à une extrémité, d'épaisses frondaisons vertes formant tout autour des parois protectrices assurant l'intimité des convives. Des lumières étaient déjà suspendues au-dessus des tables, apprêtées en vue du lendemain. Tandis que les serveurs apportaient les plats, d'autres employés vinrent allumer des torches de jardin, illuminant les tables, la piste de danse, le bar.

De nouveau, ils répétèrent : l'ordre des toasts, l'enchaînement des différentes animations. Matteo se leva de table lorsque Fiona fit enfin une pause.

— La journée a été longue, dit-il d'un ton léger à la cantonade. Et je suis sous le coup du décalage horaire. Je préfère me retirer pour être frais et dispos pour le grand jour, c'est-à-dire demain.

Après avoir laissé s'écouler un laps de temps convenable, Marlee se leva à son tour.

— J'ai un peu mal à la tête, dit-elle – et contrairement à l'ancienne Marlee, la nouvelle n'eut pas du tout honte de mentir. Pour être au mieux de ma forme demain, je ferais mieux d'aller me coucher.

— Mais on n'a pas répété la découpe du gâteau ! Ni les premières danses !

Avant, Marlee se serait rassise aussitôt. Mais cette fois elle ne céda pas.

— Tu me mettras au courant demain, répondit-elle.

Fiona dut sentir que quelque chose avait changé chez son amie, car elle n'insista pas. Peut-être se disait-elle que tous ces préparatifs attristaient Marlee à cause de son mariage raté ?

— D'accord. Mais il faudra que tu viennes très tôt dans ma suite, demain matin. Il y a tant de choses à faire !

— C'est promis.

Il y avait en effet du pain sur la planche. À commencer par sa robe, que Marlee devait entièrement modifier ! Mais chaque chose en son temps. Pour l'heure, elle allait retrouver Matteo. Où était-il ? Chez elle ? Chez lui ? Sur leur plage ?

Avant qu'elle ait pu décider quoi faire, une main l'attira dans les buissons, tandis que l'autre étouffait son cri de surprise.

— J'ai cru que tu ne partirais jamais, lui murmura Matteo.

Puis il l'embrassa. Éperdument. Au point qu'elle se demanda si on pouvait mourir d'un baiser. Enlacés, le souffle court, ils gagnèrent la villa de Matteo en silence. Et au pas de course.

16.

Marlee se réveilla au creux du lit, au son du chant des oiseaux qui saluaient les premiers rayons du soleil. Allongée près de Matteo, une main paresseusement posée sur son torse viril, elle savourait ces instants de calme avant la tempête.

Le jour du mariage était venu. Et elle n'était pas triste. Elle n'avait pas la nostalgie de son « grand jour » manqué. En fait, le moment lui semblait idéal pour célébrer la splendeur de l'amour…

Elle aurait dû se sentir épuisée, car ils avaient à peine dormi. Ils avaient tant de choses à se dire ! On aurait cru qu'ils cherchaient à tout mettre dans le temps limité qu'il leur restait.

Matteo lui avait raconté son adolescence insouciante, passée à explorer les Alpes avec son père. Elle lui avait parlé de sa vaste famille, traditionnelle. Et d'Arthur. Du fait que sa nostalgie pour ses traditions familiales, si forte, l'avait peut-être amenée à lui prêter des qualités qu'il ne possédait pas et à accepter, dans leur relation, des choses qu'elle n'aurait pas dû tolérer.

Elle avait confié à Matteo qu'il l'avait larguée, au pied de l'autel ou presque. Ce ne fut pas comme si elle avait raconté une tragédie, mais plutôt un conte où ce qui avait pu apparaître comme un mal devenait un bien.

En contemplant le visage endormi de Matteo, si beau, si merveilleusement familier à présent, Marlee était tout à fait sûre que ce qu'elle avait vécu auparavant n'avait été qu'un malheureux prélude à cette rencontre.

Cependant, si grande envie qu'elle eût de s'attarder à

contempler Matteo, à humer sa senteur virile enivrante, elle avait beaucoup de choses à faire. Sans compter les tâches de dernière minute que ne manquerait pas d'exiger Fiona. Elle s'éclipsa donc sans bruit pour ne pas le réveiller. Puis, dans les premières lueurs rosées de l'aube, elle traversa la résidence pour rejoindre son bungalow, la beauté du jour naissant faisant écho à sa joie intérieure.

Elle décrocha la robe de demoiselle d'honneur, suspendue dans la salle de bains, et la disposa avec soin sur la table. Puis, à l'aide de son nécessaire à couture, elle entreprit de déconstruire le vêtement…

Son ouvrage achevé, Marlee mit la robe. Quand elle se contempla dans le miroir en pied fixé à la porte, un sourire de satisfaction apparut sur son visage.

La première pensée de Matteo, en s'éveillant, fut pour Marlee. Elle n'était plus là et il ressentait profondément son absence, comme s'il manquait à son univers quelque chose d'essentiel. Il enfouit la tête dans l'oreiller de Marlee et huma sa senteur de femme. Il pensa aux confidences qu'ils avaient échangées dans la nuit. Et à bien d'autres choses, plus intimes…

Il était conscient de son impatience de la revoir.

Pour la première fois, tandis qu'il rejoignait sur la plage Mike et les autres invités du fiancé, il ne put que reconnaître que Fiona était parvenue à atteindre la perfection.

Encadrées par une tonnelle en arcade au feuillage entrelacé de gardénias blancs, une étendue de sable immaculée et une mer bleue infinie s'offraient à la vue. Les invités arrivaient peu à peu et prenaient place sur leurs sièges dont les dossiers étaient ornés d'un nœud rose.

Mike prit place sous la tonnelle et, comme lors de la répétition interminable dont Matteo n'aurait jamais cru admettre l'utilité, le témoin et les garçons d'honneur s'alignèrent à côté de lui. Dans un bref instant d'affolement, Matteo craignit d'avoir oublié la bague. Il palpa sa poche, poussa un soupir soulagé. Ouf, l'écrin était là !

Des notes du piano s'élevèrent dans l'air – émises par un véritable instrument. La musique, se joignant au murmure des vagues et aux cris des oiseaux, était d'une beauté absolue. Kathy, la demoiselle d'honneur, s'avança sur l'étendue de sable et remonta la travée formée entre les fauteuils. La couleur de sa robe lui rappela la première rencontre avec Marlee.

Ensuite, ce fut le tour de Brenda, puis celui de Marlee, qui fit sensation.

Elle portait la robe de la toute première fois. Du moins à toute première vue, car la coupe n'était plus du tout la même ! Le col avait été modifié, les manches ôtées, les volants et froufrous avaient disparu. Le tissu enveloppait le corps de Marlee comme une brume, et elle avait un port de reine. Il n'avait sans doute jamais vu une toilette qui révélât avec tant de perfection la beauté et l'audace de celle qui la portait. Ses cheveux relevés au sommet de sa tête et son maquillage mettaient en valeur ses hautes pommettes, l'arc de sa bouche, la profondeur et le mystère de ses yeux verts.

Il eut l'impression que tout s'effaçait pour ne laisser que cette sublime apparition.

Puis le léger murmure de la foule l'amena à détacher les yeux d'elle. Fiona s'était engagée dans l'allée. Sa robe et son voile étaient extraordinaires, mais ce qui attirait sur elle tous les regards, c'était la lumière sur son visage.

En regardant Mike, Matteo fut tout à coup jaloux de son meilleur ami. Il semblait si profondément heureux d'unir son existence à celle de la femme qu'il aimait !

Ce qu'il éprouva ensuite le bouleversa. Ce qu'il voyait était ce que méritait Marlee : un homme prêt à s'engager avec elle, pour elle. Un homme prêt à vouer sa vie à la réalisation des rêves qu'elle caressait. Un homme qui voulait un avenir avec elle seule.

Cette nuit, dans ses bras, elle lui avait appris qui elle était réellement et ce dont elle avait besoin. Et au lieu de cela, que lui avait-il donné ? Une vulgaire étreinte !

S'il y avait eu *abandon* de sa part, ce n'était pas à toutes les choses qu'elle méritait et auxquelles elle aspirait, telles que la famille et l'amour éternel. Il avait cédé à un désir éphémère, et il se sentait coupable.

Marlee avait été trahie par l'amour, pourtant, elle était venue à lui avec espoir. Elle n'avait jamais dit qu'elle attendait quoi que ce soit de lui, mais il la connaissait à présent, et il savait qu'elle désirait tout ce dont rêvaient beaucoup de femmes : un conte de fées…

Comme Marlee s'avançait vers la tonnelle, elle le regarda et lui adressa un sourire qui n'était destiné qu'à lui, mais que tous pouvaient voir. Elle n'avait plus l'intention de se cacher, c'était évident.

Et il ne dissimulerait pas non plus ce qu'ils avaient partagé. Il n'était jamais trop tard pour devenir meilleur, décida Matteo. Il pouvait se rendre digne de cette femme remarquable qui lui avait fait confiance, et s'en était remise à lui malgré son échec sentimental.

Fiona et Mike joignirent leurs mains, et la cérémonie se déroula comme ils l'avaient répétée, sans aucune fausse note. Puis ils s'embrassèrent sous les applaudissements sonores de tous ceux qui étaient venus saluer le miracle de l'amour.

Une fois unis, les mariés allèrent signer le registre, puis Fiona, son bouquet à la main, reçut les félicitations des invités qui, chacun son tour, signèrent le livre d'honneur.

Et soudain, un braiement tonitruant retentit. Dans l'allée qu'avait suivie l'escorte de la mariée, Mackay menait Henry. L'âne paraissait furieux, et ses sabots joliment peints manquèrent heurter les sièges des invités, qui se levaient pour dégager la voie.

Matteo courut aider Mackay.

— Qu'est-ce qui se passe ?

— Calamity lui manque, expliqua Mackay, tendu. Ils n'ont jamais été séparés. Je n'ai même pas pu le faire monter sans elle dans la remorque. Écoutez…

Matteo tendit l'oreille. Il entendait des coups violents en provenance du parking de la résidence, situé au-dessus de cet accès à la plage.

— C'est Calamity qui rue, dit Mackay, et tape dans la porte du van…

Matteo perçut un ultime fracas. Alors, Henry échappa à Mackay et Matteo, et partit au galop en sens inverse, par où il était venu. Maintenant, voici que Calamity surgissait de la haie. Les deux ânes se précipitèrent l'un vers l'autre. Ils s'arrêtèrent net pour frotter leurs museaux l'un contre l'autre. Puis ils revinrent vers la tonnelle, trop étroite pour qu'ils passent dessous côte à côte. Elle s'effondra, semant la zizanie parmi les invités !

Mike eut tout juste le temps de se jeter sur son épouse pour lui faire un bouclier de son corps avant qu'elle soit bousculée…

17.

Henry et Calamity galopèrent un instant sur la plage, en brayant fort et en jouant des sabots. Puis, tout à coup, ils se calmèrent et revinrent d'un pas lent vers Mackay.

Tout en lui lançant des regards vaguement contrits, ils se mirent à dévorer avec appétit les bouquets des demoiselles d'honneur abandonnés sur la table en rotin.

Mike aida Fiona, qui avait échoué dans le sable, à se relever. Sa belle robe était chiffonnée, la traîne arrachée…

Alentour, le monde semblait s'être figé, et tous les yeux étaient braqués sur la mariée. Comme chacun, Matteo retenait son souffle. Il attendait les pleurs. La crise de rage. La colère frustrée de Fiona face à cette catastrophe qui ruinait le moment auquel elle avait tant œuvré.

Au lieu de ça, alors qu'elle fixait Mike, son expression s'adoucit.

— Tu m'as sauvé la vie ! lâcha-t-elle en époussetant son costume.

— C'est peut-être un brin exagéré, dit Mike, avant de s'adresser à la cantonade. D'où viennent ces ânes ?

Tous regardèrent les deux fautifs, qui achevaient de brouter avec satisfaction, des fleurs plein la bouche.

— Euh…, glissa Marlee, celui de droite s'appelle Henry. Il est là pour les photos.

— Mais… ce n'est pas un cheval ! protesta Fiona, plissant le front.

— Ne le lui dis surtout pas, souffla Marlee à son amie, avec humour. Regarde plutôt ses sabots !

Fiona s'approcha de Henry, et ce fut comme si un arc-en-ciel venait de paraître. Elle éclata de rire et, comme l'âne s'approchait d'elle, elle lui tendit son bouquet, qu'il mâchonna, ravi.

— C'est le meilleur mariage que j'aie jamais vu ! commenta une voix.

Et des applaudissements nourris retentirent sur toute la plage, aussi enthousiastes que ceux qui avaient salué le baiser des mariés.

Marlee pensa que, même si elle vivait jusqu'à cent ans, elle n'oublierait pas l'expression du visage de Fiona lorsqu'elle avait regardé son mari, après qu'il s'était jeté sur elle pour la protéger de son corps.

Quant aux ânes, ils contribuèrent à briser la glace, les invités se réunissant autour d'eux, commentant, prenant des photos. Des rires résonnaient dans l'air, et les conversations allaient bon train entre les invités.

Les photos de mariage seraient sûrement excellentes, pensa Marlee, ravie pour ses amis. À moins que les sentiments qu'elle commençait d'éprouver n'altèrent son jugement, lui faisant voir la vie en rose ?

Car quelque chose avait changé entre elle et Matteo. Il ne semblait plus nécessaire de maintenir le secret sur ce qu'ils ressentaient l'un pour l'autre. Il semblait même impossible de le garder plus longtemps. Ce secret leur échappait, dévoilé par les regards qu'ils échangeaient, les prétextes qu'ils trouvaient pour se toucher, leurs rires complices. Quand le repas fut terminé, qu'on eut porté les toasts et que la danse commença, tout le monde avait remarqué qu'il se passait quelque chose entre eux.

Marlee dansa avec lui comme elle avait dansé au son du calypso, au restaurant. Matteo n'avait d'yeux que pour elle, comme envoûté. Et il était si sexy ! Elle avait hâte de l'avoir encore tout à elle, cette nuit. Ensuite, ils parleraient de l'avenir.

De ce qu'ils feraient après avoir quitté Coconut Bay... si toutefois ils décidaient de donner une suite à cette aventure.

Amoureuse... Malgré la fête qui battait son plein autour d'elle, Marlee se figea soudain. Il était beaucoup trop tôt pour cela, n'est-ce pas ? Pourtant, elle n'avait jamais ressenti ce qu'elle ressentait, avant. Même lorsqu'elle avait projeté d'épouser un autre homme.

Qui l'avait plaquée, elle ne devait pas l'oublier. Si elle était amoureuse de Matteo après quelques jours seulement, que ressentirait-elle lorsqu'il reprendrait ses esprits ? Lorsque la parenthèse enchantée qu'ils avaient vécue ne serait plus qu'un lointain souvenir ?

Ici, ils n'étaient pas dans le monde réel. Rien de ce qu'ils y avaient vécu n'avait de rapport avec leurs véritables vies. Il était un homme d'affaires international, et voyageait en jet privé. Elle était bibliothécaire à Seattle...

Ces pensées faillirent anéantir la joie qui bouillonnait en elle. Dans la vraie vie, on ne passait pas d'Arthur Drabeck à Matteo Keller. Dans la vraie vie, une femme comme elle n'avait pas la moindre chance avec un homme comme lui. Pour qui se prenait-elle donc ?

Matteo n'avait jamais parlé d'amour avec elle. Pourquoi l'aurait-il fait ? C'était elle qui bafouait les règles en s'éprenant de lui, et en espérant davantage que ce qu'il avait jamais offert, et était prêt à offrir.

En vérité, tout cela finirait une fois qu'ils seraient sortis de cette bulle. Mais elle n'allait pas pour autant gâcher leurs derniers instants. Elle aurait tout le temps de se lamenter dans les jours, les semaines à venir !

Elle décida que, cette fois, elle ne subirait pas les événements. Ils avaient vécu quelques jours intenses, durant lesquelles elle avait laissé s'exprimer une autre part d'elle-même, qui ne lui ressemblait qu'assez peu, au fond. Matteo finirait bien par s'en rendre compte...

Quoi de mieux que d'achever cette histoire en beauté ? Avant qu'elle ne perde de son attrait, de son éclat ? Il garderait d'elle le souvenir d'une femme plus audacieuse et excitante qu'elle ne l'était réellement, ni ne pouvait espérer le devenir.

Elle se laissa happer de nouveau par la musique. Elle dansa, abandonnée… Elle savait que le compte à rebours avait commencé. Et, à minuit, la princesse qu'il avait fait d'elle redeviendrait une femme ordinaire. Le carrosse redeviendrait citrouille. Quoi qu'il en soit, ce serait terminé, et elle voulait refermer cette parenthèse en beauté, et non comme une femme à qui on a brisé le cœur.

Elle dansa sans inhibition, sexy et sûre d'elle-même, telle qu'elle voulait rester dans le souvenir de Matteo. Elle mémorisa le moindre détail : le regard envoûtant de l'homme aimé, le dessin de sa bouche, la mèche qui tombait sur son front, ses mouvements si sexy…

Tout à coup, le rythme de la musique ralentit et une chanson d'amour s'éleva, poignante et romantique. Les bras de Matteo se refermèrent autour d'elle. Tout contre lui, elle sentit battre son cœur, elle sentit son souffle sur ses cheveux, et le poids léger de sa main au creux de son dos. Elle huma sa senteur dans l'espoir de s'en imprégner, d'en garder la mémoire comme si c'était une part d'elle-même.

Lorsque le slow s'acheva, elle se hissa sur la pointe des pieds et lui offrit sa bouche. Elle le goûta sans retenue, cherchant à aspirer son essence pour la conserver en elle, comme un souvenir très cher.

Tout à coup, elle s'écarta de lui.

— Il est minuit, dit-elle. Et je suis Cendrillon. Le bal est fini.

Puis elle se retourna sans ajouter un mot. Elle se contraignit à ne pas courir et s'éloigna lentement, sans regarder en arrière. Elle n'avait pas, comme dans le conte, une pantoufle de vair à abandonner derrière elle.

La vie, au bout du compte, n'était pas un conte de fées.

18.

Abasourdi, Matteo regarda s'éloigner Marlee qui, d'une démarche altière, dépassait les serveurs qui apportaient les en-cas de minuit. Les ténèbres de la nuit tropicale l'enveloppèrent et elle disparut.

Que venait-il donc de se produire ? Il avait encore sur les lèvres le goût de Marlee, son corps viril gardait l'empreinte du sien, et voici qu'elle le plantait là !

Il fit mine de la suivre, puis se retint. De toute évidence, c'était elle qui faisait preuve de bon sens. Ils avaient besoin de refroidir leurs ardeurs. *Il* avait besoin de refroidir ses ardeurs.

Quelques heures plus tôt, il avait pensé qu'il n'avait pas fait ce qu'il fallait. Qu'il l'avait déshonorée et aurait dû agir autrement. Mais qu'avait-il imaginé ? La demander en mariage ?

Tout cela était une folie. Elle avait eu raison de partir. Ils se connaissaient depuis un jour ou deux, et se quitteraient le lendemain !

Mais cela le perturbait de constater que tandis qu'il avait, selon toute apparence, tout à fait perdu l'esprit, elle avait conservé toute sa lucidité. Alors, non, il n'allait pas se lancer à sa poursuite. Marlee était dans le vrai : ils avaient vécu un conte de fées, mais c'est lui qui était ensorcelé, pas elle !

Il était urgent de quitter ces lieux, de redevenir celui qu'il était quelques jours auparavant. Alors peut-être serait-il capable de faire ce qu'il réussissait le mieux : prendre une décision rationnelle, au lieu de se laisser guider par ses émotions.

Mike surgit soudain devant lui, le tirant de ses réflexions.

Son expression avertit Matteo qu'il n'était pas le seul dont l'insouciance venait de prendre fin brutalement.

— Fiona vient d'apprendre une terrible nouvelle, dit Mike à voix basse. Sa mère a eu une crise cardiaque. Grave. Et notre avion n'est pas prévu avant demain en fin après-midi. Il n'y a qu'un vol par jour ici !

Matteo prit une profonde inspiration, et regarda de tous côtés, comme s'il se sentait piégé. Qui cherchait-il à tromper ? Il n'aurait pas pu résister à la tentation d'aller vers Marlee, si elle était restée dans les parages. Mieux valait donc saisir l'occasion que son ami lui donnait de filer d'ici, et s'épargner la cérémonie des adieux ?

Il réalisa, en égoïste, que cette situation de crise représentait aussi une parfaite échappatoire.

— Je vous emmène en jet, proposa-t-il à son ami. Pas de problème, nous partons quand vous voulez !

Mike parut surpris. Il le regarda, une lueur de curiosité dans les yeux.

— Tu sais, pour moi, tu restes mon pote de fac, un étudiant un peu fauché. J'ai totalement oublié que tu avais un jet…

C'était ce que Matteo adorait, dans ses relations avec ses vieux amis. Ses camarades d'études, en particulier, prêtaient rarement attention à tout ce qu'il avait accumulé. Ils ne voyaient que sa personne.

Et étrangement, même si elle connaissait sa réputation, Marlee aussi semblait n'avoir jamais prêté attention qu'à sa personne.

Pourtant, elle était partie, lui signifiant la fin de leur aventure…

— Merci, reprit Mike. Je peux être prêt en un rien de temps. Nous ne prendrons que nos passeports et le minimum nécessaire. Je demanderai à d'autres invités de rassembler nos affaires et de les rapporter chez nous.

Tandis qu'il allait trouver avec Mike une Fiona en larmes, Matteo songea que cela valait mieux ainsi. Marlee et lui avaient vécu sur un petit nuage, coupés de la réalité, pendant quelques jours. Il était temps de redescendre sur terre, même si cela s'annonçait douloureux.

Il avait beau être un des hommes d'affaires les plus respectés du monde, il n'avait pas pris une seule décision rationnelle depuis son arrivée sur cette île. Sauf une, peut-être : celle d'aider ses amis qui en avaient besoin.

Se portait-il à leur secours ? Ou fuyait-il l'ensorcellement qui l'avait tenu captif ?

En moins d'une heure, Matteo avait fourré ses quelques affaires dans un sac, fait établir un plan de vol, et ils montèrent à bord du jet. Fiona était assise à l'avant, et ce fut Mike qui boucla sa ceinture. Elle portait toujours sa robe de mariée, et frissonnait malgré la chaleur qui entrait par la porte de la cabine ouverte.

— Cela m'apprendra à ne pas inviter ma mère à mon mariage ! murmura-t-elle. Je mérite ce qui m'arrive !

Mike lui souffla quelques paroles apaisantes, comme il l'aurait fait avec un enfant.

— D'un autre côté, elle a eu de la chance dans son malheur, ajouta-t-il. Un hôtel au bout du monde n'est pas le meilleur endroit pour faire une crise cardiaque, tu sais.

Fiona parut trouver du réconfort dans ces propos. Mike l'entoura de son bras, et elle se laissa aller contre lui.

Son chagrin rappelait à Matteo la perte de sa propre mère. Cela lui rappelait, avec acuité, le danger du deuil qui rôdait toujours, prêt à frapper au moment le plus inattendu. Comme il regardait par le hublot, les lumières de Coconut Bay, l'endroit le plus sûr sur terre, disparurent une à une jusqu'à ce que l'île se perde dans un océan de ténèbres.

Quelle ironie ! songea-t-il, amer. L'île n'avait pas été, pour lui, l'endroit le plus sûr sur terre. Au contraire, il lui était arrivé là la chose la plus dangereuse de toutes. Les barrières protectrices qu'il avait érigées autour de son cœur s'étaient effondrées. Et l'amour s'y était faufilé.

Amour... Matteo médita ce mot. Il regarda Fiona en larmes, et pensa à son père. L'homme qu'il avait été avant la mort de sa mère avait totalement changé par la suite. Veuf, il n'était plus que l'ombre de lui-même.

Pour se rassurer, Matteo songea qu'il était impossible qu'il aime Marlee, car ils se connaissaient à peine. Il avait pourtant conscience de se mentir à lui-même… Soudain, le souvenir d'un pique-nique familial, sur une colline des Alpes émaillée de fleurs sauvages, lui revint. Sa mère pourchassait ses sœurs dans la prairie, des cris et des rires résonnaient dans l'air. Son père et lui étaient allongés sur la couverture de pique-nique, et son père suivait sa mère du regard, comme s'il ne pouvait pas en détacher les yeux.

« Les gens disaient que nous étions fous. Nous nous sommes mariés quelques semaines à peine après notre rencontre. Mais on sent ces choses-là… »

Ému aux larmes, Matteo prit ses écouteurs, pour ne plus entendre les pleurs étouffés de Fiona et la plainte de son propre cœur qui se brisait.

En entendant gronder le jet dans la nuit paisible, Marlee comprit que sa bulle de bonheur venait d'éclater.

Le destin ne lui accordait finalement pas de seconde chance. Une part d'elle-même avait espéré que Matteo la suivrait pour lui rapporter la pantoufle de vair symbolique. Mais entre le conte de fées et la réalité il y avait un gouffre. La réalité faisait son retour sans ménagement. Brutale et impitoyable, tant pour son amie Fiona que pour elle-même.

Brenda entra dans la suite.

— Je viens d'avoir Fiona au téléphone. Sa mère a passé la nuit, mais la situation reste critique.

— Je suis heureuse qu'ils soient arrivés à temps.

— Grâce à ton beau gosse ! dit Brenda avec un clin d'œil entendu.

Marlee lui décocha un regard aigu. Avait-elle bien perçu un léger accent sarcastique ? Ou bien son manque d'assurance agissait-il comme un miroir déformant ?

Elle s'était peut-être raconté des histoires au sujet de Matteo, mais il y avait du vrai dans le changement qui s'était opéré en elle. Elle avait l'intention de découvrir sa propre vérité, et ces quelques jours avec Matteo lui en avaient donné la force. La force d'être ce qu'elle n'avait jamais été avant son séjour à Coconut Bay : une jeune femme courageuse.

Le courage était en effet la seule qualité indispensable pour mener pleinement sa vie.

Seattle en novembre était sans nul doute la ville la plus morne du monde. Apportée par les vents tourbillonnants du Pacifique, la pluie tombait en grands rideaux glacés. Des nuages gris et menaçants voilaient les montagnes. Après la chaleur et les couleurs de Coconut Bay, le temps de novembre aurait dû paraître plus désagréable que d'habitude, pourtant, Marlee n'arrivait pas à le trouver déplaisant. Il lui semblait qu'elle avait vécu à Seattle – et pendant toute sa vie peut-être – en somnambule, et qu'elle était à présent bien réveillée.

Après son escapade romantique à Coconut Bay, elle s'était attendue à se découvrir plus réservée, plus portée à se fondre dans le décor, encore moins sûre d'elle, et cramponnée aux habitudes qui lui donnaient le sentiment d'être à l'abri. Mais elle voyait le monde sous un tout nouveau jour, au contraire.

Marlee était consciente qu'elle aurait dû se sentir dévastée. Ce n'était pourtant pas le cas. Certains auraient prétendu qu'elle avait choisi d'être courageuse pour ne pas s'effondrer, mais elle n'avait pas cette impression. Il lui semblait plutôt qu'elle était en train de vivre une métamorphose, et s'ouvrir enfin à la vie et à tous ses possibles.

Elle bavardait avec des voisins qu'elle avait autrefois ignorés. Elle marchait sous la pluie, ravie d'avoir les cheveux trempés. Elle s'était inscrite à un cours de sport…

Quand Mary, la mère de Fiona, sortit de l'hôpital, Marlee passa la voir et prit plaisir à évoquer avec elle les souvenirs du bon vieux temps. Elle renforça ses amitiés avec ses collègues et à son club de lecture. La relation houleuse de Fiona avec sa famille, sans parler de l'accident vasculaire presque fatal de sa mère, l'amenaient à mieux apprécier sa propre famille. Elle consacra du temps à son père et sa mère, appréciant la solidité de leur union, même si la sécurité n'avait plus d'attrait pour elle.

Elle tomba sur une affiche publicitaire pour des cours de danse, dans le hall de la bibliothèque, releva le numéro de téléphone et appela pour s'inscrire. Elle adorait ça !

Si Matteo lui manquait, elle avait pensé que cela s'estomperait, étant donné la brièveté de leur rencontre. Mais il n'en était rien. Sans cesse, elle aspirait à l'avoir près d'elle, à partager ses expériences avec lui, à faire des projets d'avenir…

Un jour qu'elle rangeait le contenu d'une armoire, la valise qu'elle avait emportée à Coconut Bay tomba, et un objet s'en échappa. Le cigare offert par l'hôtel… Elle le huma, y posa le bout de la langue, dans l'espoir d'y retrouver le goût de Matteo.

Hélas, ce n'était pas le cas, et elle le jeta sur sa table de nuit. Elle se remémora la femme qu'elle avait été la nuit de leur rencontre, et elle lui fit l'effet d'une étrangère. Une femme un peu puérile, qui plus est. S'était-elle vraiment imaginé qu'en sirotant du rhum et en fumant le cigare elle pourrait devenir une autre ? Quelle naïveté !

Tandis que les jours gris de décembre chassaient ceux de novembre, elle continuait à désirer, chaque jour, que Matteo reprenne contact avec elle.

Fiona lui téléphona pour l'inviter à célébrer Noël avec Mike et elle. Marlee eut un coup au cœur. *Matteo sera-t-il là ?* Non, bien sûr que non ! Même les *jet-setters* ne sautaient pas dans un avion pour assister à une fête de Noël à des milliers de kilomètres, n'est-ce pas ?

— Je sais pourquoi tu hésites, lui dit Fiona.

Marlee rougit au souvenir du baiser torride qu'elle avait échangé avec Matteo, à minuit.

— Ah, oui ? fit-elle d'un ton innocent.

— J'ai été insupportable, ces derniers temps, dit Fiona. Horrible. Mike s'étonne que j'aie gardé des amis, et j'ai une sacrée chance qu'il m'ait épousée. Mais il m'a pardonnée parce que j'ai la meilleure excuse du monde. Tu ne devines pas laquelle ?

— Oh ! Serais-tu…

— Enceinte ? Oui ! Je ne m'en doutais pas du tout ! Je comprends mieux mes réactions à fleur de peau, maintenant. Et tu as été si patiente avec moi ! J'ai hâte de te montrer les photos des ânes, elles sont arrivées cette semaine. Viens, s'il te plaît !

Marlee renonça à demander si Matteo serait là. Alors, elle accepta l'invitation et décida d'agir comme s'il serait présent, même s'il n'y avait pour ça pas plus d'une chance sur un million.

Elle acheta la plus belle des robes. Elle était rouge, mais, hormis la couleur, elle n'avait rien qui soit dans l'esprit de Noël ! Elle semblait tissée de brume matinale tant elle était légère. Elle acheta des escarpins assortis, se coiffa et se maquilla avec soin. Et quand elle se vit dans la glace, elle fut tout à fait consciente d'être forte, sûre d'elle-même… et superbe !

Fiona et Mike donnaient leur fête dans leur nouvel appartement en terrasse, déjà bondé quand elle arriva. Il lui fallut près d'une demi-heure pour saluer tout le monde et comprendre que Matteo n'était pas présent. Mais elle fut presque choquée de son succès auprès des hommes, qui semblaient attirés par elle comme les papillons par la lumière !

Elle se risqua sur la piste de danse. Les cours avaient renforcé son assurance, et elle n'avait plus aucune inhibition. Elle se délectait de l'attention dont elle était l'objet. Comme il lui était facile de se laisser aller, de s'amuser !

— La voilà ! lança Fiona derrière elle. Marlee, regarde qui j'ai sur Boom-Boom !

Boom-Boom ? En se retournant, elle se retrouva face à Fiona, qui lui présentait l'écran de son mobile.

Elle se figea en découvrant un visage familier. *Matteo !* Boom-Boom était une nouvelle application vidéo.

— Bonsoir, Marlee, dit Matteo.

Il était à des milliers de kilomètres et pourtant, c'était comme s'il la touchait.

— Matteo…

Elle fut choquée par son apparence. Il avait les cheveux trop longs, le visage aminci. Et le regard hanté, alors qu'il posait les yeux sur elle. Pourtant, son intonation resta détachée lorsqu'il dit :

— C'est bon de te revoir. Désolé, je crois que je n'ai plus de réseau…

Là-dessus, l'image disparut. Et avec elle, toute la joie de Marlee.

19.

Matteo fixa l'écran de son mobile. Couper la liaison avait été la chose la plus difficile de sa vie. Marlee était si belle. Si rayonnante !

Tandis que Fiona circulait à travers la foule avec son mobile, il avait repéré Marlee bien avant qu'elle sache qu'il la regardait. Il l'avait vue danser. Ses mouvements étaient si sensuels, et elle dégageait une vitalité, une assurance irrésistibles.

Matteo avait vu aussi l'expression de l'homme qui dansait avec elle. Il paraissait sous le charme.

Elle avait été surprise de le voir. Il avait changé depuis son retour de Coconut Bay, et pas pour le mieux. Il ne manquait d'ailleurs pas de remarquer que ses sœurs échangeaient des regards inquiets dans son dos. Mais si trois jours en compagnie de Marlee lui avaient donné ce sentiment de vide, et s'il se sentait si perdu sans elle, à quoi cela le mènerait-il d'agir selon son cœur ?

S'il cédait à la tentation de savoir ce que serait la vie avec Marlee, un jour pourtant, même s'ils tentaient tout pour le repousser, ils se diraient adieu. Il n'y survivrait pas.

Et s'il était le premier à partir ? S'il l'abandonnait en ne lui laissant que des regrets ?

Pour ne pas alimenter sa faim de la voir, de la contempler, et subir la frustration d'un monde d'où elle était absente, il avait coupé la communication. Et il avait bien fait !

Il n'était pas aussi fort qu'il l'aurait voulu, cependant. Car aussitôt, il afficha les photos du mariage que Fiona venait de lui envoyer. Le marié et la mariée ne l'intéressaient que peu. C'était à Marlee qu'il revenait sans cesse. Il contempla surtout l'une des photos, encore et encore, en essayant sans y parvenir de percer le mystère qu'elle semblait renfermer.

— Mais on n'a pas encore regardé les photos ! s'écria Fiona lorsque Marlee, dès qu'elle put le faire sans trahir l'émotion que le bref échange avec Matteo avait suscitée, annonça qu'elle devait partir.

— Ce sera pour une autre fois, dit Marlee avec une gaieté feinte. Mieux vaut te consacrer à tes invités, ce soir. Nous en profiterons pour parler de ton bébé !

— Je te raccompagne.

Elles descendirent sur le perron, loin du bruit de la fête. La pluie crépitait sur le toit du porche.

— Merci d'être allée voir ma mère, dit Fiona. Tu te soucies des autres, et c'est ce que j'adore chez toi. Tu as remarqué qu'elle ne buvait plus ? Elle est tout excitée à l'idée d'être grand-mère. Tu sais, elle ne m'en veut pas de m'être mariée à l'étranger, loin de ma famille. Elle m'a dit que c'était l'avertissement dont elle avait besoin.

— J'en suis heureuse pour toi. Les choses finissent par s'arranger, n'est-ce pas ?

S'arrangeaient-elles vraiment ? se demanda Marlee. Après avoir vu Matteo, dont l'expression la bouleversait, elle n'en était pas sûre.

— J'ai quelque chose pour toi, dit Fiona en remettant un mince paquet à son amie.

C'était de toute évidence une photo du mariage. Marlee décida d'attendre d'être de retour chez elle pour la regarder.

— Tu es superbe, ajouta Fiona.

Les deux amies s'étreignirent en se promettant de se voir bientôt. Puis Marlee rentra, l'esprit en ébullition.

Assise dans son salon, elle déballa la photo. Elle s'était attendue à un portrait encadré du marié et de la mariée, mais c'est une photo d'elle avec Henry qu'elle découvrit. Elle était nez à nez avec l'adorable fauteur de troubles, lui accordant une bise. Elle rayonnait.

Une femme amoureuse. Et pas d'un âne, bien sûr !

En arrière-plan, un peu flou, on apercevait Matteo. Il était évident qu'il la regardait, fasciné. Il était si beau sur ce cliché ! Aussi rayonnant qu'elle. Sûr de lui. Confiant.

Et pourtant, ce soir, sur l'écran du téléphone de Fiona, il avait eu l'air d'aller mal. On ne pouvait pas décrire autrement le bref aperçu qu'elle avait eu de son visage avant la coupure de la connexion.

Elle alla se coucher en y pensant, bouleversée, cherchant à comprendre. Cela pouvait être dû à n'importe quoi : un mauvais jour sur les marchés boursiers, une décision d'affaires erronée… comment savoir ?

Mais quand elle se réveilla en nage, cette nuit-là, elle *comprit*. Elle savait ce qui bouleversait Matteo. L'expression de son visage était celle d'un homme qui a touché du doigt le rêve qu'il n'atteindrait jamais.

Et Marlee était sûre que ce rêve, c'était elle.

Elle voyait aussi que tout ce qu'elle avait accompli depuis son retour en embrassant la vie ne lui semblait être que les prémices du plus grand défi qu'elle aurait à relever. Une sorte d'entraînement. Elle devait se montrer plus sûre, plus consciente de sa force, plus courageuse que jamais. Car il lui fallait sauver Matteo de la vie solitaire à laquelle il s'était condamné.

Enveloppée dans sa couverture pour lutter contre le froid et l'humidité de son appartement, elle alla s'installer devant son ordinateur. Elle regarda les vols pour la Suisse, souvent complets ou plus chers à l'approche de Noël. Il y avait une place libre lundi. Dans trois jours.

Non, elle ne pouvait pas être aussi spontanée ! Elle n'allait tout de même pas courir à l'autre bout du monde parce qu'elle croyait qu'une photo lui avait révélé un secret. C'était de la folie !

De plus, elle n'était jamais allée à Zurich.

Pour ça, il y a des cartes, lui souffla une voix intérieure, narquoise.

Elle ignorait où Matteo habitait.

Mais tu connais le nom de son entreprise.

Et s'il n'était pas là quand elle arriverait. Après tout, c'était un homme très occupé.

— Arrête ! ordonna Marlee à sa voix intérieure. Un peu de sens pratique !

Le mariage de Fiona et Mike avait presque épuisé ses maigres économies. De plus, elle ne pouvait pas être absente au travail, où l'on comptait sur sa fiabilité. Les jours précédant Noël étaient très chargés, à la bibliothèque.

Pourtant, quand apparut la case « Payer », elle cliqua. Elle venait d'acheter un billet d'avion ! Elle regagna son lit, songea à se faire rembourser mais, le matin venu, elle sut qu'elle ne reviendrait pas en arrière.

Marlee ne perdit pas vraiment courage avant d'être installée dans un taxi, dans ce pays inconnu. Tout lui rappelait qu'elle n'était plus dans son univers. Le chauffeur l'avait accueillie dans trois langues différentes avant d'opter pour l'anglais. Le sol était couvert de neige, chose rare dans la pluvieuse Seattle. Et à ses yeux d'Américaine, Zurich ressemblait à un décor de conte de fées avec ses bâtiments anciens aux allures de châteaux, ses rues pavées et sinueuses.

On la déposa devant un immeuble très ancien, avec une belle enseigne en fer forgé : Monte Rosa Alpen. Elle était donc bien au bon endroit. Elle s'approcha de la vitrine qui contenait un éventail d'articles de sports de montagne : skis de fond, bottes de neige, réchaud de survie… Ce fut une belle veste ceinturée, en maille, qui attira vraiment son regard. Bizarrement, cela lui redonna du courage. Elle n'était pas en terre inconnue, ici.

Elle connaissait l'histoire de cette entreprise. Elle avait entendu parler de celle qui l'avait créée. Qu'elle avait dû être courageuse, cette femme qui s'était aventurée dans un monde d'hommes !

Après avoir pris une profonde inspiration, elle poussa la porte. L'accès à la boutique était situé sur la gauche, et un escalier étroit grimpait à droite. Elle l'emprunta et parvint devant une porte vitrée au nom de la compagnie. Et maintenant ? Une secrétaire hautaine allait sûrement lui faire rebrousser chemin. Matteo travaillait sans doute dans une forteresse impénétrable. Il était riche, puissant. Même si elle avait traversé la moitié du globe pour le voir, elle n'obtiendrait pas d'être introduite auprès de lui en se présentant sans rendez-vous !

Elle frappa et entra. L'espace d'accueil était apaisant. Les briques du mur étaient à nu, les fauteuils en cuir profonds et accueillants. Une superbe affiche montrait un lever de soleil sur une montagne. Monte Rosa, probablement. Et derrière le comptoir de réception, la femme qui leva les yeux tressaillit, surprise par cette visite matinale.

— Oui ?

Marlee resta figée. Pourtant, elle n'avait qu'une envie : tourner les talons. Son cœur battait si fort ! Matteo aurait pu se trouver n'importe où, mais elle *sentait* qu'il était là, quelque part ! Tout près d'elle, peut-être.

L'expression de la femme s'adoucit soudain.

— Vous êtes la femme de la photo, dit-elle.

— Pardon ? balbutia Marlee.

— La femme de la photo. Je suis Emma, la sœur de Matteo.

— De quelle photo parlez-vous ?

— Si vous savez qui je suis, dit Emma, satisfaite, c'est qu'il vous a parlé de sa famille. Deuxième porte à gauche. Entrez sans frapper !

Marlee s'engagea dans le couloir. Elle avait l'impression de flotter, comme dans un rêve. Elle ouvrit la porte, entra, et la referma. Matteo était là, assis à son bureau, les yeux fixés sur une photo encadrée. Il leva la tête et posa sur elle un regard perdu.

— C'est... une surprise, fit-il d'un ton morne. Que fais-tu ici ?

Elle s'approcha, retourna la photo et sourit. Elle était identique à celle que Fiona lui avait offerte.

— C'est une photo très réussie, dit-elle.

— En effet.

— Pourquoi la gardes-tu sur ton bureau ?

Il resta silencieux.

— Parce que tu m'aimes comme un fou ? demanda-t-elle avec douceur.

— Ne sois pas ridicule ! La vérité toute nue, c'est que nous nous connaissons à peine.

— Toute nue ? Tu te souviens, dans ta piscine ?

Il rougit. Il paraissait perdu.

— Pourquoi as-tu sur ton bureau la photo d'une personne que tu connais à peine, Matteo ? Est-ce que je te manque ? demanda encore Marlee.

Silence.

— Est-ce que tu rêves de mes baisers, de mes lèvres sur ton corps et…

— Arrête ! lança-t-il d'une voix rauque, étranglée. C'est si mal, tout ça !

20.

— Mal ? répéta Marlee, stupéfaite.

— Ce n'est pas ce que tu mérites. Une liaison ? Toi, la plus respectable des femmes ?

Comme elle gardait le silence, il ajouta :

— Tu es quelqu'un de bien. C'est une évidence.

Marlee céda à l'envie de taquiner un peu Matteo.

— C'est quand on nageait dans ta piscine que tu t'en es aperçu ?

— Cela ne te ressemblait pas plus que le rhum et le cigare.

Elle sourit.

— Pas d'accord. Fumer et boire sont des postures, mais ce jour-là, dans la piscine…

Il lui coupa la parole. Il refusait de penser à ce moment !

— Dès que j'ai vu Fiona en robe de mariée, dit-il avec fermeté et entêtement, j'ai compris que nous faisions erreur. C'est cela que tu mérites, un engagement à vie. Je pensais que tu l'avais compris comme moi. J'ai cru que c'était pour ça que tu avais quitté la réception telle une Cendrillon.

— Non. De vieux complexes avaient refait surface, et j'avais l'impression de me ridiculiser avec toi.

— Pas du tout ! protesta Matteo. D'ailleurs, tu avais l'air d'avoir bien adopté ta vraie nature quand je t'ai vue à la fête de Noël de Mike et Fiona !

— En rentrant à Seattle, j'ai réalisé qu'il ne s'agissait pas de changer. Il s'agissait de découvrir qui j'étais vraiment. Tu m'as donné le courage d'entreprendre cette quête. D'apprendre à vivre.

Matteo garda une nouvelle fois le silence.

— Peut-on parler d'engagement à vie ? demanda doucement Marlee. Puisque tu as amené le sujet ?

— C'est ça, parlons-en ! Cela n'existe pas ! Regarde les statistiques conjugales. Elles sont catastrophiques.

Il sortit son mobile de sa poche, pianota sur l'écran avec des gestes rageurs.

— Cinquante pour cent des mariages se soldent par une séparation ou un divorce !

Et il brandit l'écran devant elle pour qu'elle voie les chiffres. On aurait dit qu'il levait un bouclier.

— Donc, tout va bien pour les cinquante autres pour cent, dit tranquillement Marlee. Mes parents sont heureux ensemble depuis trente ans. Mon modèle du mariage, c'est leur union.

— Tu envisages le mariage ? Qui a parlé de mariage ?

— Euh, je crois bien que c'est toi.

— Pas en ce qui *nous* concerne.

— Je ne suggère pas de le faire dès demain. Je pensais qu'on pourrait se faire un peu la cour d'abord. Tu sais, à l'ancienne. C'est ce que je mérite, non ?

Elle crut voir poindre une lueur d'espoir dans le regard de Matteo. Elle souligna avec douceur :

— Tes parents seraient restés heureux ensemble, si ta mère avait survécu.

— Eh bien, elle ne s'en est pas tirée !

Et voici qu'ils touchaient au cœur du problème.

— Les quelques jours que j'ai passés avec toi, Matteo, m'ont donné le courage que je n'avais jamais eu, celui d'embrasser la vie. Pleinement. De me trouver. C'est le cadeau que tu m'as fait.

Matteo ne réagit pas.

— Sais-tu pourquoi je suis ici ?

Il secoua la tête.

— Pour te rendre ton cadeau et te donner le courage d'embrasser la vie. Pour te demander de prendre le plus grand risque qui soit : t'aventurer à m'aimer, même si cela peut impliquer un jour de souffrir.

— La souffrance pourrait être *ton* lot aussi, souligna-t-il.

— C'est possible, dit-elle. Et tu aimerais me protéger contre ça, n'est-ce pas ?

— J'ai vu ce qui est arrivé à mon père.

— Certes. Ce n'est pas toi que tu cherches à protéger, mais moi. Pas vrai ?

Au bout d'un long moment, Matteo hocha la tête. Il était percé à jour.

— Quand on a des sentiments aussi forts pour quelqu'un, dit-il d'un ton âpre, que devient-on si l'autre nous abandonne ? Au bout d'un an ? Dix ans ? Une vie entière ?

— On ne peut pas envisager tout ce qui pourrait se produire ! Il ne serait pas possible de vivre, sinon. Et encore moins de tomber amoureux.

— Je suis un homme d'affaires. Je pèse le pour et le contre. Je trouve les failles éventuelles.

— Et le choix, quand entre-t-il dans tes beaux calculs, mon chéri ?

Matteo aurait pu mal prendre ce mot tendre, mais Marlee le vit s'adoucir.

— Ton père a choisi, reprit-elle, de se laisser anéantir par la douleur au lieu d'en tirer de la force. Il a choisi de ne pas voir qu'il avait trois beaux enfants, symboles de l'amour qu'il portait à sa femme et…

Matteo s'avançait vers elle quand elle franchit la courte distance qui les séparait encore. Elle appuya le front contre son front, lui prit les mains.

— Je pense, dit-elle avec douceur, que le plus grand risque n'est pas de s'interdire d'aimer quelqu'un parce qu'il ou elle pourrait mourir, mais de périr de mort lente et douloureuse jour après jour parce qu'on n'a pas aimé. Courage, Matteo ! Nous pouvons écrire notre propre histoire. Dis oui !

La réponse de Matteo fut à peine un murmure. Mais il suffit.

— Oui.

Elle l'embrassa, éperdue de bonheur. D'abord, il répondit à son baiser, puis il s'écarta.

— Non. Pour que nous ayons une conclusion heureuse, je dois me prouver que je peux être un homme meilleur…

— J'aime l'homme que tu es.

Il secoua la tête avec véhémence.

— Je peux être tel que tu le mérites. Je veux te traiter avec le plus grand respect, honorablement.

— Je ne me suis jamais sentie méprisée, ni déshonorée ! Mais si ce sont tes conditions, je les accepte, dit Marlee, lui tendant la main.

Quand il la saisit, elle l'attira à elle et l'embrassa à pleine bouche. Il finit par s'écarter.

— Tu n'as pas l'intention de me faciliter les choses, hein ?

— Absolument pas.

Là-dessus, elle l'embrassa encore, jusqu'à ce qu'il lui lance un regard sévère.

— Si tu pouvais te retenir un peu de m'embrasser…

— Pas facile, mais j'essaierai.

— Je peux concocter un plan. Pour te faire la cour. Combien de temps peux-tu rester ?

— Si j'enchaîne quelques jours de vacances en retard avec mes congés de Noël, je pourrai rester jusqu'au nouvel an, et même un peu après. Mais ne programme rien. Soyons spontanés !

— Mauvaise idée. C'est ce qui nous a causé des ennuis.

— Ce n'est pas fait pour déplaire à une hors-la-loi comme moi, répliqua Marlee.

— Viens ! Je vais te présenter à ma sœur.

Cette nuit-là, après avoir été dûment courtisée pendant le meilleur des dîners, Marlee fut déposée par Matteo à l'hôtel où il avait tenu à lui réserver une chambre. Le baiser de bonne nuit qu'il lui accorda, frustrant, fut celui d'un parfait gentleman en dépit des tentatives qu'elle osa pour le tenter.

À présent seule, hélas, elle regarda autour d'elle, se familiarisant avec son environnement. La chambre était digne d'un palais. Son prince semblait avoir trouvé la pantoufle de vair, finalement. Et il y avait quelque chose d'adorable dans sa retenue, dans la façon dont il s'efforçait de ne pas la toucher !

Elle téléphona chez ses parents.

— Maman ? Je suis en Suisse.

— Où ça ? Tu as perdu la tête ?

— Peut-être. Je ne crois pas que je serai rentrée pour Noël.

— Comment ?

Autant dire à sa mère qu'elle faisait la manche dans la rue !

— J'ai rencontré quelqu'un, maman.

— En Suisse ?

— Non, je l'ai connu au mariage de Fiona.

— L'homme de la photo ! s'exclama sa mère d'une tout autre voix.

— La photo ? Quelle photo ?

— Fiona en a posté sur Chatter, si c'est bien ce nom-là.

— Tu as l'appli Chatter ? s'étonna Marlee.

— Tu n'es pas la seule à surprendre ton monde, répliqua sa mère. Ça change tout ! Tu le connais. C'est un ami de Fiona et Mike. Tu sais ce qu'a dit ton père, quand il a vu cette photo de toi et de cet homme avec le petit âne ?

— Non. Il a dit quoi ?

— Voici l'homme qui épousera notre fille.

Sa mère avait-elle des larmes dans la voix ?

— Arrête, maman, dit Marlee.

— Tu n'as qu'à le lui demander toi-même. James, j'ai Marlee au bout du fil ! Elle est en Suisse, avec l'homme de la photo !

— La nouvelle court déjà ! Dis-lui bonjour de ma part !

— Ton père n'aimait pas beaucoup Arthur, tu sais.

— Et toi ?

Sa mère eut une hésitation.

— J'étais prête à l'accepter, si ça te rendait heureuse.

Au cours des jours suivants, Marlee savoura un bonheur plus profond encore que celui qu'elle avait trouvé à Coconut

Bay. Car quoi de plus divin que d'être en Suisse à Noël et d'être follement amoureuse ?

Matteo voulait lui faire tout découvrir de sa ville et son pays. Ils explorèrent le marché de Noël de la vieille ville, visitèrent le château de Chillon sur les rives du Léman, les chutes du Rhin, dînèrent en croisière sur le lac de Zurich.

Ils passèrent Noël dans la famille de Matteo. Et Marlee se prit aussitôt d'affection pour ses sœurs, ses beaux-frères, ses deux nièces et ses deux neveux, qui le lui rendirent bien.

— Tu es celle que nous attendions, lui dit Mia tandis qu'elles faisaient la vaisselle après le repas de Noël. Je ne l'ai jamais vu si heureux. Tu n'aurais pas pu nous faire un plus beau cadeau.

L'une des choses les plus délicieuses était le jeu qu'ils avaient entamé, où Matteo tentait de résister à ses manœuvres enjôleuses. Car il persistait dans l'idée ridicule qu'il devait agir en parfait gentleman, et, en séductrice qui se respecte, elle essayait de le détourner du droit chemin. Elle remportait souvent la partie, et trouvait adorable qu'il se sente ainsi coupable !

Dix jours s'écoulèrent en un éclair. Mais, alors qu'elle pensait devoir traverser comme lui les journées de solitude d'une relation à longue distance, Matteo leur accorda un répit. La veille du jour où elle était censée rentrer, il lui annonça qu'il avait aménagé son emploi du temps.

— Je t'emmène chez toi en jet, lui dit-il.

— On va s'envoyer en l'air ?

Il faillit s'étrangler, et elle fut enchantée de l'avoir choqué.

— Je veux rencontrer ta famille. Aie pitié, Marlee !

Une fois sur place, il insista pour descendre à l'hôtel. Et même si cela revenait à sauver les apparences, selon Marlee, elle vit que son père approuvait l'arrangement.

Cette approbation renforça la conviction de Matteo, et Marlee n'en fut que plus déterminée à le mettre à l'épreuve. Cela installa entre eux la plus délicieuse des tensions sensuelles, tandis qu'ils exploraient ensemble la ville natale de Marlee. Elle l'embrassa follement au faîte de Space Needle, la tour d'observation. Renouvela son manège dans le marché de Pike Place bondé. Elle ne travaillait pas à la Bibliothèque centrale de Seattle, mais elle l'y emmena, car c'était une merveille architecturale. Et il était si coquin d'entraîner Matteo derrière les rayonnages pour un baiser torride !

Ils passèrent du temps chez elle à la condition qu'elle jure de ne pas poser les mains sur lui. Ils firent donc ensemble des choses de tous les jours. Qui aurait pu dire que la confection de cookies, une partie de Scrabble ou un film à la télévision pouvaient se révéler aussi délicieusement érotiques… à condition de résister à la tentation ?

Pendant tout ce temps-là, il pleuvait, et pleuvait encore, mais jamais Marlee n'avait trouvé la vie aussi lumineuse.

Le jour vint où Matteo dut partir, mais leur relation continua à distance. Il envoyait des fleurs. Elle, des messages d'amour. Ils bavardaient en chat vidéo jusque tard dans la nuit. Matteo lui lisait des poèmes, elle lui racontait des histoires drôles… …

Il vint la chercher en jet pour un week-end enchanteur à Venise. Après leur séparation, il ne fut pas difficile de triompher de la résolution de Matteo. Ils ne firent pas une seule balade en gondole ! La fois suivante, ils se rendirent à Paris. Mais pour Marlee, même la tour Eiffel et le Louvre ne pouvaient pas rivaliser avec un chocolat chaud partagé au creux du lit.

Sans en informer Marlee, un jour qu'il était à Seattle pour affaires, Matteo avait pris rendez-vous avec son père pour déjeuner.

Plus stressé que jamais, il prit une profonde inspiration.

— Monsieur Copeland…

— Pardon ? Appelez-moi « Jimmy », voyons.

— Euh…, Jim. Vous avez sûrement remarqué que nous passons beaucoup de temps ensemble, Marlee et moi. C'est devenu une relation tout à fait sérieuse. Je veux dire, j'ai eu un comportement honorable. J'ai essayé de…

Pris de panique, Matteo changea soudain de sujet et demanda :

— Que devrais-je commander ?

M. Copeland – Jimmy – le regarda d'un air dérouté.

— Nous sommes à Seattle, dit-il. Un plat de fruits de mer y est toujours un bon choix.

Matteo fixa le menu, dérouté. Il aurait aimé pouvoir sortir de sa poche le pense-bête où il avait noté les choses à faire valoir. Il avait traité Marlee honorablement. Lui avait fait la cour dans les règles. Avec respect, à l'ancienne. Enfin… la plupart du temps.

— Alors, que vouliez-vous me dire ? lança le père de Marlee, qui avait visiblement pitié de lui.

— J'aime votre fille. Et je vous demande l'autorisation de l'épouser.

Jim Copeland sourit jusqu'aux oreilles.

— Il était temps ! Vous avez ma bénédiction, bien sûr. Mais, de nos jours, qui demande encore l'autorisation du papa ?

Mais Matteo vit qu'il était heureux, en dépit de cette protestation. Sa requête quelque peu démodée semblait confirmer ce qu'il avait tenté jusqu'ici : être digne non seulement d'être l'amant de Marlee – quel mérite y avait-il à ça ? – mais d'en devenir le mari.

Il pleuvait des cordes à Seattle lorsque, une heure plus tard, Matteo frappa à la porte de Marlee. Elle se jeta dans ses bras.

N'y tenant plus, il sortit un petit étui de sa poche et le lui tendit.

— Un cigare ? dit-elle, intriguée.

— Ouvre…

Toujours intriguée, elle ouvrit la boîte, prit le cigare… et découvrit une superbe bague en diamant glissée autour.

— Oui ! cria-t-elle.

— Je n'ai pas encore fait ma demande, alors, arrête ! Je dois me mettre à genoux et…

— Toi, arrête ! Tu me l'as faite, cette demande. Mille et une fois et de mille et une manières.

— Marlee !

— Oh ! bon, d'accord, fit Marlee, qui trépignait presque d'excitation.

Matteo mit un genou à terre et leva les yeux vers elle.

— Je t'aime à la folie, dit-il. Je n'arrive pas à imaginer la vie sans toi. Tu as fait de moi un homme meilleur. Plus courageux que je n'aurais jamais cru l'être. Ouvert à la grande aventure de la vie. Je veux que tu m'épouses. Je te veux pour femme. Je veux passer le reste de ma vie auprès de toi.

Marlee lui tendit le cigare, et il ôta la bague pour la lui glisser au doigt. Elle la regarda à peine ! Elle se fichait de savoir si elle sortait de chez le meilleur joaillier de Suisse ou de la boutique du coin !

— Oui, murmura-t-elle.

Le cigare tomba à terre, entre eux.

Épilogue

Assis seul sur la plage, les pieds dans le sable, Matteo attendait le lever du soleil – un moment unique à Coconut Bay. En dehors du murmure des vagues, tout n'était que silence.

Dans quelques heures, ici, la tonnelle serait dressée, son feuillage tressé de gardénias. Un piano serait apporté, ainsi que la table de signature du registre. On installerait des sièges – cent cinquante, au dernier décompte – sur le sable, face à la tonnelle et à l'océan.

Matteo eut un soupir. Ce n'était pas ce que Marlee et lui avaient envisagé. Ils avaient eu l'intention de célébrer leur rencontre sur l'île en échangeant leurs vœux en privé. Ils avaient désiré descendre à dos d'âne jusqu'à la plage de sable rose où Mackay les avait menés un an plus tôt. Ils avaient rêvé de dire « Oui » lorsque le soleil tropical nimberait d'or l'île tout entière.

Plus tard, ils auraient donné une réception à Zurich pour sa famille et ses amis, et une autre à Seattle pour celle et ceux de Marlee.

Les problèmes avaient commencé lorsque ses sœurs avaient eu vent du plan. Elles avaient été atterrées. Car leur projet les scindait en deux familles distinctes, selon elles.

— Nous ne formons qu'une seule et même famille, maintenant, lui avait dit sévèrement Emma.

Et peu importaient les difficultés pour tout organiser, pour établir la liste des parents proches et éloignés, amis et collègues auxquels on demanderait d'entreprendre le grand voyage. De son côté, Fiona, après la réussite de ses noces, avait lancé son entreprise d'organisation de mariages. Avant de comprendre ce qui leur arrivait, Marlee et Matteo s'étaient retrouvés entraînés dans les plans de leur amie. Laquelle n'était pas ralentie une seconde dans sa tâche par la présence de son adorable bébé, accroché à elle la plupart du temps.

Matteo n'avait jamais pensé qu'il adorait les enfants, et, à la naissance de ses neveux et nièces, il n'avait vu en eux que de drôles de petites choses qui gazouillaient et dont il fallait changer les couches.

Mais la toute petite fille de Fiona le faisait fondre. Elle lui souriait d'une façon qui n'était réservée qu'à lui, il en était sûr. Il acceptait même de la prendre dans les bras, parfois, et était toujours surpris par le désir nostalgique qui le prenait lorsque le bébé se nichait contre lui…

Il avait cru que Marlee voudrait avoir son mot à dire dans les préparatifs, mais à cette seule suggestion elle s'était mise à rire.

— J'ai organisé un mariage une fois, lui avait-elle rappelé. Je m'y suis vouée corps et âme en me souciant du moindre détail. Et pourtant, j'ai raté le plus important.

Matteo était si heureux que cet événement n'ait jamais eu lieu !

— C'est stressant d'organiser un mariage, avait-elle continué. Et ça prend du temps. Franchement, je suis soulagée qu'on s'en charge pour moi. Cela nous laisse plus de loisir pour… tu sais quoi.

Et elle avait eu un grand sourire – ce sourire qu'elle ne réservait qu'à lui.

Donc, maintenant, leur mariage était hors de contrôle. La liste d'invités était en expansion, l'île sens dessus dessous…

Au lendemain de la noce, la mère de Fiona, autrefois terrifiée par l'avion, allait fêter un an d'abstinence avec une excursion aérienne assortie d'un saut en parachute. Bien entendu, la future mariée, insensible aux protestations de Matteo, avait été la première à se porter candidate !

Fiona avait encouragé Marlee, et même suggéré qu'elle garde sa robe de mariée pour le grand saut. Depuis qu'elle avait été nommée pour la photo de mariage de l'année grâce au cliché où elle offrait son bouquet à Henry, elle était à l'affût de clichés insolites !

Tandis que Matteo songeait à tout cela, les oiseaux s'éveillèrent, et l'air fut bientôt rempli de chants pour saluer le nouveau jour. N'était-ce pas tout ce qui lui avait manqué depuis la mort de sa mère ? pensa-t-il. La vie de famille était un joyeux cirque, bruyant et pittoresque, et toujours surprenant !

Une plume blanche voleta dans l'air et vint lui effleurer la joue, tel le plus doux des baisers. Il l'attrapa entre ses doigts. Pendant un instant sublime et beau, Matteo sut que sa mère était avec lui, l'avait accompagné et guidé jusqu'à ce jour.

Pour qu'il dise oui à l'amour. La seule chose qui valait qu'on risque tout.

Il savait, bien sûr, que Marlee et lui n'auraient pas une existence sans défis à relever, sans épreuves et deuils. Il savait aussi le message de sa mère : c'était l'amour qui soutenait les êtres humains, même à travers d'insondables chagrins. L'amour était le seul véritable pouvoir.

Cela lui fut confirmé plus tard, alors qu'il se tenait sous la tonnelle, simplement vêtu d'une chemise en lin blanc et d'un pantalon noir, nu-pieds. Mike était près de lui. En attente.

La famille vint d'abord, ses nièces lançant des pétales et étouffant mal de petits rires, ses neveux menant d'un air solennel Henry et Calamity. Les ânes avaient des sabots peints en rose et chacun d'eux portait un coussin rose où était posée une bague.

Ses neveux, nota-t-il avec amusement, avaient l'air terrifiés – non par les ânes, ou la responsabilité qu'on leur avait confiée, mais par la crainte d'encourir les foudres de Fiona s'ils n'étaient pas à la hauteur.

Celle-ci suivait, dans une robe hideuse qu'elle avait choisie avec Marlee en hurlant de rire.

— Ma mère n'est pas la seule à savoir se faire pardonner, avait déclaré Fiona en virevoltant dans la toilette à froufrous.

Puis Marlee apparut, et le temps parut s'arrêter.

Elle était accompagnée, de part et d'autre, par son père et sa mère, mais Matteo y prêta à peine attention. Il n'avait d'yeux que pour elle. Marlee ne portait pas de robe de mariée. Sur ce point, elle avait tenu tête à Fiona.

« Avec la chaleur ? Inutile ! »

Elle venait vers lui dans un fourreau blanc tout simple, sans prétention et naturel, comme elle. Une robe à l'image du soleil que Marlee apportait toujours avec elle, même par le plus pluvieux des temps.

Les seuls détails sophistiqués étaient les ongles de ses orteils, qu'elle avait laborieusement vernis en rose pour les assortir aux sabots de Henry et de Calamity.

Le regard qu'elle leva vers lui le combla. Il lisait, dans sa démarche altière, tout ce qu'elle était devenue : une femme amoureuse et aimée dont la beauté intérieure se dévoilait sans cesse. Ce qu'il voyait venir vers lui, c'était son avenir. Et il était radieux.

CHANTELLE SHAW

La rançon de la passion

Traduction française de
ANNE DE RIVIÈRE-DUGUET

AZUR

HARLEQUIN

Titre original :
MASTER OF HER INNOCENCE

Ce roman a déjà été publié en 2018.

1.

— Dois-je vraiment porter l'habit, sœur Ann ? s'enquit Clare en jetant un regard dubitatif à la mère supérieure.

— Pour votre sécurité, mon enfant, je vous conseille vivement de vous habiller ainsi. Torrente est un des endroits les plus dangereux du Brésil. Sa proximité avec la frontière colombienne en fait un important point de passage pour le trafic de stupéfiants et j'ai appris que des jeunes femmes en ville avaient été forcées de se prostituer. C'est un lieu sans foi ni loi où même la police n'ose pénétrer. Les dirigeants des cartels de drogue ont peu de respect pour la vie d'autrui, mais conservent une certaine forme de respect pour l'Église.

La religieuse sourit à Clare, qui hocha la tête. Elle était épuisée, en plus de l'angoisse qui la taraudait.

— Vous n'avez pas à vous sentir comme un imposteur dans ce vêtement, reprit la mère supérieure. Vous êtes venue ici au péril de votre vie pour sauver votre sœur et payer la rançon exigée par ses ravisseurs. Le moins que nous puissions faire est de vous aider avec nos faibles moyens. Je ne pense pas avoir besoin de vous rappeler à quel point les hommes qui ont enlevé Becky sont impitoyables.

Clare suivit le regard de la religieuse, tourné vers ce qui ressemblait à un coffret à bijoux, et une vague de nausée la submergea à la pensée de son contenu macabre. Elle ne devait pas y penser, s'ordonna-t-elle, mais malgré tout son esprit visualisa le bout d'oreille sectionné enveloppé dans des couches de papier de soie. Était-ce vraiment un bout de l'oreille de Becky ?

Elle frissonna, ne supportant pas l'idée que sa ravissante sœur ait été mutilée par les personnes qui l'avaient enlevée devant l'hôtel cinq étoiles de Rio de Janeiro où celle-ci posait pour une séance de photos.

Détournant le regard du coffret, elle fixa de nouveau son reflet dans le miroir accroché au mur. L'habit gris lui descendait aux chevilles ; en émergeaient de lourdes chaussures à lacets. Elle nota les cernes sous ses yeux, qui faisaient ressortir ses taches de rousseur. Sœur Ann plaça un voile sur sa tête. Sa flamboyante crinière rousse ainsi couverte, elle avait l'air différent — plus élégante, et sophistiquée.

— Si cela peut apaiser votre conscience, je vous ai donné un voile blanc, la couleur portée par les novices. Lorsqu'elles prononcent leurs vœux perpétuels, elles optent pour un voile noir, expliqua sœur Ann. Et vous avez, après tout, cherché du réconfort dans la chapelle Santa Maria à votre arrivée à Rio. Les voies du Seigneur sont impénétrables…

Clare n'eut pas le cœur de lui dire qu'elle ne pensait pas avoir une vocation religieuse, même si être encore vierge à vingt-quatre ans satisfaisait aux exigences de chasteté prônées par l'Église. Mark l'avait traitée de prude, mais elle avait juste voulu s'assurer avant de se donner à lui qu'il était l'homme de ses rêves. Ce qui n'avait pas été le cas…

Mais sa rupture avec Mark lui semblait désormais très loin. Elle se demanda si elle n'allait pas se réveiller et se rendre compte que l'enlèvement de sa sœur n'était qu'un mauvais rêve. Hélas, aussi incroyable que cela puisse paraître, la situation était bel et bien réelle.

Lundi matin, en arrivant au travail dans l'agence de relations publiques de ses parents, A-Star, elle avait reçu un coup de téléphone de son père paniqué lui annonçant que sa jeune sœur, Becky, un mannequin de renommée internationale, avait été enlevée.

— Les ravisseurs m'ont envoyé une lettre disant qu'ils tueraient Becky si je ne suivais pas leurs instructions, avait dit son père, en larmes. Ils veulent que j'aille au Brésil pour payer la rançon, mais je ne peux pas quitter ta mère et je n'ose pas lui dire que la vie de ta sœur est en danger. Elle a eu de la chance de survivre à son premier AVC et un autre la tuerait. Je ne sais pas quoi faire, Clare. Je veux secourir ma fille adorée, mais je ne veux pas non plus perdre ta mère.

— Je vais y aller à ta place, avait aussitôt proposé Clare.

Elle avait ignoré la petite voix intérieure qui lui susurrait que son père ne l'avait jamais considérée, elle, comme sa *fille adorée*. Sa sœur avait toujours été la favorite, ce qui n'avait rien de surprenant : Becky avait été très malade enfant et avait failli mourir. Cela dit, elle adorait sa sœur et ne pouvait qu'imaginer la terreur que celle-ci devait ressentir.

Refoulant ses larmes, elle se tourna vers sœur Ann.

— Merci de votre aide. Vous avez toutes été si gentilles avec moi ! Je me sentais seule et effrayée quand sœur Carmelita est venue me parler dans la chapelle.

Clare revit en pensée son arrivée à Rio de Janeiro, deux jours auparavant. Suivant les instructions des ravisseurs, elle avait pris une chambre dans un motel délabré et attendu qu'ils prennent contact avec elle. Mais au lieu de recevoir une lettre comme elle s'y était attendue, elle avait reçu un paquet contenant un bout d'oreille sectionné. À la vue de l'objet macabre, elle s'était aussitôt précipitée dans la salle de bains pour vomir.

Le mot qui accompagnait le paquet lui ordonnait de se rendre à Torrente. La ville se trouvait à l'extrême ouest du pays et au beau milieu de la forêt amazonienne, avait-elle découvert en consultant une carte. Exténuée et bouleversée, elle avait alors été inexplicablement attirée par l'église qui jouxtait le motel. Une fois à l'intérieur, elle s'était effondrée et avait tout raconté à la religieuse qui l'avait accueillie. En l'espace de vingt-quatre heures, sœur Carmelita lui avait trouvé un vol pour Manaus, une des villes les plus importantes d'Amazonie, au nord du pays ; là, la congrégation du Saint-Ordre du Sacré-Cœur l'hébergeait pendant que sœur Ann organisait la suite de son périple.

— Si seulement vous pouviez reconsidérer votre décision de secourir seule votre sœur et prévenir la police.

— Je ne *peux* pas. Ses ravisseurs ont menacé de la tuer si j'en parlais à quiconque. J'ai peur d'avoir peut-être mis sa vie en danger en acceptant votre aide, rétorqua Clare d'une voix tremblante, mais je ne savais pas quoi faire d'autre.

— L'enlèvement de touristes fortunés est malheureusement devenu un fléau au Brésil.

Le bruit d'un véhicule entrant dans la cour intérieure attira l'attention de sœur Ann, qui se dirigea vers la fenêtre.

— M. Cazorra est arrivé. Si Dieu le veut, votre sœur et vous serez bientôt réunies.

Clare souleva son sac à dos.

— Ce chercheur d'or ne sait pas pourquoi je me rends à Torrente, n'est-ce pas ?

— Ne vous inquiétez pas, votre secret ne franchira pas les murs du couvent. J'ai dit à Diego que vous deviez prendre vos fonctions d'enseignante à l'école du dimanche et que vous étiez attendue ce week-end.

La peur noua le ventre de Clare. Dimanche était le jour où les ravisseurs devaient la contacter pour lui dire où apporter la rançon. Elle souleva la serviette en cuir qui contenait cinq cent mille livres sterling en billets de banque usagés. C'était terrifiant de penser que la vie de Becky était contenue dans cette serviette, se dit Clare en agrippant la poignée.

— Je dois vous avertir à propos du prospecteur…

La tension de Clare monta d'un cran.

— M'avertir ? Vous m'avez dit que je pouvais lui faire confiance.

— Je ne doute pas une seconde qu'il vous amène à bon port. Il connaît la région comme sa poche. M. Cazorra est un homme bon qui nous a souvent aidées par le passé. Mais il a une réputation de… Eh bien, disons juste qu'il apprécie la compagnie des femmes, conclut la religieuse.

— Vous voulez dire que c'est un dragueur ?

Les Brésiliens étaient-ils tous des coureurs de jupons ? se demanda Clare en se rappelant le chauffeur de taxi qui l'avait conduite de l'aéroport de Manaus au couvent. L'homme aux cheveux gras et au T-shirt taché de sueur lui avait proposé une visite guidée de la ville si elle acceptait de coucher avec lui. Bien entendu, elle avait décliné son invitation.

Toutefois, savoir que son accompagnateur était un don Juan était le cadet de ses soucis tant elle s'inquiétait du sort de sa sœur.

— Je suis sûre que je saurai gérer M. Cazorra, affirma-t-elle en suivant la religieuse dans la cour.

Diego leva les yeux sur le vitrail du couvent. Les rayons du soleil qui illuminaient la vitre teintée donnaient un effet d'arc-en-ciel sur le sol de la cour intérieure. Il était étrange de constater que la beauté se trouvait souvent dans les choses les plus simples, songea-t-il. Au fond de la mine de diamants qu'il possédait avec son meilleur ami et associé, Cruz Delgado, il avait découvert quelques-uns des plus fabuleux diamants jamais trouvés au Brésil. Mais la pureté de la lumière du soleil touchait son âme de façon bien plus insidieuse.

Les deux ans qu'il avait passés dans une des prisons les plus dures du pays lui avaient appris à apprécier les choses simples de la vie : la chaleur du soleil sur son visage lorsqu'il remontait de la mine ou la vue d'un ciel bleu sans nuages. Le souvenir de cette terrible époque ne s'était jamais estompé, mais Diego avait appris à refouler ses pensées moroses, même s'il ne pouvait éviter ses cauchemars.

Secouant la tête, il songea au coup de fil qu'il avait reçu :

— Je me demandais si vous pouviez me rendre un service, monsieur Cazorra, lui avait dit sœur Ann.

Et il avait accepté bêtement, pensant que la mère supérieure voulait qu'il peigne un mur ou répare un toit. Mais il s'était trompé : elle voulait qu'il conduise une des religieuses jusqu'à une ville proche de la frontière colombienne. Torrente était un bidonville de la pire espèce, et il doutait que des religieuses puissent faire grand-chose pour une population qui vivait dans une extrême pauvreté et dont nombre d'hommes avaient dû se tourner vers la délinquance pour survivre.

Dans la *favela* où il avait passé son enfance sévissaient une criminalité et un désespoir aussi importants qu'à Torrente, aussi n'avait-il aucune envie de se rendre dans une ville qui lui rappellerait son sinistre passé. Toutefois, il n'avait jamais oublié que la seule personne qui l'avait aidé lorsqu'il était un jeune homme dans le besoin était un prêtre, le père Vincenzi. Diego n'était pas croyant, mais il ressentait un fort sentiment de loyauté envers l'institution qui l'avait sorti de prison et rendu à la vie. Alors il pouvait bien consacrer quelques jours de son temps à conduire une des sœurs de la congrégation jusqu'à la frontière. Et qui sait ? Sa bonne action serait peut-être récompensée…

Diego ajusta son vieux chapeau en cuir sur sa tête et descendit de sa Jeep, au moment même où la porte du couvent s'ouvrait. Sœur Ann s'avança vers lui, son habit gris et son voile noir flottant au vent.

— Diego, c'est un plaisir de vous revoir, le salua-t-elle en anglais, ce qui était curieux car ils conversaient d'habitude en portugais. Je voudrais vous présenter sœur Clare, qui a récemment rejoint notre ordre en Angleterre.

Cela élucidait au moins un mystère. Ce qui était moins facile à expliquer, c'était pourquoi son cœur battait la chamade…

Diego fixa longuement la frêle silhouette en habit. Le voile blanc de sœur Clare encadrait un visage en forme de cœur surmonté par les yeux les plus bleus qu'il ait jamais vus. Ils avaient la sombre intensité de saphirs et tranchaient avec une peau laiteuse et sans défaut.

Il se moqua intérieurement de lui-même. *Santa Mãe*, il allait écrire un sonnet bientôt ! Il était choqué par sa réaction vis-à-vis de la religieuse anglaise et surpris par sa jeunesse. Elle n'avait guère plus d'une vingtaine d'années, devina-t-il. À peine plus âgée que lui lorsqu'il avait été envoyé au centre pénitentiaire de Belo Horizonte. Certes, la prison n'était pas comparable à la vie religieuse, mais il ne comprenait pas pourquoi une jolie jeune femme choisissait de se retirer volontairement du monde.

— Ravie de vous rencontrer, monsieur Cazorra.

Sa voix était douce et mélodieuse, aussi cristalline qu'un torrent de montagne.

— Ma sœur…

Il ôta son chapeau et lui tendit la main, conscient soudain de sa paume calleuse. La main de l'Anglaise paraissait minuscule dans la sienne ; sa peau était douce comme du satin. L'image de cette jeune femme caressant son corps nu traversa son esprit, et il se demanda à quoi elle ressemblait sous son habit informe — qui ne dissimulait toutefois pas entièrement le renflement de ses seins.

Diego refoula aussitôt ses pensées : c'était une religieuse, bon sang ! Il était persuadé d'être déjà damné aux yeux de la divinité qu'il rencontrerait après son trépas, certes, mais une pensée aussi déplacée allait trop loin, même pour quelqu'un à la réputation aussi peu recommandable que la sienne. Cependant, si lui avait une conscience, ce n'était pas le cas des barons de la drogue. Il doutait fort qu'ils respecteraient le vœu de chasteté de sœur Clare ; ils se demanderaient plutôt combien d'argent ils pourraient gagner en vendant sa virginité.

La voix de sœur Ann le fit sursauter :

— Je peux lire dans vos pensées, Diego…

Pourvu que ce ne soit pas le cas, espéra-t-il de tout son cœur.

— … Je vois que vous avez hâte de prendre la route avant que le mauvais temps annoncé arrive. Quand pensez-vous être à Torrente ?

Il ne voulait pas prendre la responsabilité d'amener la jeune religieuse dans une ville où sa sécurité n'était en aucun cas garantie, aussi prit-il une décision radicale.

— J'ai bien peur que nous devions annuler le voyage. Comme vous le savez, la saison des pluies a commencé plus tôt cette année, et de fortes précipitations sont attendues dans les jours qui viennent, ce qui rendra les routes impraticables.

— Mais nous *devons* y aller !

Sœur Clare s'avança et se planta devant lui. Sa petite taille l'obligea à pencher la tête en arrière pour lever les yeux vers lui et Diego fut surpris par l'expression féroce de son regard.

— Vous étiez d'accord pour m'emmener, poursuivit-elle d'un ton implacable. Je dois être à Torrente dimanche.

Diego fronça les sourcils.

— Sauf votre respect, ma sœur, vous vous rendez là-bas pour enseigner à l'école du dimanche. Ce n'est pas vraiment une question de vie ou de mort, et je n'apprécie pas l'idée de me retrouver coincé à Torrente pour des semaines, voire des mois. La route près de la frontière est un chemin de terre qui se transforme en bourbier lorsqu'il pleut.

Il enfonça son chapeau sur sa tête et se dirigea vers son véhicule.

— Vous prendrez votre poste d'enseignante au printemps prochain, quand la saison des pluies sera terminée.

Au moment où il s'apprêtait à se hisser sur le siège du conducteur, une main étonnamment ferme agrippa son bras.

— Vous ne m'écoutez pas, monsieur Cazorra. Je dois être à Torrente dimanche et vous êtes apparemment la personne idéale pour m'y emmener. Mais si le mauvais temps vous effraie, peut-être pourriez-vous me prêter votre véhicule ?

Le ton sec de sœur Clare l'agaça.

— Savez-vous ce qu'est une averse en Amazonie ? Ce n'est pas une légère pluie comme vous pouvez en avoir en Angleterre, mais un déluge qui entraîne fréquemment des inondations et des coulées de boue. Je n'autorise personne à conduire ma Jeep. Et même si j'acceptais, comment comptez-vous me la rendre si vous restez sur place ?

Clare se mordit la lèvre lorsqu'elle se rendit compte de son erreur. Elle ne pouvait tout de même pas dire à cet homme qu'elle avait l'intention d'attraper le premier vol vers l'Angleterre dès qu'elle aurait payé la rançon et secouru sa sœur.

— Je trouverai sûrement quelqu'un qui acceptera de ramener votre Jeep à Manaus.

Son cœur se serra quand il secoua la tête. Elle n'avait pas

d'autre moyen pour se rendre à Torrente ; cet homme était son seul espoir de sauver sa sœur !

— Je vous en prie ! supplia-t-elle. Je *dois* me rendre à Torrente.

Diego jura entre ses dents serrées lorsqu'il vit des larmes briller dans les yeux de la jeune religieuse.

— Est-ce si important pour vous ?

Les prunelles saphir s'assombrirent.

— Je… J'ai été appelée à Torrente, balbutia-t-elle.

Diego se tourna vers sœur Ann.

— Torrente est un endroit dangereux, surtout pour une jeune femme.

— Nous sommes parfois appelées à faire montre de courage. Comme le prêtre qui vous a aidé autrefois.

Elle avait raison. Si le père Vincenzi n'avait pas accepté d'être l'aumônier de la prison où Diego était incarcéré, celui-ci serait sans doute encore en train de pourrir dans sa cellule, ou mort. Qui était-il pour discuter de ce que la religieuse anglaise croyait être son devoir ?

— C'est d'accord, capitula-t-il. Mais ne dites pas que je ne vous aurai pas prévenue. Nous partons tout de suite. Avec un peu de chance, nous devancerons le mauvais temps.

— Merci.

Le sourire de sœur Clare était si angélique que Diego eut l'étrange sensation que quelqu'un lui comprimait le cœur. Il baissa les yeux sur ses seins et eut l'impression qu'une autre partie de son anatomie était comprimée. Il avait été célibataire bien trop longtemps. Lorsqu'il rentrerait à Rio, il remédierait à la situation et rendrait visite à une des danseuses travaillant dans son night-club.

Sa vie de riche entrepreneur était très différente du dénuement de son enfance. Sa mère était toxicomane et la plupart du temps incapable de prendre soin de son fils. Dès son plus jeune âge, Diego avait été libre de rôder seul dans les ruelles sombres de la *favela* où ils habitaient. Il avait vu des choses terribles. Arrivé à l'adolescence, il s'était endurci. Un soir, en rentrant chez eux, il avait trouvé sa mère qui se faisait tabasser par son dealer parce qu'elle n'avait pas assez d'argent pour le payer. Diego avait perdu son sang-froid, et les conséquences avaient été dramatiques.

Au prix d'un violent effort, il repoussa ces souvenirs. La mère supérieure revenait vers eux avec une caisse de bouteilles d'eau.

— Vous devrez boire beaucoup durant le voyage, dit-elle.

Diego aurait préféré un breuvage plus fort, mais il haussa les épaules.

— Mettez la caisse à l'arrière de la Jeep pendant que je vérifie le moteur, ordonna-t-il à sœur Clare.

Saisissant la caisse des mains de sœur Ann, Clare tremblait si fort qu'elle tomba à genoux lorsqu'elle grimpa dans la Jeep tant elle était soulagée d'avoir eu gain de cause. Son cœur tambourinait dans sa poitrine, mais pas seulement de peur à la perspective de rencontrer les ravisseurs.

Lorsque la mère supérieure lui avait dit que le prospecteur était un coureur de jupons, Clare avait tout de suite songé à l'affreux chauffeur de taxi. Elle n'aurait pu être plus éloignée de la vérité ! Diego Cazorra était le plus bel homme qu'elle ait jamais vu. La première chose qui la frappait était sa taille ; grand et svelte, il portait un jean délavé qui épousait ses hanches étroites et ses longues jambes, et des bottes en cuir. Ses larges épaules et son torse bien découplé étaient clairement visibles sous son T-shirt noir et moulant.

Quand il ôta son chapeau, il révéla une surprenante masse indisciplinée de cheveux blond foncé. Son aspect européen était renforcé par ses yeux gris argent et ses traits ciselés : de hautes pommettes aristocratiques et une mâchoire carrée recouverte d'une barbe de plusieurs jours. Et pour compléter le tableau, une bouche sensuelle et des yeux qui brillaient d'une lueur diabolique.

On aurait dit un ange déchu, qui dégageait un *sex-appeal* incroyable. Même si sœur Ann ne l'avait pas prévenue qu'il était un coureur de jupons, elle l'aurait deviné à la façon dont il l'avait examinée de la tête aux pieds. Elle ressentait encore une sensation de picotement au niveau des seins, et se réjouit que l'épais tissu de son habit de religieuse dissimule les pointes dressées de ses mamelons. Les conseils avisés de la mère supérieure prenaient soudain tout leur sens : elle ne pouvait se permettre la moindre distraction.

Le claquement du capot qui se refermait la fit sursauter. Elle chercha du regard un endroit où ranger les bouteilles d'eau. Il n'y avait pas de sièges à l'arrière de la Jeep, juste un réchaud de camping et deux sacs de couchage roulés. Le véhicule était rudimentaire et semblait inconfortable, mais dès lors qu'il l'acheminait à Torrente, elle s'en moquait.

La zone de stockage derrière les sièges contenait déjà des caisses de bière ; elle les déplaça pour faire de la place aux bouteilles d'eau et découvrit une pile de livres. Curieuse, elle jeta un coup d'œil aux titres et fut surprise de voir son roman favori, *Les Grandes Espérances*, de Charles Dickens, ainsi que d'autres grands classiques et un recueil de poèmes de Keats. Elle n'aurait jamais deviné que le choix de lecture du revêche aventurier comprendrait *Anna Karénine*, récit emblématique de l'amour impossible…

Soudain, la voix impatiente du prospecteur retentit :

— Tenez-vous une réunion de prières, là derrière ?

Clare descendit de la Jeep. Son souffle se bloqua lorsqu'elle réalisa que la serviette contenant l'argent de la rançon n'était plus par terre, là où elle l'avait laissée.

— Où est ma serviette ? demanda-t-elle, paniquée.

— On se calme ! Je l'ai mise sur le siège avant, rétorqua Cazorra en la dévisageant avec curiosité. Que contient-elle de si précieux, les joyaux de la Couronne ?

Clare déglutit.

— Euh… Des livres pour l'école du dimanche.

Ce n'était pas entièrement faux. Sœur Ann lui avait donné des livres pour le père Roberto, le prêtre de la paroisse. Elle fut soulagée de voir sa serviette sur le siège. Il n'y avait pas de façon élégante de grimper dans l'habitacle. Retroussant ses jupes, elle posa un pied sur le marchepied ; elle poussa un cri lorsque deux mains la saisirent à la taille.

L'espace d'un instant, elle fut consciente de la force des bras serrés autour d'elle, des doigts qui brûlaient sa peau à travers le tissu. La senteur de son eau de toilette au bois de santal mêlée à ses effluves virils mit ses sens en émoi. Clare ressentit soudain l'inexplicable envie de presser les lèvres sur la barbe naissante du bel inconnu.

— Merci, monsieur Cazorra, marmonna-t-elle lorsqu'il la reposa sur son siège.

— Je vous en prie. Et appelez-moi Diego. Nous allons passer les quarante-huit prochaines heures ensemble, nous pouvons laisser tomber les formalités, je pense.

— Quarante-huit heures ? s'écria Clare, l'estomac noué. Nous ne serons pas à Torrente ce soir ? Où allons-nous passer la nuit ?

— Je dors habituellement à l'arrière de la Jeep. Ce n'est pas très confortable, mais ça va pour une nuit ou deux.

À la perspective de passer la nuit avec cet homme dans un espace aussi réduit, Clare s'affola.

— Je ne peux pas dormir avec vous dans la Jeep !

Diego hocha la tête : la ravissante Anglaise avait raison. S'il passait la nuit avec une femme dans son véhicule, ce ne serait sûrement pas pour dormir. Des pensées inavouables lui avaient traversé l'esprit lorsqu'il avait soulevé sœur Clare. Ses mains avaient entouré sa taille de guêpe, le rendant conscient de ses hanches généreuses et du renflement de ses seins. Il devinait que sous son habit informe se cachait un corps de déesse. Il allait cependant devoir mettre un frein à ses pulsions s'il ne voulait pas passer les huit cents kilomètres de trajet dans le même état d'excitation que maintenant.

— Il y a un village sur la route où nous passerons la nuit,

annonça-t-il. Les villageois fournissent un hébergement de base pour les touristes qui veulent visiter la forêt pluviale.

Il mit le moteur en marche.

— Bonne chance, ma chère, dit sœur Ann à sa jeune protégée. Je prierai pour votre protection et votre âme.

— Bonne chance ? lança-t-il en démarrant. Torrente doit être encore pire que dans mes souvenirs si la mère supérieure doit prier pour vous.

Il jeta un regard à sa passagère et fut étonné de voir un léger rosissement colorer ses joues, ce qui accentuait les traits fins de ses pommettes, la rendant encore plus belle. Mais quelque chose ne tournait pas rond. Il avait un sixième sens pour repérer les ennuis, acquis durant ses sombres années passées dans la *favela* et en prison. Or que pouvait-il y avoir de suspect dans cette jeune religieuse, aussi belle et pure qu'une rose anglaise ?

— C'est une figure de style, rétorqua-t-elle en lui jetant un regard candide. Je suis sûre que sœur Ann prie pour le salut de toutes les âmes ; même la vôtre, monsieur Cazorra.

Il refoula son sombre pressentiment et lui sourit.

— Il en faudrait, des prières !

2.

Clare était décidée à ne pas réagir à l'indéniable charisme de Diego Cazorra. Elle détourna le regard et fixa la route. Le panneau de signalisation indiquait Boa Vista — ville qui se trouvait à l'extrême nord du Brésil, se souvint-elle avoir vu sur la carte. Mais très vite, ils quittèrent la route principale et bifurquèrent sur un chemin de terre.

— Il n'y a pas de route goudronnée vers le nord-ouest, expliqua Diego. La plupart des gens qui veulent visiter les villes situées le long de la frontière avec la Colombie et le Pérou voyagent par bateau sur le Rio Grande.

— Pourquoi n'avons-nous pas pris le bateau, alors ?

— Le fleuve se rétrécit autour de Torrente, ce qui permet aux trafiquants de drogue de contrôler facilement la région. Il y a une piste d'atterrissage à la lisière de la ville, qu'ils contrôlent aussi. Voyager en Jeep me permet de me rendre où je veux et, plus important encore, de partir quand je veux.

Le cœur de Clare se serra à cette nouvelle. Une fois la rançon payée, elle espérait ramener Becky en sécurité le plus vite possible. Devait-elle dire à son accompagnateur la vraie raison de son périple ? Peut-être accepterait-il alors de les raccompagner à Manaus… Elle hésita, peu encline à faire confiance à qui que ce soit, même si sœur Ann lui avait assuré que cet homme en était digne.

Elle songea à son père, resté à Londres. Rory devait désespérément attendre des nouvelles de Becky, tout en affirmant à sa femme que tout allait bien. Celle-ci n'avait guère plus de cinquante ans, mais son AVC l'avait laissée partiellement paralysée. Cela brisait le cœur de Clare de voir sa mère autrefois pleine d'énergie si fragile et amoindrie.

Son père avait décidé de prendre soin de sa femme et confié à Clare la gestion de sa société de relations publiques. Cela lui avait permis de développer ses compétences, et elle s'était découvert un talent pour la conception de campagnes publicitaires. Du coup, elle était si occupée qu'elle n'avait pas eu le temps de se morfondre après sa rupture avec Mark. De toute façon, le dévouement de son père lui avait rappelé qu'elle voulait un mariage aussi solide que celui de ses parents, et elle était prête à attendre l'homme de sa vie.

Suite à ces événements, elle avait noué un lien étroit avec son père. Pour la première fois de sa vie, elle avait le sentiment qu'il était aussi fier d'elle que de sa sœur. Elle était certes loin de supporter la comparaison avec Becky, mais il était agréable pour une fois de réaliser qu'être l'intellectuelle de la famille plutôt que la beauté n'était pas une si mauvaise chose.

Seigneur, pourvu qu'ils ne lui aient pas fait de mal… Clare ferma les yeux. Aussitôt surgit l'image du bout d'oreille que les ravisseurs lui avaient envoyé. Elle prit une profonde inspiration, ouvrit les yeux et essaya de se calmer. Donner libre cours à son imagination n'aiderait pas Becky. Dans l'espoir de se changer les idées, elle chercha un sujet de conversation.

— Que fait exactement un chercheur d'or ?

— Il amène son détecteur de métaux sur des lieux où il pense qu'il y a un gisement d'or.

— Mais comment savez-vous où chercher ?

— J'ai de bonnes connaissances en géologie, et je sais reconnaître les signes de minéralisation. J'ai aussi un équipement qui me permet d'analyser la roche, même si le plus souvent, c'est une question d'intuition.

— Avez-vous réellement travaillé dans les mines ? Qu'est-ce qui vous a fait choisir un métier si dangereux ?

— Je devais gagner ma vie. Avec mon faible niveau d'études,

mes options étaient limitées. L'exploitation minière est un métier dangereux mais bien payé.

Un mineur peu qualifié qui lisait Tolstoï et de la poésie ? Dubitative, Clare étudia ses traits ciselés, se demandant où il avait appris à parler un anglais aussi parfait. Elle rougit lorsqu'il tourna la tête et la surprit en train de le fixer.

— Vous semblez mener une vite intéressante, monsieur Cazorra, murmura-t-elle.

— Je m'appelle Diego, lui rappela-t-il. J'ai une question à vous poser, ma sœur. Qu'est-ce qui vous a poussée à devenir religieuse ?

Oh non ! Clare se mordit la lèvre tout en cherchant une réponse.

— Vous êtes une très jolie femme et, si je peux me permettre, se consacrer à une vie entière de chasteté ne me paraît pas normal.

Elle lui jeta un regard étonné en même temps qu'il tournait la tête vers elle et leurs regards se croisèrent. Une fois encore, elle fut consciente de l'étonnante alchimie entre eux. Une alchimie… sexuelle ? Elle n'avait pas assez d'expérience pour en être sûre.

La trouvait-il vraiment jolie ? Pendant des années, elle avait comparé son physique banal à celui de son éblouissante sœur et n'avait jamais eu confiance en sa propre apparence. La mère supérieure l'avait prévenue que son chaperon était un coureur invétéré, se rappela-t-elle. Il draguait sans doute toutes les femmes qu'il rencontrait. Pourtant, même s'il la trouvait attirante, elle ne pouvait pas réagir à la lueur dans ses yeux sans faire voler sa couverture. Il attendait sa réponse, réalisa-t-elle soudain ; or mentir n'avait jamais été son fort…

— Chacun de nous doit tracer sa route, et c'est celle que j'ai choisi de prendre, éluda-t-elle.

Ce qui n'était pas entièrement faux, car la route de Torrente menait à sa sœur. Elle était cependant désireuse de changer de sujet. Heureusement, à ce moment-là, une nuée d'oiseaux aux couleurs vives s'envola des arbres.

— Oh ! Regardez ! Est-ce que ce sont des perroquets ? Je n'en ai jamais vu qu'en cage. La diversité de la faune est impressionnante dans cette forêt. J'ai vu récemment un documentaire sur cette région. Saviez-vous que plus de mille variétés d'oiseaux ont été observées dans le bassin amazonien ? Sœur Ann m'a dit que vous connaissiez bien la région. Vous devez souvent voir différentes espèces animales, j'imagine ?

Il haussa les épaules.

— Cela m'est arrivé à l'occasion de chasser le pécari si j'étais à court de provisions. Et c'est toujours une bonne idée de vérifier son sac de couchage avant d'entrer dedans, au cas où une mygale se serait glissée à l'intérieur.

— Vraiment ? s'écria Clare en pâlissant. Je déteste les araignées !

Elle grimaça quand la Jeep passa dans un nid-de-poule et qu'elle fut secouée comme un prunier. Seule sa ceinture de sécurité l'empêcha d'être projetée contre le pare-brise. Le chemin de terre devenait de plus en plus cahoteux à mesure qu'ils roulaient vers l'ouest ; la forêt de chaque côté était si dense qu'à certains endroits les arbres formaient un tunnel dans lequel la lumière du soleil peinait à pénétrer. Elle refusa de penser aux araignées ou à toute autre créature fatale qui pouvait se tapir dans la pénombre humide.

— Je crois qu'il y a différentes familles de singes vivant dans la forêt. Aimez-vous les singes, monsieur Cazorra ?

Elle n'arrivait pas à se décider à l'appeler par son prénom, préférant garder un certain formalisme entre eux.

— À manger ? susurra-t-il.

— Bien sûr que non ! protesta-t-elle. Vous ne mangez tout de même pas de la viande de singe, si ?

Elle lui lança un regard horrifié, avant de se rendre compte en voyant son sourire sexy qu'il la taquinait. À son grand désarroi, elle sentit aussitôt la pointe de ses seins se dresser sous son soutien-gorge en dentelle. Son attirance déplacée pour cet homme rendait cette situation stressante. Poussant un profond soupir, elle tourna la tête et regarda par la vitre tout en monologuant sur la flore et la faune, tandis que la Jeep la rapprochait en cahotant de son destin.

Ils roulaient depuis plusieurs heures lorsque les premières gouttes de pluie tombèrent, rendant aussitôt le pare-brise poussiéreux opaque malgré les essuie-glaces.

Lorsque l'averse se transforma en pluie torrentielle, Diego jura. Il savait d'expérience que les nids-de-poule seraient vite gorgés d'eau et que la piste serait transformée en rivière de boue. Il avait besoin de toute sa concentration, mais sa passagère n'arrêtait pas de jacasser comme une pie.

— Sœur Clare, la coupa-t-il, alors qu'elle énumérait les différents types de fleurs qui poussaient dans la jungle, avez-vous déjà songé à rejoindre un ordre silencieux ?

Diego vit son visage s'empourprer. Il ne se souvenait pas d'avoir vu une femme rougir auparavant, mais celles qu'il côtoyait d'habitude n'étaient pas aussi *innocentes*. Il s'imagina le visage de sœur Clare rougir sous l'effet de l'excitation ; aussitôt, son corps réagit de façon prévisible.

— Je suis désolée, souffla-t-elle en mordillant sa lèvre inférieure. J'ai tendance à trop parler quand je suis nerveuse.

— Vous avez raison d'être nerveuse. Torrente n'est pas un endroit agréable.

Dommage qu'elle n'ait pas tenu compte de ses remarques *avant* leur départ de Manaus, songea-t-il, dépité.

— Si vous voulez faire demi-tour, dites-le maintenant, ajouta-t-il. Une fois la route inondée, on ne pourra pas rebrousser chemin sans risquer de nous embourber.

— Nous ne pouvons pas faire demi-tour ! riposta Clare d'une voix que la panique rendait sèche.

Devant le regard surpris de son chauffeur, elle s'efforça de poursuivre d'un ton plus calme :

— Je dois me rendre à Torrente. J'ai un travail qui m'attend là-bas.

— N'auriez-vous pas pu enseigner en Angleterre ?

grommela-t-il, avant d'ajouter entre ses dents quelques mots en portugais qu'elle ne comprit pas.

Il avait raison à propos de la pluie en Amazonie : cinq minutes auparavant, le soleil brillait ; maintenant, c'était comme si une digue s'était rompue. Des litres d'eau se déversaient sur la Jeep et sur la piste qui, Clare le voyait bien, se transformait rapidement en bourbier.

Elle fut violemment secouée lorsque la Jeep s'enfonça dans une ornière et s'immobilisa. Diego donna des coups d'accélérateur, mais la Jeep ne bougeait pas. Lorsqu'elle se pencha dehors, Clare vit les roues patiner dans la boue.

— Qu'allons-nous faire ? Je croyais que le mauvais temps n'était pas prévu avant plusieurs jours ?

— Il pleut tous les jours, ici. Cette averse ne devrait pas durer plus d'une heure.

— Nous allons devoir attendre que la pluie cesse, j'imagine, avant d'essayer de désembourber la voiture ?

— Si nous attendons, la Jeep s'enfoncera jusqu'aux essieux en un rien de temps. J'ai des planches en bois derrière ; je vais les glisser sous les roues arrière.

Diego rabattit le bord de son chapeau pour se protéger de la pluie et ouvrit la portière. Quelques secondes après être sorti du véhicule, il était trempé jusqu'aux os.

— Mettez-vous au volant, intima-t-il à Clare. Lorsque vous m'entendrez frapper deux fois sur la carrosserie, je veux que vous reculiez doucement. Savez-vous conduire ?

— Bien entendu.

Elle n'avait jamais conduit de Jeep, ni dégagé un véhicule enlisé, mais s'efforça néanmoins de donner le change. Elle repéra la marche arrière sur le levier de vitesse et lorsqu'elle entendit deux coups frappés sur la carrosserie, elle appuya sur la pédale d'accélérateur. Il ne se passa rien. Elle appuya donc plus fort. Les roues patinaient. Soudain, la Jeep fit un bond en arrière. Ils étaient libres !

Fière d'elle, Clare sourit à Diego lorsqu'il ouvrit la portière d'un geste brusque. Son sourire s'évanouit à la vue de la boue qui maculait les vêtements et le visage fermé du beau chercheur d'or.

— *Santa Mãe !* Je vous ai dit de reculer *lentement* !

Clare n'arrivait pas à le quitter des yeux. Même couvert de boue, il était l'homme le plus sexy du monde. Son air dur et viril l'excitait au plus haut point. Le T-shirt de Diego était trempé. Lorsqu'il l'ôta, révélant un torse bronzé recouvert d'une toison dorée, le cœur de Clare bondit dans sa poitrine. Seigneur, il avait décidément un corps de rêve, se dit-elle, le regard rivé sur ses pectoraux d'acier et ses larges épaules.

— Avez-vous une chemise de rechange ?

— Inutile. Il y a de fortes chances que la Jeep s'enlise de nouveau et que je doive recommencer, grommela-t-il en la fixant d'un air revêche. La prochaine fois, évitez d'appuyer à fond sur l'accélérateur, d'accord ?

— Je suis désolée. Mais je croyais que vous vouliez désembourber la Jeep…

— Vous n'avez aucune idée de ce que je veux, ma sœur.

Si elle continuait à le regarder ainsi, Diego ne serait bientôt plus en mesure de se retenir de lui montrer *exactement* ce qu'il voulait.

Il détourna le regard de ses lèvres pleines et sensuelles et fit de son mieux pour ne pas imaginer combien sa bouche serait douce sous ses baisers. Elle n'avait sans doute jamais vu d'homme nu auparavant. Le désir le terrassait, mais pour la première fois de sa vie, il ne succomberait pas à la tentation. Il aurait suggéré à n'importe quelle autre femme de grimper à l'arrière de la Jeep pour qu'ils puissent assouvir leur désir mutuel. Car leur désir *était* mutuel. Du fait de sa longue expérience, Diego reconnaissait de façon infaillible les signes révélateurs de l'attirance physique. Sœur Clare avait beau essayer de cacher ses sensations, ses grands yeux bleus la trahissaient.

Deus, les femmes étaient toujours source d'ennuis ! Il saisit une bouteille de bière, la décapsula et la porta à ses lèvres. Avant qu'il ait pu en boire une gorgée, une main se posa sur son bras.

— Vous ne songez tout de même pas à boire de l'alcool au volant ? s'écria Clare d'un ton outré.

Ses doigts enfoncés dans son biceps semblaient pâles contre sa peau tannée. Il l'imagina nue sous lui, prête à l'accueillir. Une bouffée de désir le saisit. Il écarta sa main, avant de boire une gorgée.

Lorsque Clare se pencha au-dessus de lui, il inhala une douce fragrance de savon. Les religieuses ne se maquillaient sans doute pas ni ne portaient de parfum. Le teint éclatant de la jeune religieuse était entièrement naturel. Ses longs cils étaient auburn ; il se demanda si ses cheveux, dissimulés sous son voile, étaient de la même couleur.

Le cliquetis de métal tira Diego de ses réflexions. Il se rembrunit lorsqu'il vit que la jeune Anglaise avait retiré la clé de contact.

— Conduire en état d'ivresse peut mettre la vie des autres usagers de la route en danger.

Il lutta pour garder son calme.

— Dans des circonstances normales, je suis d'accord avec vous : l'alcool au volant est inacceptable, surtout en ville. Mais au cas où vous ne l'auriez pas remarqué, nous sommes seuls sur la route. Nous n'avons croisé aucun véhicule depuis que nous avons quitté Manaus et nous n'en verrons pas, dit-il en tendant la main. Donnez-moi les clés et reprenons la route. Nous ne pouvons nous offrir le luxe d'attendre plus longtemps si vous voulez atteindre Torrente d'ici dimanche.

Clare hésita, sachant qu'il avait raison.

— Ma tante a été tuée par un conducteur ivre, expliqua-t-elle. Tante Edith a été renversée de son vélo la veille de Noël. L'homme responsable de sa mort avait un taux d'alcool trois fois supérieur à la limite autorisée.

Diego fixa la pluie à travers le pare-brise moucheté de boue.

— Je suis désolé pour votre tante. Et il est peu probable que nous rencontrions un cycliste ici.

Il jeta un coup d'œil à Clare et nota son air têtu, mais aussi le léger frémissement de sa lèvre inférieure. Elle avait des yeux magnifiques — deux saphirs qui pour l'heure brillaient de larmes contenues.

— Bon, d'accord, maugréa-t-il, versant la bière sur le sol. Satisfaite ?

Clare lui tendit ses clés. Ce simple mot lui donnait des idées malvenues et elle s'imaginait déjà ce que ce serait que d'être *satisfaite* sexuellement par cet homme. Avec son beau visage aux traits virils et son corps d'athlète, il était le rêve incarné de toutes les femmes. Sans l'avoir décidé, elle se pencha vers lui et s'humecta les lèvres du bout de la langue.

Lentement, Diego inclina la tête vers elle, jusqu'à ce que son visage soit à un souffle du sien. Quelques centimètres de plus et sa bouche effleurerait ses lèvres. Elle retint son souffle, désirant ardemment qu'il l'embrasse.

Soudain, l'image de Becky lui traversa l'esprit. *Qu'est-ce que tu fiches ?* songea-t-elle, horrifiée. *Tu flirtes avec ce type et tu oublies ta sœur !*

S'écartant de lui, elle recula jusqu'à se retrouver contre la portière.

— Pouvons-nous poursuivre notre route, monsieur Cazorra ?

L'espace d'un instant, elle crut qu'il allait refuser. Lorsqu'elle lui jeta un regard oblique, elle fut choquée de voir l'expression d'un désir brut s'afficher sur son visage, lui donnant une apparence presque sauvage. Elle fut soulagée quand il inséra la clé de contact et démarra…

Diego s'obligea à se concentrer sur la route et à éviter les nids-de-poule gorgés d'eau. Plus vite ils arriveraient à Torrente, où il déposerait sa belle et exaspérante passagère, mieux ce serait.

Il lui jeta un bref regard. Son air serein l'agaça au plus haut point. Contrairement à lui, elle était manifestement peu affectée par le fait qu'ils avaient failli s'embrasser.

— Vous semblez avoir des difficultés à vous souvenir de mon prénom, sœur Clare, susurra-t-il. Je vous le rappelle donc :

Diego. Si vous m'appelez encore une fois « monsieur Cazorra », je serai obligé de rafraîchir votre mémoire.

— Rafraîchir ma mémoire ? Comment ?

Clare était curieuse, malgré sa détermination à garder ses distances. Elle était hautement consciente de chacun des mouvements de son compagnon. Lorsque celui-ci ôta son chapeau et se passa une main dans les cheveux, elle dut se retenir pour ne pas repousser en arrière une mèche tombée sur son front.

Il quitta un bref instant la route des yeux et lui jeta un regard ardent qui la fit fondre.

— Je vous embrasserai jusqu'à ce que vous reteniez mon prénom.

3.

Une douce chaleur envahit Clare. Elle rougit comme elle visualisait Diego mettant sa menace à exécution.

Stop ! Elle était venue au Brésil pour une seule raison : sauver Becky. Elle n'avait aucune idée des conditions de détention de sa sœur, mais le bout d'oreille envoyé par les ravisseurs rendait la situation on ne peut plus réelle et dangereuse. Elle ne pouvait se permettre de se laisser distraire par l'homme diablement sexy assis à côté d'elle.

Incapable de penser à une réponse convenable, elle détourna le regard. Il n'oserait tout de même pas l'embrasser, essaya-t-elle de se rassurer. Mais l'avertissement de la mère supérieure lui revint en mémoire et elle décida de ne pas lui donner l'occasion de prendre des libertés avec elle.

Depuis combien de temps roulaient-ils quand la pluie s'arrêta, aussi soudainement qu'elle avait commencé ? Absorbée dans ses pensées, Clare avait perdu la notion du temps. La chaleur du soleil était si forte que de la condensation se forma ; la forêt ressembla bientôt à un immense chaudron enfumé. Même les flaques d'eau boueuses fumaient sur la piste qui s'étirait à perte de vue comme un long serpent marron.

— Quand est-ce que votre tante a été tuée ? s'enquit soudain Diego, brisant le silence.

— Il y a presque deux ans.

Clare se souvenait fort bien de ce jour gris où sa mère avait appelé pour annoncer la terrible nouvelle. L'ivresse du chauffard n'avait été révélée que plus tard, lors de l'enquête. Clare avait été partagée entre la colère et la tristesse de voir la vie de sa tante écourtée à cause d'un acte égoïste et irréfléchi.

— Le conducteur a prétendu qu'il avait dérapé sur une plaque de verglas, mais il s'est avéré qu'il avait un taux d'alcool supérieur à la limite autorisée et qu'il n'aurait jamais dû prendre le volant dans cet état. Ma tante était plus âgée que mes parents, mais elle était en pleine forme.

— Vous étiez manifestement très attachée à elle.

Comme il était étrange d'apprécier le bonheur seulement lorsqu'on l'avait perdu, songea Clare. L'humour pince-sans-rire et les conseils judicieux de sa tante Edith lui manquaient plus qu'elle ne l'aurait pensé.

— J'ai vécu avec elle une partie de ma jeunesse, dit-elle avec un sourire triste. À l'époque, j'ai détesté aller vivre chez elle dans son petit village retiré du Kent alors que mes parents restaient à Londres. Jamais l'idée ne m'a traversée que ma tante n'apprécierait pas forcément de voir sa vie perturbée par l'arrivée d'une gamine boudeuse.

— Pourquoi vos parents vous ont-ils envoyée là-bas ?

Diego ne s'expliquait pas son intérêt soudain pour sa passagère. D'habitude, il évitait les discussions personnelles : il n'était pas intéressé par la vie privée de ses conquêtes et il refusait de parler de lui-même, surtout de son passé.

— Ma sœur a été très malade lorsqu'elle était enfant. Une leucémie. Elle a subi des séances de chimiothérapie pendant des années avant de guérir. Mes parents n'arrivaient pas à faire face à toutes leurs obligations. Ils passaient beaucoup de temps à l'hôpital avec Becky, tout en essayant de diriger leur société de relations publiques et de prendre soin de moi.

Elle poussa un soupir.

— Cela semble ridicule, mais je me sentais abandonnée par eux. J'avais seulement neuf ans quand Becky est tombée malade et je ne me rendais pas compte à quel point sa maladie était grave. Voyant mes parents passer tellement de temps avec elle, j'ai cru qu'elle était leur préférée.

— C'est compréhensible, assura Diego.

Abandonné par son père avant sa naissance, il comprenait parfaitement la jeune femme. De plus, la dépendance de sa mère à l'héroïne l'avait obligé à se débrouiller par lui-même très jeune.

— Vous m'avez dit que votre sœur s'était totalement rétablie. Êtes-vous alors revenue vivre chez vos parents ?

— Non. Je leur rendais souvent visite, mais comme j'avais intégré une école secondaire dans le Kent, ils ont pensé qu'il était préférable que j'y reste pour ne pas perturber mes études.

— Vous avez dû en vouloir à votre sœur, qui vivait avec vos parents alors que vous étiez chez votre tante.

Clare fut surprise de la perspicacité de Diego. Il était effectivement arrivé qu'elle soit jalouse de toute l'attention que recevait Becky, même si elle avait eu honte de sa réaction. Sa sœur n'avait pas choisi d'être malade, après tout.

— J'aime ma sœur, et ce n'est pas sa faute si j'ai grandi en pensant avoir été repoussée par ma famille. J'ai eu de la chance de ne pas avoir été atteinte d'une terrible maladie et passé la majeure partie de ma jeunesse à l'hôpital. Mes parents ont géré une situation difficile du mieux qu'ils le pouvaient.

L'estomac de Clare se noua. Becky avait tellement souffert étant enfant que voir sa vie à nouveau en danger lui paraissait injuste. Pourvu que sa sœur ne rende pas la situation encore plus difficile, se prit-elle à espérer. En effet, Becky avait été gâtée par ses parents durant ses longues années de maladie ; par la suite, sa carrière de mannequin l'avait habituée à voir les gens répondre à ses moindres désirs. Or il était peu probable que ses ravisseurs la traitent comme une princesse…

Lorsque la Jeep fit une embardée, Clare grimaça et frotta son épaule endolorie. Les incessantes secousses lui donnaient l'impression d'être dans le tambour d'une machine à laver.

— Combien de temps nous faudra-t-il pour atteindre le village où nous passerons la nuit ?

Diego jeta un coup d'œil au tableau de bord.

— Nous avons roulé deux cent trente kilomètres depuis

que nous avons quitté Manaus et sur cette piste défoncée, nous roulons à environ soixante kilomètres-heure.

— Nous devrions donc atteindre le village dans un peu plus de trois heures, répondit Clare.

Voyant le regard étonné de Diego, elle ajouta :

— J'ai toujours été douée en maths. Lorsque j'étais à l'école, mes amies ne savaient pas quelle carrière choisir ; moi, j'ai toujours su que je voulais être comptable.

— Vous êtes donc allée à l'université ?

Elle acquiesça.

— J'ai une maîtrise en comptabilité et marketing. Après avoir obtenu mon diplôme, j'ai travaillé dans une des principales banques de Londres pendant dix-huit mois, avant de devenir chef comptable dans la société de mes parents. Récemment, je me suis plus impliquée dans l'aspect relations publiques de l'entreprise.

Diego fronça les sourcils.

— J'essaye de comprendre ce qui vous a amenée à renoncer à une excellente carrière et à vous couper de votre famille et de vos amis. Comment vos parents vivent-ils votre décision ? D'autant que vous avez choisi de quitter l'Angleterre pour intégrer un ordre religieux au Brésil.

Clare regretta de s'être confiée. Son manque de confiance en elle l'avait poussée à se vanter de son parcours. Elle avait oublié l'espace d'un instant le rôle que la mère supérieure lui avait assigné pour sa protection. Elle n'osait toutefois pas avouer à Diego la véritable raison de sa venue à Torrente.

— Mes parents me soutiennent dans mon projet, murmura-t-elle, se souvenant de la façon dont son père l'avait serrée dans ses bras avant son départ. Et vous, avez-vous une famille ?

— Non.

— Vous n'êtes donc pas marié ? insista Clare lorsqu'il devint évident qu'il n'en dirait pas plus.

— Non.

— Prospecteur est un métier solitaire.

— J'aime la solitude.

Clare renonça à poursuivre la conversation. Elle aurait pourtant bien aimé lui demander comment il avait appris à connaître la littérature classique anglaise si son éducation avait été aussi insuffisante qu'il le prétendait. Quelque chose en lui laissait penser qu'il était plus qu'un simple aventurier. Et ce n'était pas seulement à cause des livres qu'elle avait trouvés. Elle n'arrivait pas à l'expliquer, mais une touche de mystère l'entourait. L'idée qu'il lui cachait quelque chose renforça sa décision de garder sa propre identité secrète.

L'état de la piste empirait au fur et à mesure de leur progression. La Jeep s'enlisa deux fois. La première, Diego réussit à libérer les roues en glissant les planches de bois dessous ; la deuxième, il dut se servir d'un cric pour soulever le véhicule. La tâche fut longue et difficile. Clare, sortie l'aider, se retrouva avec de la boue jusqu'aux chevilles. Lorsqu'ils arrivèrent enfin à Inua, elle titubait de fatigue et s'imaginait déjà une belle chambre d'hôtel avec la climatisation et peut-être même une baignoire.

Diego gara la Jeep dans une clairière où quelques cahutes clairsemées entouraient une hutte plus grande.

— Où est le reste du village ? demanda Clare.

Les hommes assis devant la grande hutte étaient pour la plupart vêtus de shorts et de chemises, mais les femmes étaient seins nus et les enfants qui se précipitèrent pour saluer les nouveaux arrivants ne portaient que des pagnes.

— Il n'y a rien d'autre. Inua abrite une tribu appelée les Yanomami.

— Mais je croyais qu'ils accueillaient des touristes, ici, s'étonna Clare en regardant autour d'elle. Où vais-je dormir ?

L'espoir de passer la nuit dans une chambre confortable et de se prélasser dans son bain diminuait à vue d'œil.

— La hutte réservée aux invités est par ici, dit Diego en indiquant une construction légèrement à l'écart des autres. Ne vous inquiétez pas, la cabane en bois à côté est une douche.

Il s'éloigna pour parler à un homme âgé, puis rejoignit Clare quelques instants après.

— Laissez-moi prendre votre sac dans la Jeep, puis je vous montrerai votre chambre. L'aîné de la tribu, Jacinto, m'a demandé si vous vouliez vous joindre à eux pour le dîner. Comme le menu de ce soir est du singe, j'ai pensé préférable de décliner son invitation.

— Merci, répondit Clare en frissonnant.

Depuis l'enlèvement de sa sœur, elle grignotait ; l'idée de manger du singe lui coupa définitivement l'appétit. Elle suivit Diego dans la hutte et fut soulagée de voir un lit avec un magnifique encadrement en bois. Le matelas était certes très mince, mais au moins elle ne dormirait pas par terre.

— Ce n'est pas le Hilton de New York, railla Diego en voyant son expression, mais j'imagine que vous êtes habituée à une vie simple, au couvent.

Elle le dévisagea d'un air suspicieux.

— Comment un simple prospecteur sait-il à quoi ressemble le Hilton de New York ?

Il lui adressa un de ses sourires lumineux et ignora la question.

— Je vais préparer le dîner. Je n'ai que des aliments en conserve, rien d'extraordinaire. Mais vous êtes cordialement invitée à vous joindre à moi.

— Merci, mais je vais plutôt prendre une douche et me coucher tôt. La journée a été longue et éprouvante.

La chaleur et son inquiétude constante pour Becky l'avaient vidée, physiquement et émotionnellement. Par ailleurs, son incoercible attirance pour Diego n'arrangeait pas les choses…

Il se dirigea vers la Jeep. Un spectaculaire coucher de soleil avait bigarré le ciel de teintes roses et orange, mais désormais tout était sombre. Elle se sentait très seule, dans cet environnement étranger.

Quel soulagement d'ôter le lourd habit en serge et le voile ! Le jet de la douche était étonnamment puissant, mais Clare crut voir un serpent se glisser hors de la cabine, aussi ne s'y attarda-t-elle pas.

Même la nuit, la moiteur était telle qu'elle avait l'impression d'être enveloppée dans une couverture humide. Malgré sa chemise de nuit légère, elle avait trop chaud, et les moustiques s'en donnaient à cœur joie. Elle s'allongea sur le lit, à l'abri sous la moustiquaire. Elle se demanda où dormait sa sœur. La forêt pluviale était encore plus bruyante la nuit que la journée : des centaines d'espèces d'insectes et de créatures nocturnes rivalisaient pour faire le plus de bruit.

Clare se raidit en entendant des pattes courir sur le plancher de la hutte. *Qu'est-ce que c'est que ça ?* Un rat ? Le cœur battant à se rompre, elle tendit l'oreille. Lorsque le bruit reprit, elle alluma sa lampe torche et braqua le faisceau sur le sol. Un énorme cafard aux antennes frémissantes et à la carapace noire se dirigeait vers le lit.

— *Pouah !* s'écria Clare, les nerfs à vif.

Cette forêt était décidément un endroit terrifiant. Paniquée à l'idée de voir d'autres créatures ramper ou se faufiler à l'intérieur de la hutte, elle bondit hors du lit, saisit la serviette contenant l'argent de la rançon, sortit à la hâte et courut à toute allure vers la Jeep. Le terrain accidenté lui faisait mal aux pieds ; le faisceau de sa lampe captura des points de lumière qui étaient, réalisa-t-elle, les yeux des animaux cachés dans la jungle. Folle de peur, elle ouvrit d'un geste brusque la portière arrière de la Jeep.

— Diego, il y a un *énorme* cafard dans la hutte…

Elle s'interrompit pour reprendre son souffle, les yeux écarquillés.

Diego était affalé sur un matelas qu'il avait déroulé à même le plancher. Adossé à des coussins, il était torse nu. Une lampe à pétrole distillait une lumière forte sur les pages du livre qu'il lisait et éclairait son torse, mettant en lumière les poils dorés de sa toison. Avec ses cheveux blonds ébouriffés et sa barbe naissante, il lui fit penser à un lion : svelte, tout en muscles et extrêmement puissant.

— Un cafard ? C'est peu probable, répondit-il posément.

— Mais si ! Je sais à quoi ressemble un cafard !

— Je voulais dire que c'était peu probable qu'il n'y en ait qu'un. Les cafards aiment la compagnie. Il y en a probablement un nid derrière la tête de lit.

Clare frissonna.

— Je ne peux pas dormir dans la hutte avec une famille de cafards, assura-t-elle, avant de crier lorsqu'elle sentit quelque chose frôler son pied : il y a un serpent qui court le long de ma jambe !

— Les serpents ne courent pas, répondit Diego en braquant le faisceau de sa lampe sur le sol. Ce n'est qu'un inoffensif lézard. Il a sans doute bien plus peur de vous que vous de lui.

— Je n'en mettrais pas ma main au feu, marmonna Clare en grimpant dans la Jeep. Puis-je dormir ici ce soir ?

Il ne répondit pas et la fixa d'un air ébahi.

— Qu'y a-t-il ? J'ai un autre lézard sur moi ?

— Je croyais que les religieuses devaient se couper les cheveux ?

Idiote, se fustigea Clare intérieurement. Elle avait oublié qu'elle ne portait plus son habit et son voile. Ses cheveux avaient vite séché après la douche, mais l'humidité avait fait frisotter ses longues boucles sur ses épaules et dans son dos. Lorsque Diego tendit la main et entoura une mèche autour de son doigt, elle se raidit.

— On dirait de la soie, murmura-t-il. Et quelle couleur extraordinaire ! Ils me rappellent les marrons que les jeunes enfants anglais ramassaient lorsque j'étais là-bas, un automne. Quel dommage de cacher une telle merveille sous un voile.

Il attendait manifestement une réponse de sa part, mais elle ne savait quoi dire.

— Je suis novice, c'est pourquoi je porte un voile blanc au lieu d'un noir, répondit-elle enfin. Je ne suis pas obligée de couper mes cheveux avant mes vœux définitifs.

— Et quand les prononcerez-vous ?

— Bientôt, assura-t-elle.

Diego referma la portière et s'adossa de nouveau aux coussins. Lorsqu'il replia les bras derrière la tête, Clare eut le regard attiré sur son torse nu et ses superbes pectoraux.

— Vous n'êtes donc pas encore totalement engagée dans votre cause, commenta-t-il.

Le regard gourmand qu'il lui jeta fit naître un frisson le long de sa nuque, et elle comprit avec effroi qu'elle avait échangé un danger contre un autre. Certes, elle ne s'était pas sentie en sécurité dans la hutte, mais son attirance pour Diego risquait d'être un plus grand danger pour sa tranquillité d'esprit — d'autant plus que son regard lorgnait sans retenue ses seins à peine cachés par sa fine chemise de nuit.

La bouche de Diego s'étira en un lent sourire sexy.

— Pourriez-vous être tentée de choisir une autre voie ?

Seigneur ! Elle aurait aimé qu'il arrête de la fixer comme s'il s'imaginait la déshabiller et la séduire. Jetant un regard autour d'elle, elle chercha quelque chose pour se couvrir.

— Puis-je emprunter un sac de couchage ?

— Servez-vous.

Elle inspecta minutieusement le sac de couchage, avant de se glisser à l'intérieur et de remonter la fermeture Éclair jusqu'à son menton. Elle crut aussitôt suffoquer de chaleur, mais au moins son corps était soustrait au regard de Diego.

— La tentation est l'œuvre du diable, dit-elle d'un ton sec.

— Êtes-vous en train de me dire que vous n'avez jamais été titillée par le désir, un instinct humain au demeurant parfaitement naturel ?

La voix sensuelle de Diego éveillait en elle des images affriolantes. Mais Clare avait beau être très attirée par lui, jamais elle ne l'admettrait.

— Si cela m'arrivait… Eh bien, je prierais jusqu'à ce que ces sentiments passent.

Lorsque Diego éteignit soudain sa lampe, la Jeep fut plongée dans le noir. Clare entendit son compagnon bouger. Il cherchait manifestement à trouver une position confortable, mais sa haute stature l'obligeait à s'allonger en diagonale. Sa présence si proche était… Clare se recroquevilla dans le sac de couchage et s'obligea à fermer les yeux dans l'espoir de ne plus penser à cet homme.

Diego serra les poings, miné par la frustration. Si le diable existait vraiment et attendait de recevoir les pécheurs dans sa Géhenne de feu, il était cuit. Il devait prendre sur lui pour ne pas ouvrir le sac de couchage de sœur Clare et lui arracher sa chemise de nuit transparente.

— Pendant que vous dites vos prières pour être libérée de vos tentations, peut-être pourriez-vous en dire une pour moi, marmonna-t-il. Et je vous conseille de prier très fort, car je n'ai jamais autant été tenté par une femme de ma vie.

— Je suis désolée de vous avoir interrompu dans votre lecture, dit-elle d'une voix aussi douce que l'obscurité veloutée qui les entourait. Vous m'avez dit avoir manqué d'éducation, alors où avez-vous appris à apprécier la littérature ? J'ai remarqué que vous aviez une collection de livres d'auteurs différents.

La question ramena Diego des années en arrière, lorsque Cruz et lui étaient employés par Henry Bancroft. Il faillit dire à l'Anglaise de se mêler de ses affaires, mais il avait besoin d'être détourné de ses pulsions interdites.

— J'ai travaillé autrefois dans une mine de diamants au Brésil appartenant à un comte anglais. Mon ami sortait avec la fille du comte et je l'accompagnais chez elle pour discuter avec la gouvernante, expliqua-t-il en souriant. Lucia était un peu plus âgée que moi et elle m'a beaucoup appris.

— Sur la littérature ?

— Euh, non, admit-il. J'étais plus intéressé par ses charmes que par sa culture. Mais elle m'autorisait à emprunter des livres de la bibliothèque du comte lorsqu'il s'absentait.

À l'époque, il avait été stupéfait du nombre de livres parmi lesquels choisir. Durant son séjour en prison, le père Vincenzi lui avait appris l'anglais et l'avait encouragé à lire. Il avait alors développé une passion pour la lecture, plus particulièrement pour la littérature classique et les thrillers politiques. Après sa libération, il était allé travailler à la mine de diamants de Montes Claros et avait passé son temps libre dans la bibliothèque du comte Bancroft, heureux de se plonger dans des livres pour échapper à sa dure vie de labeur.

— Qu'est devenu votre ami, celui qui sortait avec la fille du comte ?

— Cruz a fini par l'épouser et ils ont désormais des jumeaux.

— N'avez-vous jamais eu envie de vous marier, comme lui ?

— Non.

— Pourquoi ? insista-t-elle.

Diego poussa un long soupir.

— J'ai eu une petite copine qui aimait que je lui achète des chocolats ; comme elle faisait attention à son poids, elle ne mangeait que ceux fourrés à la fraise et laissait les autres. Pour moi, le mariage c'est un peu la même chose : on savoure ses chocolats favoris et on ignore les autres parfums, ce qui à mon sens est un gaspillage.

Clare faillit s'étouffer.

— C'est la remarque la plus machiste que j'aie jamais entendue. Vous êtes… *incroyable* !

— Vous n'êtes pas la première femme à le penser.

Elle ne pouvait voir son expression dans l'obscurité, mais elle s'imaginait très bien son sourire sexy.

— Ce n'était pas un compliment, marmonna-t-elle.

— Ma façon de vivre est tout de même plus normale que votre décision de vous priver des plaisirs de la chair. Comment pouvez-vous être certaine de ne pas vouloir vous marier si vous n'avez jamais eu de relations physiques avec un homme ? Ne devriez-vous pas sortir avec quelques hommes avant de prononcer vos vœux définitifs ?

— En fait, je suis sortie avec un homme, qui s'est révélé être un menteur et un tricheur.

Elle ne put cacher la rancœur dans sa voix au souvenir de Mark.

— Ah !

Clare fronça les sourcils.

— Quoi, « ah » ?

— Je pense qu'il est possible, probable même, que vous ayez décidé de devenir religieuse parce que cet homme vous avait trompée. Vous avez été blessée une fois et avez décidé de fuir pour ne pas être blessée une deuxième fois.

Clare fut tentée de dire à Monsieur Je-sais-tout ce qu'elle pensait de sa théorie, même s'il y avait une part de vérité dans ses propos. Car si sa rupture avec Mark ne l'avait pas fait se tourner vers la vie religieuse, elle était tout de même devenue un peu ermite.

— Que faisait votre ex, à part être un abruti ? Au niveau professionnel, je veux dire ?

— Il s'appelle Mark Penry. Son nom ne vous dit sans doute pas grand-chose puisque vous passez le plus clair de votre temps loin de toute civilisation, mais c'est un mannequin de renommée mondiale. Il a récemment tourné dans une campagne publicitaire pour des sous-vêtements.

— Votre cœur a été brisé par un joli garçon qui fait de la publicité pour des caleçons ? railla Diego.

Clare retint un ricanement en se rappelant la manière dont Mark s'admirait dans tous les miroirs qu'il croisait.

— Le problème, dit-elle, c'est qu'il m'a laissée croire que nous avions un avenir ensemble. Je me suis sentie si stupide lorsque j'ai compris qu'il me trompait avec un mannequin !

C'était d'ailleurs étrange : dans tous les domaines de sa vie, elle était raisonnable au point d'être ennuyeuse, mais son bon sens la désertait lorsqu'il s'agissait des hommes. À dix-sept ans, elle était tombée amoureuse d'un garçon et croyait que les sentiments de Tony étaient réciproques. Elle avait été anéantie d'apprendre qu'il n'en était rien et qu'il était sorti avec elle dans le seul but de gagner un pari avec ses amis.

— Ne sois pas pressée d'avoir des relations sexuelles, lui avait à l'époque conseillé tante Edith. Un jour, tu rencontreras l'homme de ta vie. Tu l'aimeras de tout ton cœur et toute ton âme, et cet amour sera réciproque.

Clare avait pris les conseils de sa tante à cœur. Durant ses études universitaires, elle était sortie avec plusieurs garçons sans jamais coucher avec eux. Lorsqu'elle avait rencontré Mark, elle avait cru avoir enfin trouvé le bon ; découvrir qu'il la trompait avait brisé ses illusions, surtout quand Mark avait affirmé avoir agi ainsi car elle refusait de faire l'amour avec lui.

Mais Mark était un saint comparé à Diego Cazorra ! Elle ne pourrait plus jamais voir une boîte de chocolats sans penser à sa scandaleuse attitude vis-à-vis des femmes. Comme elle aurait voulu avoir assez de courage pour aller dormir dans la hutte ! Il lui semblait impossible de s'endormir alors qu'elle était douloureusement consciente du corps à demi nu de Diego presque contre le sien, avec comme seul rempart son sac de couchage.

Ce fut sa dernière pensée avant de s'endormir.

Lorsqu'elle ouvrit les yeux, Clare vit que le ciel était devenu gris perle. Il se teintait de rose tandis que le soleil se levait au-dessus de la cime des arbres.

Quelque chose l'avait réveillée. Elle se souvint vaguement d'avoir entendu une voix rude et réalisa que ce devait être Diego parlant en portugais. Elle descendit la fermeture de son sac de couchage pour pouvoir se redresser. Lorsqu'elle tourna la tête, elle le vit marmonner dans son sommeil. Dieu seul savait de quoi il rêvait… Ses traits étaient figés en une expression d'angoisse et il tournait violemment la tête de droite à gauche.

— *Assassino !* cria-t-il, avant de se couvrir le visage de l'avant-bras et de pousser un long gémissement.

— Diego !

Elle l'appela par son nom plusieurs fois sans réussir à le réveiller. Il gémit encore, comme s'il était à l'agonie. Était-il malade ? Désespérée, Clare le secoua par l'épaule.

— Diego ! Diego ! Monsieur Cazorra, réveillez-vous !

Il bougea si vite qu'elle fut prise au dépourvu lorsqu'il posa la main derrière sa tête et glissa les doigts dans ses cheveux.

— Vous souvenez-vous de ce que je vous ai dit que je ferais si vous m'appeliez encore une fois « monsieur Cazorra » ?

4.

Le regard de Diego brillait d'une intensité sauvage quand il attira le visage de Clare contre le sien et lui effleura la bouche des lèvres. Jamais elle n'avait expérimenté un tel baiser — d'une profonde sensualité et si intense qu'elle n'avait aucune chance d'y résister.

Encore étourdie de sommeil, elle entrouvrit les lèvres lorsque la bouche du bel aventurier exerça une légère pression. Comme un grand amateur de vins fins, il la goûta lentement et sans précipitation, mais avec un érotisme si puissant qu'elle se liquéfia.

Le sentiment d'irréalité qu'elle ressentait depuis son arrivée au Brésil s'intensifia, et elle s'enfonça dans un état second où elle ne fut consciente que de la force des bras de Diego autour d'elle, de son odeur divine et si virile. Elle était submergée d'émotions. La sensation de sa main parcourant tout son dos fit monter une douce chaleur en elle.

Il la fit rouler sur le dos. Il l'écrasait de son poids et elle sentit les poils de son torse effleurer le renflement de ses seins.

Lorsqu'il approfondit son baiser, le sentiment langoureux se mua en désir ardent. Elle creusa les hanches, cherchant inconsciemment à assouvir la passion qui l'animait. Une douce moiteur envahit son bas-ventre lorsqu'elle perçut contre elle la preuve de l'excitation de Diego. Elle l'entendit chuchoter des mots indistincts ; sa voix rauque et sexy l'électrifia. Il était si *masculin*, si dur face à sa douceur, brûlant d'une passion si brute, d'un désir primaire qui menaçait de la consumer.

Levant la main, elle toucha les poils blonds de sa barbe naissante. Ils n'étaient pas rêches comme elle s'y était attendue, mais au contraire soyeux. Émerveillée, elle remonta la main pour repousser une mèche de cheveux tombée sur sa joue… et se figea.

Le haut de son oreille droite était sectionné !

Elle fut brusquement ramenée à la réalité et se remémora l'effroyable contenu du paquet que les ravisseurs lui avaient envoyé. Qu'est-ce que cela voulait dire ? Pourquoi Diego avait-il la même blessure que les ravisseurs avaient peut-être infligée à sa sœur ?

Elle le repoussa. Elle prit une profonde inspiration, s'accrochant à sa santé mentale dans un monde devenu fou.

— Vous faisiez un cauchemar et j'essayais de vous réveiller, expliqua-t-elle, se mordant les lèvres au souvenir de l'indescriptible horreur contenue dans la voix de Diego. De quoi rêviez-vous ? On aurait dit que vous étiez torturé.

Elle était bouleversée par ce qui s'était passé, sa voix tremblait.

— Je ne m'en souviens pas, maugréa-t-il.

Diego jura intérieurement. Il savait très bien de quoi il avait rêvé car il faisait toujours le même cauchemar. Les autres détenus appelaient cela « l'initiation » — méthode qui consistait à battre les nouveaux prisonniers jusqu'à ce qu'ils soient en sang. Les matons détournaient le regard et certains même y participaient. Ses affreux cauchemars dataient de cette époque ; même si cela faisait des années qu'il avait été libéré, le temps n'avait pas estompé ses souvenirs.

— Vous parliez dans votre sommeil, mais je ne vous comprenais pas, insista Clare, l'air inquiet. Je me demandais si un événement traumatisant s'était produit dans votre passé que vous reviviez en rêve.

Elle était trop près de la vérité pour sa tranquillité d'esprit, songea Diego en haussant les épaules.

— Vous avez peut-être raison. J'ai été traumatisé lorsque le Brésil a perdu la Coupe du Monde, railla-t-il.

— Je suis sérieuse.

Elle pinça les lèvres et Diego détourna avec regret le regard de sa bouche pleine et sensuelle. Il ouvrit la portière de la Jeep, saisit le sac à dos contenant ses affaires de toilette, puis sauta à bas du véhicule et s'éloigna.

Ses cauchemars étaient la raison pour laquelle il n'avait jamais passé la nuit entière avec une femme auparavant. Durant la journée, il pouvait réprimer ses souvenirs, mais lorsqu'il dormait, ses vieux démons revenaient le hanter. Quelquefois, il se réveillait en nage, croyant être de nouveau dans la cellule de prison qu'il avait partagée avec plus d'une dizaine d'hommes. La cellule était si petite que les détenus étaient obligés de se relayer pour se coucher sur le sol et tenter de glaner quelques heures de sommeil.

Cette épreuve l'avait laissé avec une crainte irrationnelle des lieux confinés et engendrait en lui des sueurs froides à chaque fois qu'il devait prendre l'ascenseur. Même conduire la Jeep le rendait parfois claustrophobe : il gardait les vitres ouvertes pour sentir l'air frais sur son visage. Il suait, maintenant, en partie à cause de son cauchemar et en partie parce que l'humidité ambiante croissait. Il se dirigea là où un affluent du fleuve avait créé une piscine naturelle ; la baignade y était sans danger.

Pourquoi diable avait-il embrassé sœur Clare ? Il avait seulement voulu la taquiner et effleurer ses lèvres, mais quand elle avait entrouvert la bouche et répondu avec effusion à ses baisers, il avait été impuissant à se contrôler. Cela ne lui était jamais arrivé auparavant.

Diego serra les mâchoires. Son autodiscipline de fer n'était pas aussi infaillible qu'il le pensait. Cette découverte l'ébranlait profondément. S'il pouvait succomber à la passion, il pouvait tout aussi bien succomber à la colère et à la violence, comme il l'avait fait à dix-sept ans.

Après s'être dévêtu, il plongea dans l'eau, en savourant la fraîcheur sur sa peau moite. Il se sentait plus à l'aise dans la forêt amazonienne qu'en ville. Ici, il était libre de vivre comme bon lui semblait sans avoir besoin de se plier aux conventions sociales. Comparée à la *favela* où il avait grandi et à la prison où il avait perdu son âme, la jungle tropicale lui procurait malgré sa dangerosité un sentiment de paix. Il ne permettrait pas à une religieuse au visage d'ange et au corps de déesse de troubler son sanctuaire.

Levant les yeux, il vit un banc de nuages approcher. Une autre journée de pluies torrentielles s'annonçait ; les inondations rendraient la piste quasi infranchissable. Il haussa les épaules. Son rôle était de conduire sœur Clare à Torrente pour qu'elle puisse enseigner à l'école du dimanche et prononcer ses vœux définitifs. Même s'il pensait qu'elle faisait une erreur en consacrant sa vie à Dieu, cela ne le regardait pas.

Clare fut consciente du regard sombre de Diego lorsqu'elle sortit de la hutte et s'approcha de la Jeep contre laquelle il était adossé. Il avait dû nager dans le fleuve : ses cheveux étaient humides, mais ils séchaient rapidement dans la chaleur étouffante. Au moins, il était entièrement vêtu, même si son T-shirt moulant révélait ses pectoraux d'acier, ravivant des souvenirs honteux.

Elle avait beau avoir trop chaud sous son habit de religieuse, elle était heureuse que son corps soit caché — d'autant que les pointes de ses seins se dressaient sournoisement. Choquée par la réaction de son traître de corps, elle était déterminée à garder ses distances durant la seconde étape de leur périple.

La voyant approcher, Diego enfonça son chapeau sur sa tête et en rabattit le bord, un peu comme s'il voulait se cacher à sa vue. Si seulement son voile offrait la même protection ! Une grosse goutte de pluie s'abattit soudain sur la piste poussiéreuse, puis une autre, et encore une autre.

— Je suis prête à partir, annonça-t-elle en levant les yeux vers les nuages qui obscurcissaient le soleil. Vous voulez sûrement prendre la route avant que le mauvais temps empire.

Elle s'attendait à ce qu'il acquiesce, mais il ne bougea pas. Elle détecta en lui une tension soudaine.

— Êtes-vous certaine de vouloir continuer ? Il n'est pas trop tard pour changer d'avis et choisir une voie différente.

Il ne parlait pas de son voyage à Torrente, réalisa Clare. L'espace d'un instant, elle fut tentée de lui dire la vérité, mais elle ne pouvait ignorer la menace des ravisseurs de tuer sa sœur si elle impliquait quiconque dans la négociation. Elle ne savait pas si elle pouvait faire confiance à Diego. Elle le connaissait à peine, et les rares éléments qu'il lui avait divulgués le rendaient encore plus énigmatique à ses yeux.

— Je suis sûre de la voie que je dois suivre, murmura-t-elle.

— *Deus !* Vous allez vous couper de la vie active juste parce que votre ex-petit copain était un imbécile ? s'écria Diego. Vous étiez pourtant réceptive à mes baisers, tout à l'heure. Que ferez-vous de toute cette passion quand vous serez cloîtrée ?

Clare lâcha un rire dédaigneux.

— Que savez-vous de l'amour ? Un homme qui croit que le mariage c'est se limiter à sélectionner un parfum dans une boîte de chocolats ?

Il la fixa, puis haussa les épaules.

— Vous avez raison. Je n'ai jamais connu l'amour.

Sans transition, il ouvrit la portière et, avant même qu'elle ait le temps de réaliser ce qui lui arrivait, il la souleva dans ses bras et la déposa sur le siège passager. Elle prit une profonde inspiration pour ralentir les battements effrénés de son cœur, tandis que Diego s'installait au volant et démarrait.

— Jamais ? l'interrogea-t-elle, curieuse. Vos parents ne vous aimaient-ils pas ?

Diego ne répondit pas tout de suite, concentré sur sa conduite.

— Je n'ai jamais connu mon père, dit-il enfin. Il a abandonné ma mère quand elle était enceinte. Je sais juste qu'il était anglais et s'appelait Philip Hawke. Il était venu travailler au Brésil comme représentant dans l'hôtel où ma mère était femme de chambre. Ils ont eu une liaison, mais quand elle lui a annoncé sa grossesse, il est rentré en Angleterre et elle n'a plus jamais entendu parler de lui.

Mais Diego avait eu des nouvelles de la famille de son père. Un jour, le père Vincenzi avait été contacté par un avocat anglais qui lui avait expliqué que Philip Hawke était mort quelques années plus tôt, mais avait avoué à son propre père qu'il avait un enfant illégitime au Brésil. Geoffrey Hawke avait passé le restant de sa vie à rechercher son petit-fils, sans succès. Avant de mourir, le vieil homme avait chargé un cabinet d'avocats de poursuivre les recherches ; ils avaient fini par retrouver la trace de Diego. Le père Vincenzi lui avait alors annoncé que son grand-père lui avait légué une fortune.

L'argent avait permis à Diego de devenir partenaire en affaires avec son ami, Cruz Delgado. Ils avaient acheté la vieille mine de diamants où le père de Cruz avait trouvé la fameuse *Estrela Vermelha*, l'Étoile vermeille. La découverte dans la mine de plusieurs diamants de grande valeur — y compris un diamant rose très rare, l'*Estrela Rosa*, que Diego avait trouvé et conservé dans sa collection privée — avait fait des deux hommes des millionnaires.

Être riche avait assurément ses avantages. Pourtant, son penthouse à Rio, ses diverses autres propriétés disséminées autour du monde, et même sa collection de voitures de sport n'étaient que des babioles pour lui. Rien ne pouvait combler ce vide abyssal en lui ou lui faire oublier l'extrême dénuement dans lequel il avait grandi. Ce qu'il aurait aimé par-dessus tout dans son enfance, c'était se sentir aimé. L'amour était plus précieux que tout l'or du monde, mais après avoir vécu trente-sept ans sans, il sentait que son cœur était devenu aussi dur que les diamants qu'il extrayait.

Il s'obligea à revenir au présent lorsqu'il se rendit compte que Clare lui parlait.

— Cela a dû être difficile pour votre mère de vous élever seule. Avez-vous passé votre enfance à Manaus ?

— J'ai grandi dans une *favela* de la ville de Belo Horizonte, dit Diego en lâchant un rire bref. Mais malgré son nom idyllique, il n'y avait rien de beau dans le bidonville surpeuplé où ma mère et moi vivions.

— Est-ce la raison pour laquelle vous aimez tant être dans la forêt amazonienne, parce que c'est sauvage et magnifique et que vous pouvez y être seul ?

Diego lui jeta un regard oblique.

— Je ne suis plus seul, maintenant, objecta-t-il.

Son estomac se noua lorsqu'il vit ses joues rosir. Elle était si belle… Mais peut-être était-ce parce qu'elle était hors de portée qu'il la trouvait si désirable ? C'était en effet l'un des grands paradoxes de vouloir ce qu'on ne pouvait pas obtenir.

Il était toutefois surpris de la perspicacité de la jeune Anglaise, et aussi de réussir à lui parler si facilement. Il était expert en bavardages futiles, mais il parlait rarement aux femmes — sans doute parce qu'elles écoutaient rarement !

— Je peux respirer, ici, admit-il. C'est un des rares endroits sur Terre où la nature est encore sauvage, ce qui la rend à la fois redoutable et fascinante.

Clare était émerveillée par les accents poétiques de son compagnon. Mais qui était le véritable Diego Cazorra ? Jusqu'à présent, elle avait rencontré le prospecteur solitaire et le coureur de jupons notoire contre lequel sœur Ann l'avait mise en garde. Mais elle sentait que Diego permettait rarement à quiconque de voir au-delà de son apparence de séducteur décontracté et charismatique.

Elle se souvint du recueil de poèmes du poète romantique anglais John Keats, qu'elle avait trouvé à l'arrière de la Jeep.

— « À qui est depuis longtemps confiné dans la ville / Il est fort doux de perdre son regard / Dans le beau visage ouvert du ciel — d'exhaler une prière / En plein sourire du bleu firmament », récita-t-elle.

Diego lui jeta un bref regard.

— « Qui serait plus heureux, lorsque, le cœur comblé / Il se laisse choir, très las, en quelque délicieuse couche / D'herbes onduleuses, et lit une courtoise / Et douce histoire sur l'amour et ses peines ? » conclut-il.

Il marqua une pause, avant d'ajouter :

— Nous avons au moins une chose en commun, semble-t-il. Quel autre poète aimez-vous à part Keats ?

— Oh ! Wordsworth, Shelley… J'aime les œuvres de bon nombre de poètes de la fin du XVIIIe siècle. Je suis une romantique dans l'âme. Et vous ?

Il s'esclaffa.

— Suis-je romantique, voulez-vous dire ? À votre avis ?

— Je crois que vous êtes plus qu'un simple aventurier. Qu'est-il arrivé à votre oreille, demanda-t-elle après un bref instant d'hésitation.

— Un accident, répondit-il brusquement,

Aussitôt, la connexion entre eux fut brisée. Clare se maudit en silence. Elle aurait dû réprimer sa curiosité. Il était trop tard maintenant. Elle ne pouvait pas lui dire que son intérêt pour la question était lié à un coffret contenant un bout d'oreille sectionné par les ravisseurs de sa sœur…

C'était une tactique utilisée par les gangs au Brésil pour inciter les familles à payer une rançon pour leurs parents enlevés, avait-elle lu. Il existait même des chirurgiens esthétiques qui s'étaient spécialisés dans la reconstruction d'oreilles mutilées.

La blessure de Diego semblait cicatrisée depuis longtemps. Cependant, Diego lui avait dit avoir grandi dans un bidonville, et il était peu probable qu'il ait été enlevé pour de l'argent. Le mystère qui l'entourait s'épaississait un peu plus.

Elle lui décocha un regard oblique. Focalisé sur la route, il avait rabattu son chapeau, lui cachant son expression. Clare sentait qu'il avait de nouveau érigé des barrières entre eux.

Contrairement à la veille, il plut sans discontinuer. La piste fut rapidement transformée en rivière de boue. Clare finit par ne plus compter le nombre de fois où elle dut sortir aider Diego à désembourber la Jeep. En fin d'après-midi, elle était si fatiguée qu'elle dormait presque debout lorsqu'elle l'aida pour la énième fois à glisser des planches de bois sous les roues. Après avoir une fois de plus sorti le véhicule du bourbier, Diego s'arrêta un peu plus loin. Clare marcha péniblement vers la Jeep. Elle pouvait à peine poser un pied devant l'autre et ne protesta pas lorsqu'il sortit, la souleva et la déposa sur son siège.

— Une chose est sûre, ma sœur, vous êtes une femme persévérante, dit-il en lui jetant un regard admiratif. La plupart des gens auraient déjà renoncé et demandé à faire demi-tour, mais je ne vous ai pas entendue une seule fois vous plaindre de la pluie et de cette satanée boue.

— *J'irai* à Torrente, quoi qu'il m'en coûte, assura-t-elle. Ce n'est pas un peu de boue qui m'en empêchera.

Diego avait ressenti un sentiment proche de la tendresse quand il avait vu la jeune femme essayer vaillamment de se hisser dans la Jeep. Lorsqu'elle posa la tête sur le dossier de son siège et ferma les yeux, Diego put l'étudier longuement. Son habit de religieuse et son voile étaient trempés, ses chaussures et ses jambes couvertes de boue. Elle était blême de fatigue ; sa pâleur faisait ressortir les taches de rousseur disséminées sur son nez et ses joues.

Un désir aussi inexplicable qu'embarrassant le terrassa. Il aimait d'habitude les blondes aux jambes interminables, de préférence expertes en jeux sexuels, aussi ne comprenait-il pas pourquoi il devait prendre sur lui pour ne pas poser ses lèvres sur celles de Clare. Il voulait l'embrasser jusqu'à ce qu'elle réponde avec empressement à ses baisers.

Lorsqu'elle ouvrit les yeux, Diego plongea le regard dans la profondeur de ses yeux bleus. *Deus !* Pourquoi éprouvait-il soudain le besoin de lui ouvrir son cœur, de révéler des choses sur lui qu'il n'avait jamais révélées à personne ?

Maudissant sa stupidité, il démarra et reprit la route.

— La pluie est moins forte. Je pense que nous devrions atteindre Torrente d'ici quelques heures.

Lorsqu'ils arriveraient à destination, il la déposerait devant l'église et ne la reverrait plus jamais. Elle avait choisi un mode de vie qui ne lui permettait pas d'avoir une relation avec un homme. Et jamais il n'aurait pu lui offrir une relation durable. Il voulait simplement assouvir son appétit d'elle ; une fois rassasié, il se serait lassé d'elle, comme avec toutes ses maîtresses.

— Connaissez-vous une cascade près de Torrente ? demanda-t-elle soudain.

— Brancho Cachœirao, acquiesça-t-il. La cascade est située à environ cinq kilomètres de la ville.

— Je crois qu'il existe une grotte non loin de là, dans laquelle il y a un sanctuaire dédié à la Vierge Marie, avec une statue sculptée dans la pierre par un missionnaire étranger il y a plusieurs dizaines d'années.

Diego haussa les épaules.

— J'ignorais qu'il y avait un sanctuaire, mais je connais la grotte dont vous parlez.

— Tant mieux, parce que je veux que vous m'y conduisiez ce soir. J'aimerais y passer la nuit seule en contemplation… J'irai par mes propres moyens à Torrente demain, conclut-elle d'une voix chancelante.

— Dites-moi si j'ai bien compris : vous voulez que je vous laisse seule au milieu de la jungle cette nuit ? Vous êtes soit très courageuse, soit folle à lier, ma sœur.

Diego jeta un coup d'œil à son visage serein et fut tenté de la secouer pour lui faire entendre raison. Il ne comprenait pas pourquoi elle voulait sacrifier sa nature passionnée pour une vie d'austérité et était sûr que sa rupture avec son fiancé avait influencé sa décision de devenir nonne.

La pluie s'arrêta enfin, ce qui rendit le trajet plus facile. Comme ils approchaient de Torrente, Diego se rappela que la décision de Clare n'avait rien à voir avec lui. Son instinct lui disait qu'il devait l'empêcher de commettre une erreur, mais sa raison lui disait qu'il n'était pas l'homme capable de la sauver…

Clare entendit la cascade avant de la voir. Le bruit tonitruant des chutes couvrait les sons de la jungle — sons qu'elle commençait à bien connaître : le cri de centaines d'espèces d'oiseaux différentes, les jacasseries des singes et de temps en temps, le grondement féroce d'un jaguar.

Diego dirigea la Jeep le long d'une étroite piste bordée d'un feuillage si dense que la lumière peinait à pénétrer l'enchevêtrement de plantes grimpantes. Ils émergèrent dans une clairière. Devant eux se dressait une vue spectaculaire : l'eau tourbillonnante et écumante plongeait sur des rochers des centaines de mètres en contrebas.

— Si mes souvenirs sont bons, la grotte est un peu plus loin.

Diego roula tout doucement à travers la forêt, passa devant des fougères géantes et des plantes dont les feuilles faisaient au moins deux mètres de diamètre. Une immense falaise de pierre grise les dominait de toute sa taille. Clare dut rejeter la tête en arrière pour en voir le sommet. Elle scruta la sinistre profondeur de la jungle et aperçut un orifice noir dans la roche. L'entrée de la grotte était envahie de végétation, comme si aucun être humain n'y avait pénétré depuis longtemps.

Diego arrêta la Jeep et en descendit. Clare le suivit et poussa un cri lorsqu'un pécari sortit en courant de la grotte et disparut dans les sous-bois.

— Avez-vous vraiment l'intention de passer la nuit ici ? railla-t-il en la voyant hésiter à entrer.

De toute évidence, il percevait son angoisse. Elle saisit sa torche et dirigea le faisceau à l'intérieur avant d'avancer lentement.

— Croyez-vous qu'il y ait d'autres animaux ici ?

Sa voix résonna contre les parois.

— Vous pourriez trouver un anaconda.

— Très drôle, marmonna-t-elle.

Il blaguait, se dit-elle pour se rassurer. Les anacondas ne vivaient pas dans des grottes, n'est-ce pas ? La lumière de sa torche dansa sur quelque chose qui attira son attention. Le cœur battant, elle s'enfonça dans la grotte et retint son souffle lorsqu'elle vit un visage. Ce n'était pas une personne réelle, mais la statue de la Vierge sculptée dans la roche. Elle mesurait environ un mètre et était magnifiquement détaillée, exactement comme l'avait décrite sœur Ann.

Il y avait quelque chose de très touchant dans cette statue qu'un prêtre avait minutieusement sculptée dans la roche un siècle plus tôt. Il avait dû lui falloir des mois pour terminer cette œuvre — véritable travail de dévotion. À sa vive surprise, Clare ressentit un véritable sentiment de paix quand elle toucha le visage de la Vierge, et sa fatigue se mua en optimisme quant au sort dévolu à sa sœur.

Elle resta près de la statue jusqu'à ce qu'un mouvement furtif attire son attention. Elle braqua le faisceau de la lampe dans cette direction et vit le reflet d'écailles brun orangé.

Seigneur, Diego n'avait pas menti ! Poussant un cri, elle courut vers l'entrée et entra en collision avec lui.

— Tout doux, ma sœur. Que se passe-t-il ? Vous êtes livide ! Vous n'allez pas vous évanouir, au moins ?

Il la prit par les épaules.

— J'imagine que vous avez vu un serpent ? Restez ici, je vais m'en débarrasser, ajouta-t-il comme elle acquiesçait.

Clare n'avait aucune intention de le suivre dans la grotte. Elle détourna le regard en frissonnant lorsqu'il ressortit, tenant un serpent dans les mains. Il s'éloigna avec le reptile et revint quelques instants plus tard avec des morceaux de bois et des brindilles.

— Que faites-vous ?

— Un feu. Cela fera fuir les visiteurs indésirables.

— Et les animaux qui ont déjà élu résidence dans la grotte ? demanda Clare en frissonnant de nouveau.

— J'ai jeté un coup d'œil dans la grotte et je n'ai rien vu. Mais il y a un trou dans la paroi supérieure, ce qui est une chance.

— Une chance ? S'il pleut, je me ferai tremper.

— Le trou est petit, mais l'eau de pluie y a pénétré et a

créé une piscine naturelle d'eau douce. Vous avez donc de quoi boire.

Elle était toujours tremblante suite à sa rencontre avec le serpent.

— Pourquoi n'iriez-vous pas vous rafraîchir pendant que je rapporte vos bagages de la Jeep ?

Agrippée à sa torche, Clare s'obligea à s'enfoncer dans les profondeurs de la grotte. Elle *devait* passer la nuit ici, pour le bien de Becky. Les ravisseurs avaient donné comme instruction de venir à la grotte dimanche, mais n'avaient pas spécifié à quelle heure ; or elle ne pouvait prendre le risque de les manquer.

Elle trouva l'endroit où un bassin naturel formé dans la roche s'était rempli d'eau de pluie. Elle se sentit aussitôt mieux après s'être aspergé le visage d'eau fraîche. Cependant, la perspective de rencontrer les ravisseurs le lendemain la remplissait d'effroi. Becky était-elle encore vivante ? Et s'ils prenaient l'argent de la rançon, puis les tuaient toutes les deux ? Avant de quitter l'Angleterre, l'enlèvement de sa sœur lui avait semblé surréaliste ; désormais, le danger de la situation lui paraissait on ne peut plus réel.

Une lueur dorée éclaira soudain la grotte. Diego avait allumé le feu. Il n'avait pas perdu de temps, se dit-elle en voyant un sac de couchage étalé sur le sol et quelques coussins, le tout formant un lit de fortune.

— Dormez près du feu et vous serez à l'abri des créatures de la forêt, l'informa-t-il. J'ai apporté vos sacs, ainsi que des fruits secs et des noix pour votre petit déjeuner.

— Merci, répondit-elle, les larmes aux yeux devant tant de bonté. Vous êtes très gentil.

Il se tenait de l'autre côté du feu. Son corps musclé se découpait dans le ciel qui s'assombrissait à l'extérieur. Son visage était caché par le bord de son chapeau, mais Clare vit ses dents blanches briller lorsqu'il sourit.

— Je ne suis pas un saint, ma sœur.

— Peut-être pas, mais vous êtes un meilleur homme que vous ne le croyez.

Il la dévisagea longuement par-dessus les flammes, avant de tourner brusquement les talons et de disparaître dans la pénombre. Quelques secondes plus tard, Clare entendit le bruit du moteur de la Jeep. C'est alors qu'elle prit conscience de la réalité : il était parti sans même lui dire au revoir, et elle se trouvait seule dans la forêt amazonienne…

Clare chantonnait à voix basse pour se donner du courage. Elle avait prévu d'être seule ici pour récupérer sa sœur, alors pourquoi se sentait-elle si triste, comme si son cœur avait été arraché de sa poitrine ? Diego… C'était un coureur de jupons, ne devait-elle pas oublier. Mais il était courageux aussi, et s'était révélé patient et fiable durant le long périple de Manaus à Torrente. Et il avait aussi versé sa bière sur le sol lorsqu'elle lui avait parlé de sa tante Edith, tuée par un chauffard ivre.

Les larmes qu'elle avait réussi à contenir jusqu'à présent se mirent à couler le long de ses joues. Elle était fatiguée, effrayée. Lorsqu'elle se rapprocha du feu, ses vêtements humides se mirent très vite à dégager de la vapeur. Il lui sembla préférable d'essayer au moins de dormir, aussi ôta-t-elle son habit et son voile. Elle les posa sur un rocher en espérant qu'ils seraient secs avant le lendemain.

Il faisait trop chaud pour qu'elle se glisse dans son sac de couchage, mais elle réarrangea les coussins que Diego lui avait laissés. Elle s'aperçut alors qu'il lui avait donné le recueil de poèmes de Keats. Bouleversée par ce beau geste, elle retint un sanglot.

Un bruit soudain à l'extérieur de la grotte la mit en alerte. Elle tendit l'oreille, osant à peine respirer. Quelqu'un ou quelque chose se trouvait dehors. Elle ne savait pas si elle préférait que ce soit les ravisseurs ou une bête sauvage. Son instinct lui dicta de fuir, mais elle leva le menton, déterminée à ne pas céder à la panique. Si les ravisseurs de sa sœur étaient là, c'était à elle de leur faire face. Pour le bien de Becky, elle devait se montrer courageuse.

Elle se leva et s'enveloppa dans le sac de couchage.

— Qui est là ?

— Moi, bien sûr, répondit Diego en pénétrant dans la grotte. Qui croyez-vous que cela puisse être ? Personne n'est assez fou pour passer la nuit dans la jungle.

Il jeta son sac de couchage sur le sol, lança son chapeau sur un rocher, puis passa les doigts dans ses cheveux — qui bizarrement étaient mouillés alors qu'il ne pleuvait pas.

Clare le fixa en silence. Elle avait peine à croire qu'il était réel et non pas le fruit de son imagination. Il s'était changé et portait désormais un jean propre et une chemise dont les premiers boutons étaient défaits. Il était si beau que son cœur se mit à battre la chamade.

— J'ai… J'ai entendu le moteur de la Jeep, et j'ai cru que vous étiez parti, balbutia-t-elle.

— Les roues étaient en train de s'enfoncer dans la boue, alors j'ai préféré la garer sur un terrain plus sûr. J'ai ensuite pris une douche sous la cascade.

Il contourna le feu et fronça les sourcils en voyant les larmes couler sur les joues de Clare.

— Vous ne pensiez pas que j'allais vous abandonner ici, tout de même ?

Son sourire sexy brisa le peu de résistance qui lui restait. La terreur qu'elle avait ressentie quelques minutes auparavant s'était évanouie : Diego était là et, pour l'instant du moins, elle se sentait en sécurité. Lâchant son sac de couchage, elle poussa un cri et se précipita dans ses bras.

— Je croyais que vous étiez parti, que je ne vous reverrais plus jamais.

Son état émotionnel était tel qu'elle ne se souciait pas de l'impact de ses propos. La seule chose qui lui importait était que Diego était apparu, grand et fort, un sauveur. Elle s'accrocha désespérément à lui.

— Clare ?

Sa voix était douce et profonde comme jamais elle ne l'avait entendue auparavant. Après une légère hésitation, il la souleva dans ses bras et la tint serrée contre lui.

— *Deus*, croyais-tu que j'allais te laisser, *anjinho*, murmura-t-il dans son oreille.

Puis il captura ses lèvres en un long baiser passionné.

5.

La bataille avec sa conscience ne dura pas : Diego reconnaissait sa défaite. Même un saint n'aurait pu résister à la réaction passionnée de Clare. Il fut surpris toutefois de découvrir un côté vulnérable chez elle. Sur la route, il avait été impressionné par sa détermination, son courage, et amusé par son humour pince-sans-rire. Mais là, blottie contre lui, elle paraissait affolée. Elle était si menue ! Aussitôt, il ressentit une envie intense de la protéger.

— Qu'y a-t-il, *pequena* ?

Instinctivement, il sut que ses larmes n'étaient pas dues au seul fait qu'elle s'était cru abandonnée dans la grotte.

— Je ne sais pas si j'ai bien fait, sanglota-t-elle.

— C'est normal d'avoir des doutes, la réconforta Diego.

Clare allait bientôt affronter la plus importante décision de sa vie. Peut-être hésitait-elle à s'engager dans la voie qu'elle avait choisie. Il ferait mieux de s'écarter d'elle, d'étouffer dans l'œuf l'attirance sexuelle qui existait entre eux et qui pourrait ajouter à sa confusion. Mais comment pouvait-il lui résister alors qu'elle nouait les bras autour de son cou et répondait avec passion à ses baisers ?

Elle ne ressemblait pas à une nonne. Lorsqu'il l'avait vue vêtue seulement de ses sous-vêtements, avec ses boucles rousses cascadant sur ses épaules, il avait été bouleversé par sa beauté. Elle était un concentré de courbes voluptueuses. Il ne put s'empêcher de faire courir les mains sur son corps, d'explorer la légère rondeur de ses hanches et la finesse de sa taille.

Elle se raidit lorsqu'il glissa les doigts sur sa poitrine et effleura du pouce le renflement de ses seins. Elle ne s'écarta cependant pas de lui. Lorsqu'il approfondit son baiser, elle écarta les lèvres et chercha sa langue. Une petite voix intérieure lui intima de ne pas profiter de son empressement. Mais elle lui avait dit avoir eu une relation sérieuse, donc elle n'était pas totalement innocente, si ? La façon dont elle l'embrassait et caressait son corps enflammait ses sens, suscitait en lui un désir brut qui annihilait toute pensée objective — et qui demandait à être assouvi.

Une fois de plus, Clare trouva la situation surréaliste. Quelques jours auparavant, elle se trouvait à Londres ; maintenant, elle était à moitié nue dans une grotte au milieu de la jungle, et l'homme le plus sexy du monde l'avait allongée sur un sac de couchage et la dévisageait d'un regard aussi ardent que les flammes du feu qui crépitait à côté d'eux.

Peut-être s'agissait-il d'un rêve... Dans ce cas, elle ne voulait pas se réveiller. La chaleur étouffante de la forêt tropicale avait transformé la très raisonnable et circonspecte Clare Marchant en sirène sensuelle habitée par une passion brûlante.

Elle s'était leurrée en pensant que sa décision de ne pas coucher avec Mark était liée à son indécision quant au bien-fondé de leur relation. En vérité, il ne l'avait jamais excitée. Contrairement à Diego. Pour la première fois de sa vie, un homme avait le pouvoir de faire jaillir la chaleur en elle, ce dont elle ne se serait pas cru capable.

À genoux devant elle, Diego plaça les mains de part et d'autre de son visage. À la lumière du feu, ses cheveux blonds faisaient penser à un halo doré, même si lui était un ange déchu prêt à satisfaire les fantasmes les plus fous de Clare. Il baissa la tête et l'embrassa de nouveau. Lentement cette fois, entrouvrant les lèvres et la goûtant jusqu'à ce qu'elle pousse de petits gémissements.

Ensuite, sa bouche déposa de petits baisers le long de sa

gorge. Lorsqu'il se mit à sucer la peau tendre dans le creux de son cou, elle retint son souffle. La caresse était outrageusement érotique. Il ne lui laissa pas le temps d'en profiter : déjà, il poursuivait son exploration, effleurant des lèvres le renflement d'un sein. Clare sentit son souffle à travers le tissu de son soutien-gorge et regretta que sa bouche ne soit pas en contact direct avec sa peau. Il dut lire dans ses pensées car il glissa les mains dans son dos et dégrafa le soutien-gorge avec une aisance témoignant d'années d'expérience.

Ses yeux étincelaient d'une lueur sauvage lorsqu'il promena le regard sur ses seins nus. Clare avait toujours été gênée par ses formes voluptueuses et se comparait défavorablement à sa sœur. Or le regard enflammé de désir de Diego la rendait heureuse d'avoir des seins pleins et fermes ; pour la première fois de sa vie, elle se sentait fière de son corps féminin.

— Diego…, souffla-t-elle.

Il sourit et posa un doigt sur ses lèvres pour la faire taire.

— Ne dis rien, *anjinho.* Peut-être que tout ceci n'est pas réel, et je ne veux pas revenir à la réalité.

Elle comprit parfaitement ce qu'il voulait dire. C'était facile d'oublier le monde réel quand Diego faisait courir son doigt de sa gorge à ses seins. Elle frissonna lorsqu'il effleura un mamelon durci.

Toujours agenouillé devant elle, il captura ses seins dans ses mains et, du pouce, en titilla les pointes dans un mouvement répétitif qui exacerba ses sens. Puis, il en aspira un qu'il suça goulûment, jusqu'à ce qu'elle laisse échapper un long gémissement. Il embrassa alors l'autre sein et lui fit subir le même délicieux tourment.

Elle glissa les doigts dans ses cheveux pour attirer son visage contre le sien. Il lui adressa un sourire ravageur, avant de capturer ses lèvres en un baiser possessif qui vida son esprit de toute pensée cohérente, lui laissant seulement la certitude qu'elle voulait qu'il dure toujours.

Elle devinait qu'il refrénait sa passion : il se montrait d'une douceur attentionnée qui lui fit chaud au cœur. Lorsqu'il glissa la main entre ses jambes, il lui parut tout naturel de se laisser caresser l'intérieur des cuisses. Elle ne lui opposa aucune résistance non plus quand ses doigts poursuivirent plus haut leur exploration et se glissèrent sous sa culotte.

— C'est ça, *querida*, murmura-t-il lorsqu'elle se détendit, lui permettant de caresser son sexe brûlant.

Lorsqu'il introduisit un doigt dans sa féminité, le désir l'enflamma tout entière. Son instinct lui dicta cependant de tempérer son ardeur, car ce n'était que le commencement d'un voyage qu'elle voulait entreprendre avec Diego.

Ignorant les pulsations ardentes de son corps, Clare se concentra sur lui. Elle défit les derniers boutons de sa chemise, avant de la lui ôter. Il avait vraiment un corps splendide. La peau satinée de ses épaules ressemblait à du bronze à la lueur du feu. Elle laissa courir les doigts sur son ventre, puis, après un instant d'hésitation, elle déboutonna son jean. Son audace l'aurait choquée si elle n'avait pas été dans un état second où tout lui semblait possible.

Il embrassa de nouveau ses seins et titilla ses mamelons l'un après l'autre. Clare cambra les reins vers lui, en un geste trahissant son impatience. Le doux baiser qu'il déposa entre ses cuisses fit naître des étincelles délicieuses au plus profond de son intimité. Mais lorsqu'il l'embrassa là où aucun homme ne l'avait encore jamais touchée, qu'elle sentit sa langue effleurer son clitoris, elle ne put retenir les vagues de plaisir qui ruisselaient en elle.

Ivre de désir, elle avait l'impression de chevaucher un carrousel tant les sensations défilaient en elle. Diego lui retira sa culotte et ôta ses propres vêtements ; lorsqu'il s'allongea à côté d'elle et l'attira contre lui, elle était occupée à effleurer des mains ses impressionnants abdominaux. Son corps était une véritable œuvre d'art. Elle se fit une joie de laisser courir les doigts de son ventre plat à ses cuisses musclées, jusqu'à sa puissante érection. Elle se demanda ce qu'elle ressentirait lorsqu'il serait en elle…

Lorsqu'elle enferma entre ses doigts son long sexe tendu,

Diego tressaillit — ainsi, son désir égalait le sien… Il se hissa au-dessus d'elle. Instinctivement, elle écarta les jambes pour lui permettre de s'installer entre ses cuisses. Lentement, il entra en elle.

Clare retint son souffle lorsqu'elle ressentit une légère douleur, mais la sensation fut si brève qu'elle s'en rendit à peine compte. Diego sembla hésiter. Elle noua les bras autour de son dos et le ramena à elle en même temps qu'elle levait les hanches pour qu'il prenne possession d'elle.

Il attendit avant de se mettre à bouger, lentement d'abord, la pénétrant à peine pour ressortir presque aussitôt. Il rit quand elle s'agrippa à ses épaules, et recommença son délicieux va-et-vient, augmentant peu à peu le rythme.

Dans cette danse venue du fond des âges, il était son maître et elle son élève. Il glissa les mains sous ses fesses et lui souleva les hanches, l'obligeant à accepter chacune de ses poussées vigoureuses. Clare, sentant qu'il se retenait un peu, l'encouragea à aller plus loin, à lui faire découvrir cette chose merveilleuse et encore hors d'atteinte.

— Doucement, *querida*. Ne sois pas si pressée. Détends-toi et laisse les choses se passer.

Elle vit une lueur d'amusement traverser son regard. Tandis qu'il augmentait la cadence de ses coups de reins, elle vit le désir voiler ses pupilles, entendit sa respiration s'accélérer. Et soudain, le moment tant attendu arriva. Et de manière spectaculaire. Il donna une puissante poussée qui la fit haleter. Avant même qu'elle ait pu reprendre son souffle, quelque chose explosa dans ses tréfonds et, vague après vague, le plaisir déferla en elle.

Diego attendit qu'elle reprenne ses esprits avant de l'amener une fois de plus sur les hauteurs tourbillonnantes de l'extase, avec une intensité qui lui fit deviner qu'il approchait lui aussi de la délivrance. Clare le laissa aller et venir en elle de plus en plus vite, devinant instinctivement qu'il en avait besoin et que le temps de la douceur était passé. Son désir était brut, mais lorsqu'il rejeta la tête en arrière en poussant un cri, Clare fut submergée de tendresse pour lui. Elle pressa le visage contre son épaule.

En remontant à la surface, Diego fut aussitôt conscient de trois choses : le feu s'était éteint, le ciel, visible à travers l'entrée de la grotte, n'était plus d'un noir absolu et Clare était allongée nue à côté de lui, profondément endormie.

Santa Mãe ! Il s'était déjà retrouvé dans des situations délicates, bien souvent après avoir abusé de la bière, mais il doutait que tous les saints du paradis puissent l'aider cette fois. Il baissa les yeux sur les fesses rebondies de la belle Anglaise et, lâchant un juron, remonta le sac de couchage sur elle.

Inutile de s'autoflageller. Après tout, déflorer une religieuse ne faisait qu'ajouter une autre tache sombre à son tableau déjà peu reluisant. L'image de la cellule de prison surpeuplée où il avait passé deux ans de sa vie lui revint en mémoire. Puis son esprit retourna plus en arrière : il vit la silhouette d'un homme allongé sur le sol de l'appartement de sa mère, baignant dans son sang.

Diego déglutit et s'obligea à regarder ses mains. Ne voyant aucune trace de sang, il respira un peu mieux. Le sang sur ses mains n'était que dans ses cauchemars. C'était des années auparavant, et le père Vincenzi avait dit qu'il n'avait pas tué. Mais comment le prêtre pouvait-il en être certain si lui-même n'avait aucun souvenir de ce qui s'était passé cette nuit-là ?

Refoulant ses souvenirs, Diego enfila à la hâte un jean, prenant garde de ne pas réveiller Clare. Elle avait l'air angélique avec ses lèvres légèrement entrouvertes et ses boucles auburn étalées sur ses épaules. Par sa faute, elle n'était plus vierge. Lorsqu'elle avait mentionné son ex, Diego avait supposé qu'elle avait déjà eu des relations ; quand il s'était rendu compte de son erreur, il était trop tard…

Marmonnant dans sa barbe, il sortit de la grotte avant de succomber à la tentation. Ce serait une première pour lui : jamais auparavant il n'avait passé la nuit entière avec une femme.

Curieusement, il avait passé une excellente nuit blotti contre Clare, son corps aussi doux et chaud que celui d'un chaton. Hélas, il avait le sentiment qu'à son réveil la chatte sortirait ses griffes et l'accuserait de l'avoir séduite.

Mais ce n'était pas entièrement sa faute, essaya-t-il de se convaincre. La façon dont elle s'était jetée dans ses bras aurait tenté un saint — et lui n'était qu'un simple mortel…

Il tenta de refouler la petite voix intérieure qui lui disait qu'il aurait dû se montrer plus fort, accorder du temps à Clare pour savoir si elle voulait quitter la vie religieuse et perdre sa virginité avec lui. Au lieu de cela, il lui avait fait l'amour sans se soucier des conséquences. Aucune femme ne lui avait fait perdre la tête ainsi ; ce n'était pas son genre. Il était un loup solitaire, sans attaches ni responsabilités, surtout vis-à-vis des femmes. C'était mieux ainsi. Plus sûr.

Le ciel s'éclaircissait avec l'arrivée de l'aube tandis qu'il cheminait au milieu des arbres. Il se frotta la main sur la joue. Il avait besoin de se raser. Peut-être qu'une douche sous la cascade l'aiderait à y voir plus clair et à répondre à une question essentielle : que diable allait-il faire de Clare, maintenant ?

La réponse lui vint aussitôt à l'esprit : il allait la ramener à Rio avec lui. Il se sentait responsable d'elle, puisque par sa faute elle ne pourrait plus prononcer ses vœux perpétuels. Ou *grâce à lui* ? Il lui avait peut-être fait une faveur, en fait. La réponse désinhibée de Clare à ses avances prouvait qu'elle n'était pas faite pour une vie de chasteté. Il l'installerait dans un appartement proche du sien, puis l'emmènerait faire des courses. Il avait hâte de la voir habillée de tenues sexy qui mettraient en valeur sa silhouette de rêve, au lieu de son terne habit de religieuse.

Son fantasme de voir Clare parader dans sa chambre vêtue d'un simple négligé transparent tourna court lorsqu'il entendit un bruit qui le mit aussitôt sur ses gardes. Le craquement d'une brindille aurait pu être fait par un animal, mais Diego savait que seuls les hommes se déplaçaient de façon aussi maladroite.

Il tourna la tête en direction du bruit et vit la lueur argentée d'un fusil braqué sur lui. Son premier instinct fut de prévenir Clare du danger. Au moment où il se mettait à crier, quelque chose de dur heurta sa tête, provoquant une douleur atroce. Puis plus rien.

En s'étirant, Clare réalisa qu'elle avait mal partout. Son dos était douloureux après une nuit passée à dormir sur le sol ; lorsqu'elle se redressa, des muscles qu'elle n'avait jamais sentis auparavant l'élancèrent. La fermeture Éclair de son duvet la fit grimacer lorsqu'elle effleura ses mamelons endoloris. Elle était à la fois honteuse de son comportement de la veille et consciente de ses besoins sexuels enfin assouvis.

Elle était seule. Diego avait dû s'habiller — son jean et sa chemise avaient disparu, et seuls ses propres sous-vêtements traînaient sur le sol, là où Diego les avait jetés durant leurs ébats de la veille.

Le ciel rose pâle à l'extérieur de la grotte la rassura ; il devait être tôt. Par chance, les ravisseurs n'étaient pas encore arrivés. La peur et le dégoût d'elle-même lui nouèrent le ventre. Pendant qu'elle faisait l'amour avec Diego, Becky avait passé une autre nuit de terreur aux mains des ravisseurs.

Honteuse, Clare se leva à la hâte et enfila son habit, avant de couvrir ses cheveux avec le voile. Puis, soulevant son sac à dos et la serviette contenant la rançon, elle sortit de la grotte. Aucun signe de Diego ni de la Jeep... Elle se souvint vaguement d'avoir été réveillée par un cri. Un sentiment de malaise l'envahit et la fit frissonner. Où était-il ? Elle voulait l'appeler, mais hésita. La forêt était étrangement silencieuse, sans l'habituelle cacophonie des oiseaux, et elle se sentait observée.

— *Señorita* Marchant ?

Un homme, sorti du couvert des arbres, se plaça derrière elle. Pivotant pour lui faire face, elle inspira profondément lorsqu'elle vit qu'il était armé, tout comme les deux hommes d'apparence hispanique qui le suivaient. La sourde menace qui se lisait dans leurs regards noirs l'emplit de crainte.

— Où est Becky ?

L'homme au fusil était manifestement médusé de se trouver face à une religieuse.

— Vous avez l'argent ?

Lorsqu'elle acquiesça, il tendit la main.

— Je veux d'abord voir Becky, riposta-t-elle, le cœur battant à se rompre.

Elle serra convulsivement la poignée de la serviette et fixa sans broncher le ravisseur lorsqu'il pointa son arme sur elle. Pour une raison qu'elle ignorait, elle se souvint de l'admiration de Diego quand elle l'avait aidé à désembourber la Jeep. Il lui avait donné le sentiment d'être forte, d'être capable de réaliser plus qu'elle ne l'aurait cru. Sa poitrine se serra comme elle se demandait où il était : pourvu qu'il soit en sécurité…

Il lui fallut prendre sur elle pour empêcher sa main de trembler lorsqu'elle repoussa le fusil.

— Comptez-vous vraiment tirer sur une religieuse ?

À son vif soulagement, le ravisseur baissa son arme.

— Veuillez m'excuser, ma sœur. On m'a envoyé ici pour recueillir une rançon. Je ne pensais pas rencontrer *uma noiva de Cristo.*

Clare bénit la mère supérieure pour sa clairvoyance.

— Je paierai la rançon lorsque ma sœur sera libérée et que les arrangements nécessaires auront été pris pour assurer notre retour en Angleterre.

L'homme haussa les épaules.

— Vous devez venir avec nous, dit-il en indiquant d'un geste un imposant 4x4 aux vitres teintées, avant de se signer. Je suis désolé, ma sœur, je ne fais que mon travail.

Torrente avait l'air aussi défavorisé et délabré que Diego l'avait décrit. La rue principale foisonnait de marchands ambulants et des enfants pieds nus jouaient au milieu des détritus ammoncelés dans les caniveaux. Un sentiment de désespoir se dégageait de la ville ; Clare remarqua plusieurs jeunes femmes — certaines très jeunes — vêtues de tenues affriolantes et de hauts talons, essayant d'attirer l'attention des hommes.

Le ravisseur, que Clare avait entendu ses complices appeler Enzo, traversa la ville et grimpa une route sinueuse qui menait à une immense villa au sommet d'une colline. Quiconque vivait là n'était certainement pas pauvre, songea-t-elle, tandis que le portail électrique s'ouvrait pour laisser passer le 4x4. Il se referma d'un claquement sec de mauvais augure. Des agents de sécurité armés patrouillaient dans le parc verdoyant et superbement entretenu ; des gardes la dévisagèrent lorsqu'elle pénétra dans la maison.

Les murs étaient de marbre blanc, le décor doré et tape-à-l'œil. Son cœur battait si fort qu'elle avait du mal à respirer. Ils marchèrent le long de couloirs interminables avant qu'Enzo s'arrête et ouvre une porte. Il s'effaça pour laisser entrer Clare. Une fois dans la pièce, elle faillit s'effondrer de soulagement lorsqu'une silhouette familière se leva et courut vers elle.

— Becky !

Folle de joie, Clare serra sa sœur dans ses bras.

— Comment vas-tu ? Ils ne t'ont pas fait de mal, au moins ?

Le soulagement la saisit en constatant que l'oreille de Becky n'avait pas été sectionnée ; elle se demanda vaguement à qui appartenait le bout envoyé par les ravisseurs. Sa sœur ne semblait pas blessée, et était même aussi belle et élégante que d'habitude. Comparée à celle-ci, elle devait ressembler à un personnage tout droit sorti d'un roman de Dickens dans son habit couvert de boue.

— Pourquoi es-tu habillée comme ça ?

Becky ôta le voile de sa tête et sourit en voyant les cheveux de sa sœur cascader sur ses épaules.

— Dieu merci, tu n'as pas coupé tes cheveux ! Ils sont si beaux.

— C'était un déguisement, murmura Clare. Des religieuses de Manaus m'ont aidée et la mère supérieure m'a suggéré de porter l'habit comme mesure de protection.

Becky eut un rire bref.

— J'ai cru un instant que tu étais devenue nonne. Ton accoutrement est très réaliste, dit-elle en se tournant vers la porte. N'est-ce pas, Diego ?

Stupéfaite, Clare pivota. Elle resta bouche bée. Adossé à la porte, les bras croisés, Diego la dévisageait avec un sourire ironique qui ne se reflétait pas dans son regard d'acier.

— Tu m'as certes convaincu, *sœur Clare*…

6.

— J'allais t'en parler, chuchota Clare, mais je n'en ai pas eu l'occasion.

Diego et elle marchaient dans le couloir à la suite d'Enzo, suivis par deux hommes armés. Elle n'avait pas eu le temps de remettre son voile et se sentait vulnérable maintenant que sa couverture avait été grillée. La façon dont Enzo l'avait déshabillée du regard l'avait fait frissonner d'horreur…

Si elle avait bien compris, on les menait rencontrer un certain Rigo, sans doute le chef. Clare était inquiète d'avoir laissé Becky seule alors qu'elles venaient à peine de se retrouver. Pourvu que ce Rigo accepte l'argent de la rançon et les laisse tous partir !

Diego fulminait. Il en voulait à Clare de l'avoir pris pour un idiot. Enzo et ses hommes entendaient tout, mais ils ne comprenaient peut-être pas l'anglais… Et puis il ne pouvait pas se taire.

— Nous avons fait l'amour, et pas à la va-vite ! Combien d'autres occasions te fallait-il pour me dire que tu faisais semblant d'être une religieuse ? Sais-tu à quel point ma conscience m'a taraudé quand j'ai découvert que tu étais… vierge ?

Certes, elle l'avait berné, mais sa virginité au moins n'avait pas été feinte.

— Est-ce pour ça que tu avais disparu ce matin quand je me suis réveillée ? demanda Clare sans se démonter. Tu t'es senti coupable, alors tu as filé.

Son sentiment de soulagement initial de voir que Diego avait quitté la grotte lorsque les ravisseurs étaient arrivés s'était peu à peu mué en colère. Il n'avait même pas daigné la réveiller pour la remercier de cette nuit sans lendemain !

— Je n'ai pas filé, protesta-t-il. Je me rendais à la cascade pour prendre une douche lorsque je suis tombé dans une embuscade. J'ai perdu connaissance.

Diego ôta son chapeau et Clare poussa un petit cri en voyant l'énorme bosse violette sur sa tempe.

— Je suis désolée que tu aies été impliqué dans cette sombre histoire. Ma sœur a été enlevée à Rio il y a une semaine pendant une séance de photos. Les ravisseurs ont exigé une rançon pour sa libération. On m'a demandé d'apporter l'argent dans une grotte près de la cascade et prévenue que si j'alertais la police ou demandais à quiconque de l'aide Becky serait tuée.

— Tu aurais dû m'avertir.

— Je ne savais pas si je pouvais te faire confiance.

— Dans ce cas, pourquoi t'es-tu donnée à moi ?

Clare se demanda si elle avait imaginé la nuance de déception dans la voix de Diego.

— Ce n'était que du sexe. Ce n'est pas comme si cela revêtait une quelconque importance pour toi et moi, éluda-t-elle. Que s'est-il passé après ton arrivée ici ?

— J'étais inconscient. Lorsque j'ai repris mes esprits, j'étais allongé sur un lit et une ravissante jeune femme — ta sœur, je viens d'apprendre — était penchée sur moi. L'espace d'un instant, j'ai cru être mort et monté au paradis.

— Je doute que tu puisses y entrer, marmonna Clare.

— Becky m'a dit qu'elle avait été enlevée, mais je n'ai pas fait le rapprochement entre vous deux parce que j'ai cru ton histoire de religieuse, expliqua-t-il d'un ton dur. En outre, vous ne vous ressemblez pas du tout.

— Ce qui explique pourquoi Becky est un des mannequins les plus en vogue du moment et moi, une simple comptable.

Enzo s'arrêta devant une porte et frappa. Il avait l'air nerveux, remarqua Clare, le ventre noué.

— Je me demande qui est ce Rigo, murmura-t-elle.

— Il s'appelle Rodrigo Hernandez et dirige le plus gros cartel de drogue de l'ouest du Brésil, avec des filières de contrebande au Pérou et en Colombie, expliqua Diego à voix basse. Il est aussi à la tête d'un gigantesque réseau de prostitution, a été associé à plusieurs enlèvements et a une réputation d'extrême violence. C'est l'un des hommes les plus recherchés d'Amérique du Sud.

— Silence, gronda Enzo, avant d'ouvrir la porte. Rigo va vous recevoir maintenant.

Clare était consciente que la vie de Becky et la sienne dépendaient de l'issue de cette réunion. Malade de peur, elle fut incapable de bouger. Soudain, une main saisit la sienne ; levant les yeux, elle croisa le regard de Diego.

— Ça va ? chuchota-t-il.

Elle acquiesça, s'efforçant de masquer sa terreur. La vie de Becky était en jeu ; et peut-être même la sienne et celle de Diego…

En entrant dans la pièce, Clare vit des murs lambrissés, un tapis richement décoré et de lourds rideaux en velours tirés. La lumière crue d'une lampe éclairait les volutes de fumée qui s'élevaient du cigare de l'homme assis à son bureau. Rodrigo Hernandez était vêtu d'un élégant costume gris. Il ressemblait plus à un riche avocat qu'à un baron de la drogue. Mais son regard était sans pitié, et son sourire froid la fit frissonner.

— Mademoiselle Marchant, je vois que vous avez amené un ami avec vous. Je vous en prie, asseyez-vous.

— Diego a accepté de me conduire à Torrente, mais je ne lui ai pas dit la raison de mon voyage. Il n'est pas impliqué dans tout ceci. Vous devriez le laisser partir.

— « Devriez » n'est pas un terme familier pour moi, rétorqua Rigo d'une voix si onctueuse qu'elle en était terrifiante.

Clare croisa son regard sombre et s'affala sur une chaise.

— J'ai l'argent que vous m'avez demandé d'apporter.

Sur un signe de Rigo, un de ses hommes de main ouvrit la serviette et en sortit des livres de prière. Clare s'empourpra, gênée de se voir ainsi rappeler la façon dont elle avait délibérément trompé Diego.

— J'étais censée les apporter à la paroisse, marmonna-t-elle en évitant de regarder son compagnon d'infortune.

Elle prit le recueil de poèmes de Keats qu'elle avait aussi glissé dans la serviette et le posa sur ses genoux.

— Cinq cent mille livres sterling, annonça l'homme après avoir compté les billets.

— Maintenant que j'ai rempli ma part du contrat, pourriez-vous nous libérer, ma sœur et moi, comme nous en étions convenus ?

Sa voix chancela lorsque Rigo se leva et contourna le bureau. Elle retint son souffle quand il lui caressa les cheveux et enroula une longue mèche auburn autour de son doigt.

— Quelle couleur magnifique, murmura-t-il. Je sens que vous avez un tempérament de feu en adéquation avec la couleur de vos cheveux. Les hommes seraient prêts à payer une fortune pour coucher avec une femme comme vous. Votre sœur est libre de s'en aller, mais j'ai décidé que vous resterez ici et travaillerez pour moi.

Il resserra son emprise sur son épaule et rit lorsqu'elle ne put réprimer un frisson.

— Je vous garderai peut-être même pour mon bon plaisir.

Diego serra les poings. Il était fou de rage, mais il savait qu'il ne pouvait pas envoyer son poing dans la figure de Rodrigo Hernandez. S'il voulait protéger Clare, il devait n'afficher aucune réaction. Sa seule chance de lui éviter d'être forcée à se prostituer ou de devenir la maîtresse attitrée de Rigo était d'offrir au baron de la drogue ce qu'il prisait plus que tout au monde : l'argent.

— D'après mon expérience, les femmes passionnées causent plus de soucis qu'elles n'apportent de plaisir. Mlle Marchant vous sera plus utile si vous demandez une rançon pour sa libération.

Clare lui jeta un regard oblique.

— Mon père ne pourra pas payer une deuxième rançon, chuchota-t-elle en anglais. Tu n'arranges rien, Diego. Laisse-moi faire.

Elle fixa le criminel droit dans les yeux.

— Je suis venue au Brésil payer la rançon de ma sœur. Ce n'est que justice que vous nous laissiez toutes les deux partir.

Diego grimaça intérieurement lorsque Rigo fronça les sourcils. Il aurait préféré que Clare le laisse gérer la situation, mais ne put s'empêcher d'admirer son courage et sa détermination à vouloir sauver sa sœur. La plupart des femmes se seraient déjà effondrées, mais pas elle. La colère née de son mensonge éhonté s'estompa un peu ; il reconnut même en son for intérieur, un peu à contrecœur toutefois, sa force de caractère.

Ignorant Clare, Rodrigo Hernandez se tourna vers lui.

— Êtes-vous prêt à payer une rançon ?

— Oui, affirma Diego.

Clare lui adressa un sourire triste.

— C'est gentil à toi de proposer, mais je ne pense pas qu'un chercheur d'or comme toi possède assez.

— Comme c'est drôle, ricana le trafiquant. Je vous ai reconnu grâce à la fascination que les médias ont pour votre vie privée, monsieur Cazorra. Vous êtes un des hommes les plus fortunés du pays, et je ferais sans doute mieux en effet de demander une rançon pour votre libération.

Diego haussa les épaules.

— Je n'ai pas de famille, et je ne tiens pas assez à la vie pour vous payer un *centavo*. Par contre, je payerai sans sourciller pour la libération de Mlle Marchant. Quel est votre prix ?

Rodrigo Hernandez lui jeta un regard triomphant.

— L'*Estrela Rosa* !

Diego n'hésita pas une seconde. Une vie humaine valait plus qu'un diamant, aussi précieux soit-il. Une soudaine évidence le frappa : il était prêt à donner à cette ordure de Rigo tous ses diamants pour garantir la libération de Clare.

— C'est d'accord, répondit-il calmement. Marché conclu.

Clare dévisagea les deux hommes avec la sensation de devenir folle.

— Je ne comprends pas.

— L'*Estrela Rosa* est le plus gros diamant rose jamais trouvé au Brésil, expliqua Rigo. Il est évalué à plus d'un million de dollars. Il a été découvert par Diego Cazorra ici présent !

Clare se demanda si elle ne rêvait pas. Elle fixa le jean déchiré de Diego, son chapeau cabossé. Une barbe de plusieurs jours couvrait ses joues ; il avait l'air dur, sexy et surtout peu recommandable.

— Tu n'as pas l'air de quelqu'un qui possède un diamant d'une valeur de un million de dollars…

Il sourit, l'air amusé.

— Je suis flatté de ton compliment, ironisa-t-il, avant de se tourner vers Rigo. Dites à vos chiens de garde de me rendre mon portable et je prendrai mes dispositions pour que le diamant soit acheminé par avion à Torrente. Nous procéderons à l'échange sur le tarmac lorsque les deux filles seront en sécurité à bord.

Comme le temps passait lentement quand il n'y avait rien à faire à part fixer une pendule ! Clare avait un tas de questions à poser à Diego, mais elle n'avait pas eu l'occasion de lui parler depuis qu'ils étaient retournés dans la pièce où ils étaient retenus prisonniers.

— As-tu payé la rançon ? Pouvons-nous partir ? avait demandé Becky, dès leur retour.

— Nous pourrons partir dès que certaines questions auront été réglées, avait répondu Clare d'une voix qu'elle espérait rassurante.

Mais ses propos n'avaient pas dû être convaincants car Becky avait éclaté en sanglots — la tension de cette semaine de captivité devait commencer à se faire sentir.

— Ils vont nous tuer, je le sais. Tu n'aurais pas dû venir ici et risquer ta vie pour moi, gémit-elle.

— Bien sûr que si ! Nous serons bientôt libérés. Diego s'est arrangé pour qu'un avion vienne nous chercher.

Clare voulait se montrer confiante. En vérité, elle ne savait pas ce qui se passait. Il lui paraissait incroyable que Diego possède une mine de diamants et qu'il ait accepté d'échanger un précieux diamant contre sa liberté. Cela ressemblait à l'intrigue d'un roman noir, et elle ne savait pas à qui elle pouvait faire confiance.

Elle put ôter ses habits de religieuse et enfiler un short kaki et un T-shirt en coton qu'elle avait emportés dans son sac à dos. Elle avait moins chaud dans cette tenue légère… jusqu'à ce que Diego fixe ses jambes nues avec une lueur d'intérêt qui la fit rougir. Assis dans un fauteuil en face d'elle, ses longues jambes étendues devant lui, il finit par rabattre son chapeau sur ses yeux, comme s'il dormait.

Son esprit s'envola vers la nuit précédente. Alors, une décharge de volupté la transperça au souvenir de son corps nu positionné au-dessus du sien, la lumière du feu jouant sur ses muscles. S'ils sortaient vivants de cette épreuve, le reverrait-elle ? C'était peu probable. Elle ne savait même pas qui il était vraiment : un mineur qui lisait de la poésie ou un riche magnat des affaires ?

— *Deus*, Clare ! chuchota-t-il sans bouger. Si seulement on était seuls…

Becky se tenait devant la fenêtre. Clare se souvint d'elle allongée sur un lit d'hôpital, reliée à d'innombrables tuyaux. C'était un miracle qu'elle ait survécu à sa leucémie, et Clare était déterminée à ce que la vie de sa sœur ne soit pas brutalement interrompue par une bande d'odieux criminels. La nuit précédente, l'angoisse et la fatigue l'avaient poussée à succomber à son désir pour Diego. Durant quelques merveilleuses heures, elle s'était laissé distraire et avait oublié la raison de sa venue au Brésil. Or désormais elle devait se focaliser sur le sauvetage de sa sœur.

— Je désire seulement que les ravisseurs nous relâchent et que ma sœur et moi puissions rentrer en Angleterre.

Diego fronça les sourcils.

— Une chose m'échappe : pourquoi ta famille t'a-t-elle envoyée seule au Brésil pour payer la rançon ? Ils devaient bien se douter du danger que tu courais.

— Mon père ne pouvait pas se déplacer car il doit prendre soin de ma mère, qui est malade. J'ai proposé d'y aller à sa place. Il doit d'ailleurs être fou d'inquiétude pour ma sœur.

— Il est sûrement fou d'inquiétude *pour vous deux*.

Diego était absurdement en colère contre les parents de Clare pour l'avoir fait se sentir moins aimée que sa sœur. Il espérait qu'ils réalisaient à quel point leur fille aînée était courageuse.

Soudain, son portable sonna. Il eut une brève discussion en portugais avant de raccrocher.

— Ton souhait est sur le point d'être exaucé, Clare : mon avion vient d'atterrir à Torrente.

Ce n'était pas un aéroport à proprement parler, mais une simple piste d'atterrissage à la périphérie de la ville. Lorsque Enzo arrêta la Jeep à côté d'un hangar, Clare vit un élégant jet privé sur la piste, avec les réacteurs qui tournaient au ralenti.

— Dans quelques minutes, nous serons à bord de cet avion et ton calvaire sera terminé, dit-elle à Becky.

Blême, sa sœur semblait proche de l'hystérie.

— Cela va mal tourner. Je le sens.

— Qu'attendons-nous ? s'enquit Clare en se tournant vers Diego. Je croyais que nous devions monter à bord avant de procéder à l'échange.

— Rigo est arrivé avant nous, répondit Diego d'une voix tendue. Il est déjà à bord. Le pilote m'a envoyé un texto me disant qu'il avait été obligé de lui donner le diamant.

— Nous devons donc monter nous aussi à bord.

Clare poussa un cri lorsque Diego lui saisit le bras.

— Je veux que Becky et toi rejoigniez l'avion qui se trouve en bout de piste en restant le plus possible dans l'obscurité. Puis montez dedans.

Clare regarda dans la direction qu'il indiquait et fronça les sourcils.

— On dirait un avion de la Deuxième Guerre mondiale. Est-il en état de voler, au moins ?

— C'est un avion de transport qui fait régulièrement la liaison entre Torrente et Manaus. Le pilote nous attend. Dis-lui d'être prêt à décoller dès que je monte à bord.

— Mais pourquoi ne pouvons-nous pas prendre le jet ?

Par-dessus l'épaule de Clare, Diego vit Rigo traverser la piste et monter en voiture, laissant derrière lui un groupe d'hommes armés. Il était peu probable qu'ils attendaient pour escorter les sœurs Marchant à bord du jet… Bon sang ! La situation devenait plus dangereuse de minute en minute, et il n'avait pas le temps de tout expliquer à Clare. Croisant son regard, il lut la peur au fond de ses prunelles bleues. Son cœur se noua inexplicablement.

— Tu dois me faire confiance, dit-il, en la poussant vers l'autre avion. Pars. Maintenant.

« Tu dois me faire confiance… »

Clare se répétait les propos de Diego tandis qu'elle scrutait la piste à travers le hublot, espérant l'apercevoir dans l'obscurité. Elle avait du mal à réfléchir entre le vacarme des réacteurs et les sanglots de Becky.

— Nous devons partir, nous devons partir, ne cessait de répéter sa sœur. Je t'en prie, Clare, dis au pilote de décoller avant l'arrivée des ravisseurs.

— On doit attendre Diego. Il ne va sûrement pas tarder.

Mais où était-il ? songea Clare, paniquée.

Soudain, son cœur bondit dans sa poitrine en le voyant debout près du hangar. Mais il n'était pas seul. Horrifiée, elle reconnut un des ravisseurs avec lui. Elle vit avec incrédulité Diego et l'homme de main s'enlacer, avant que les deux hommes courent vers l'avion.

Clare n'avait qu'une fraction de seconde pour prendre une

décision. Devait-elle dire au pilote de décoller ou attendre que Diego monte à bord avec un des hommes de Rigo ? Elle se sentait mal. Diego faisait-il partie d'une manière ou d'une autre de cette bande de gangsters ?

Dans un éclair de lucidité, elle comprit qu'il avait dû faire semblant de passer un marché avec le seigneur de la drogue pour acheter sa liberté. Il était absurde d'imaginer qu'il aurait donné un diamant d'une valeur de un million de dollars pour la sauver. Elle avait juste été aveuglée par son séduisant visage et son charme. Comment avait-elle pu être aussi stupide ?

— Assieds-toi et attache ta ceinture, ordonna-t-elle à sa sœur, avant de courir à l'avant de l'appareil pour parler au pilote. Nous décollons ! Maintenant !

Diego avait été soulagé en voyant Clare et Becky monter à bord de l'avion. Il était à peu près certain qu'aucun des hommes de Rigo ne les avait vues longer la piste dans le noir. Avec un peu de chance, il pourrait les rejoindre et l'avion décollerait avant que les tueurs de Rigo se rendent compte que leurs proies leur échappaient.

Il savait dès le départ que le baron de la drogue avait prévu de les éliminer. Le temps passé en prison lui avait appris comment fonctionnaient les criminels, et Rigo en était un de la pire espèce.

Plié en deux, il sortait du couvert du hangar quand une voix le héla :

— Pas si vite ! Mains en l'air !

Lentement, Diego pivota et se retrouva face au canon d'une arme braquée sur lui. Il écarquilla les yeux en reconnaissant le visage de celui qui la tenait.

— Miguel ?

— *Deus !* Diego, est-ce vraiment toi ? s'étonna Miguel en baissant son arme. La dernière fois que je t'ai vu, tu étais en prison.

— Cela fait presque vingt ans.

— Tu m'as sauvé la vie, murmura Miguel. Et tu as eu l'oreille coupée pour m'avoir protégé. Je n'ai jamais oublié.

Diego non plus, malgré tous ses efforts.

— Pourquoi travailles-tu pour une ordure comme Rigo ?

Miguel secoua la tête.

— Il a menacé ma famille. Mes deux parents sont morts maintenant, et je me moque que Rigo me tue pour t'avoir aidé à t'échapper. Je te dois une faveur, mon ami.

— Rigo ne tuera aucun de nous deux. Viens avec moi, lança Diego, avant de jurer en entendant les moteurs rugir. Vite ! Notre salut est prêt à s'envoler.

Clare poussa un long soupir de soulagement quand l'avion décolla.

— Tout est fini, Becky, assura-t-elle en saisissant la main de sa sœur. Tu es en sécurité maintenant, et nous rentrons à la maison.

Mais qu'en était-il de Diego... ?

Sa conscience la taraudait. Elle avait secouru Becky, mais s'était-elle trompée en pensant que Diego était de mèche avec Rigo ? Non, elle l'avait vu parler avec un des ravisseurs. Elle avait eu raison de partir sans lui.

— Nom d'un chien, Clare, pourquoi ne m'as-tu pas attendu ?

Elle eut un hoquet de surprise et se demanda si elle n'avait pas imaginé la voix de Diego. Mais en se retournant, elle le vit émerger de la soute de l'appareil, suivi de l'homme avec qui elle l'avait vu parler. Son instinct la poussa à protéger Becky ; elle se plaça devant elle, tout en fusillant Diego du regard.

— Ne t'approche pas de ma sœur. Je sais que tu travailles pour Rigo. Et cet homme, dit-elle en indiquant celui qui se tenait derrière lui, est un des ravisseurs qui m'a tenue en joue à la grotte.

Diego secoua la tête.

— Tout va bien, Clare. Miguel est un ami de longue date.

Il posa la main sur son bras et jura quand elle le gifla. Il lut la peur dans ses yeux et cela le blessa plus que tout.

— Bon sang ! s'emporta-t-il. J'ai garanti ta sécurité durant le trajet jusqu'à Torrente et passé deux jours les pieds dans la boue. Tu m'as fait croire que tu étais une religieuse et m'as fait me sentir coupable de te désirer. Tu m'as coûté une fortune avec la perte d'un diamant d'une valeur folle. Et pire que tout, je n'ai pas bu une seule bière depuis que j'ai eu le plaisir douteux de te rencontrer. Mais malgré tout ça, *tu ne me fais toujours pas confiance* !

Il jeta son chapeau au sol, lui saisit les bras, qu'il lui tint derrière le dos pour l'empêcher de le frapper, puis inclina la tête vers elle.

— Je n'ai donc rien à perdre, chuchota-t-il, avant de capturer ses lèvres dans un baiser profond qui exigeait d'elle une totale soumission.

Clare fondit. Le bon sens lui dictait de ne pas répondre à ce baiser, mais son traître de corps avait d'autres exigences. Elle céda à la force de son corps viril pressé contre le sien. Il était bien plus grand qu'elle et la hissa soudain à sa hauteur tout en continuant de l'embrasser.

Il lui glissa une main dans les cheveux pour l'empêcher de fuir. Mais Clare brûlait de la même fièvre que lui. Elle passa les bras autour de son cou pour lui permettre d'approfondir son baiser. La réalité s'effaça. Après tout ce qui s'était passé ces derniers jours, Clare ne savait plus ce qu'était la réalité. Mais Diego paraissait réel et solide ; plus rien n'avait d'importance hormis le fait qu'il ravivait ses sens et lui donnait envie de laisser sa vie sûre et confortable derrière elle pour faire un saut dans l'inconnu.

Lorsqu'il s'écarta enfin et la reposa sur le sol, elle le fixa, hébétée, prenant peu à peu conscience du grondement des moteurs de l'avion et de l'air furieux de Diego.

Il la poussa sur un siège et se pencha au-dessus d'elle.

— Tu mettrais la patience d'un saint à rude épreuve. Si j'entends encore un mot de ta part durant le vol, je te montrerai combien je suis loin d'en être un, *anjinho*.

7.

— Clare, réveille-toi. L'hélicoptère est là.

— Hein ? Je… Quel hélicoptère ? bredouilla-t-elle en ouvrant les yeux.

L'esprit embrumé de sommeil, Clare vit sa sœur assise à côté d'elle. Elles étaient à bord d'un avion, se souvint-elle. Pourtant, tout était silencieux et immobile.

— Quand avons-nous atterri ? Nous sommes à l'aéroport de Manaus, je suppose.

Le souvenir de leur retour périlleux lui revint en mémoire. Il la confortait dans l'idée que sa mission ne serait réellement terminée que lorsque sa sœur serait rentrée en Angleterre.

— Je doute qu'il y ait des vols directs pour Londres, reprit-elle, donc nous devrons prendre une correspondance pour Rio avant de nous envoler pour l'Angleterre.

— Calme-toi, nous sommes déjà à Rio, l'informa sa sœur. Nous avons atterri il y a quelques heures. Tu as dormi plus de douze heures, mais Diego ne voulait pas te déranger.

— Oh… Où est-il, à ce propos ?

— Il a dû se rendre à son bureau. Avant de partir, il m'a pris un billet pour Londres. Mon vol part bientôt, c'est pourquoi j'ai décidé de te réveiller pour te dire au revoir.

Sa sœur avait l'air remarquablement en forme après sa terrible épreuve, nota Clare, étonnée.

— Diego a sûrement dû réserver deux places sur le vol pour Londres. À moins qu'il ne s'attende à ce que je voyage en soute, ironisa-t-elle.

Becky éclata de rire.

— Tu devais dormir d'un sommeil profond si tu as oublié que tu as décidé de rester ici pour travailler avec Diego. Il m'a dit que tu allais lancer une campagne de publicité pour une société créée par son associé, un certain Cruz Delgado. D'ailleurs, l'entreprise s'appelle Delgado Diamonds.

— Un instant…

Clare essayait de comprendre ce que lui disait sa sœur, mais Becky poursuivait déjà :

— J'ai annoncé à papa tes projets lorsque je l'ai appelé pour lui annoncer ma libération. Il est ravi pour toi. Lancer une campagne de publicité pour une grande multinationale ouvrira vraiment des portes à l'agence. Et tout ça, grâce à toi, Clare, dit Becky en l'embrassant. Papa pense que tu es fantastique, et moi aussi je le pense. Tu m'as sauvé la vie. Je suis très heureuse que tu sois récompensée ainsi. Tu vas avoir la chance de progresser dans ta carrière, et de passer du temps avec Diego.

— Je ne…

— Ne t'inquiète pas, tu n'as pas à me dire quoi que ce soit. Vu la manière dont Diego t'a embrassée hier soir, il est évident qu'il y a quelque chose entre vous deux. Mais fais attention à toi : Diego est de toute évidence un bourreau des cœurs.

— Becky ! Vas-tu m'écouter, à la fin ? Il y a un malentendu. Je rentre en Angleterre avec toi.

Elle fouilla dans son sac à dos et, ne trouvant pas ce qu'elle cherchait, en renversa le contenu sur ses genoux.

— Mon passeport se trouvait là-dedans, pourtant, maugréa-t-elle.

— Je l'ai donné à Diego pour qu'il s'occupe de t'obtenir un permis de travail, expliqua Becky en se levant. Pas étonnant que tu sois troublée après tout ce qui s'est passé. Bon, je dois y aller ou je vais manquer l'avion. L'assistante de Diego t'expliquera tout en détail.

Le temps que Clare remballe ses affaires et descende les marches du jet, sa sœur avait disparu dans le terminal.

— Mademoiselle Marchant ?

Une élégante jeune femme aux cheveux bruns et au teint mat l'avait rejointe.

— Je m'appelle Juliana Alvez. Je suis l'assistante personnelle de M. Cazorra. Si vous voulez bien me suivre, il a prévu de vous recevoir à midi pour discuter avec vous de vos nouvelles fonctions.

Clare était consciente de son short froissé et de ses cheveux ébouriffés — un dur contraste avec le chignon strict et le tailleur chic de Juliana. Elle se demanda jusqu'à quel point la relation entre celle-ci et Diego était *personnelle*, se détestant aussitôt pour cette bouffée de jalousie. Une fois de plus, elle avait l'impression que sa vie lui échappait.

— Tant mieux car j'ai beaucoup de questions à lui poser, rétorqua-t-elle d'un air le plus détaché possible.

Le vol en hélicoptère au-dessus de la ville lui offrit une vue spectaculaire sur les lieux emblématiques de Rio : le mont du Pain de Sucre, l'imposant relief du Corcovado, avec sa statue du Christ rédempteur, et à l'horizon, le littoral bordé de collines aux pentes escarpées. L'hélicoptère survola la superbe plage de Copacabana avant d'atterrir sur le toit d'un gratte-ciel qui surplombait la baie.

Clare suivit l'assistante à l'intérieur de ce qui paraissait être un luxueux hôtel. La façade donnant sur la plage était entièrement vitrée, de sorte que même les couloirs offraient une vue sur la mer.

— Où sommes-nous ? demanda-t-elle.

— L'hélisurface a un accès direct à l'appartement privé de Diego. Il possède tout l'immeuble ; les bureaux de Cazorra Entreprises sont situés aux étages inférieurs, répondit Juliana.

Elle fit entrer Clare dans une immense suite.

— Voici l'endroit où vous résiderez, poursuivit l'assistante de Diego. Vitoria, votre femme de chambre attitrée, est à votre disposition pour vous aider à vous apprêter. Je viendrai vous chercher juste avant midi.

Clare se sentit déplacée dans ses vêtements froissés lorsqu'elle explora à la suite de Vitoria l'élégant salon, la vaste chambre et sa salle de bains contiguë — dotée d'une baignoire de la taille d'une petite piscine. Les murs étaient peints dans de discrets tons bleus et crème, le sol recouvert d'une épaisse moquette de velours grise ; l'ensemble formait un décor raffiné, mais impersonnel. Elle avait du mal à imaginer Diego vivre ici alors qu'il avait admis adorer la jungle sauvage.

De la salle de bains lui provint un bruit d'eau. Elle y retourna et constata que Vitoria avait ouvert les robinets de la baignoire.

— M. Cazorra a dit que vous aimeriez prendre un bain, expliqua la domestique en versant des huiles parfumées dans l'eau.

La perspective de plonger dans ce bain moussant était si irrésistible que Clare ne protesta pas.

Après s'être prélassée dans la baignoire, elle utilisa les lotions pour le corps, toutes de marques prestigieuses, mises à sa disposition. Puis elle se servit du sèche-cheveux pour dompter ses boucles auburn.

De retour dans la chambre, elle vit étalée sur le lit une somptueuse robe en soie bleu paon griffée par un grand couturier. Des chaussures complétaient la tenue, ainsi que de la lingerie fine, le tout dans sa taille. Lorsqu'elle inspecta la chambre, elle ne trouva pas le sac à dos qui contenait ses affaires personnelles.

Lorsqu'elle questionna la femme de chambre, celle-ci prit un air étonné.

— Je ne sais pas, mais vous n'en avez pas l'utilité puisque M. Cazorra vous a fourni des tenues pour toute la durée de votre séjour.

Sur ces mots, Vitoria ouvrit la penderie. Clare resta bouche bée. Il y avait là une multitude de tenues, la plupart dans des couleurs vives qu'elle n'aurait jamais osé choisir, préférant rester fidèle à des tons plus neutres. Toutefois, à moins de se rendre à son rendez-vous enveloppée d'une serviette, elle n'avait pas d'autre choix que de porter la robe étalée sur le lit.

Lorsque Clare se regarda dans le miroir une fois habillée,

elle fut obligée d'admettre que le créateur était un véritable génie. Il avait réussi à transformer un simple morceau de tissu en un vêtement à la fois élégant et sexy, qui mettait en valeur ses courbes féminines.

Inutile de t'exciter, tu ne fais qu'emprunter ces vêtements.

Diego avait décidément déployé de gros efforts pour elle. Pourquoi ? Elle se sentait coupable et gênée à l'idée de le revoir, surtout quand elle se rappelait leurs ébats torrides dans la grotte. Elle s'empourpra. Les moments qu'ils avaient passés ensemble dans la jungle lui paraissaient un rêve merveilleux, durant lequel elle s'était débarrassée de ses inhibitions en même temps que de sa virginité. Mais cette parenthèse enchanteresse était terminée, et elle ne cessait de se demander ce que Diego lui voulait…

Juliana ne put cacher sa surprise lorsqu'elle vit la métamorphose de Clare. Marchant à la suite de la jolie brune dans le long couloir, elle était consciente du doux bruissement de la soie contre sa peau. Était-ce parce qu'elle n'était plus vierge que ses sens lui paraissaient plus aiguisés et qu'elle était vivement consciente de sa féminité ?

Juliana ouvrit une porte et fit entrer Clare dans un vaste bureau moderne. Elle aperçut du coin de l'œil des meubles en chrome et en verre noir, ainsi qu'une vue imprenable sur l'océan, mais toute son attention était rivée sur l'homme debout devant la fenêtre. Un homme qui avait l'air si familier et pourtant presque inconnu.

Son jean et son T-shirt avaient été remplacés par un costume gris anthracite, une chemise blanche et une cravate grise. Ses cheveux avaient beau être encore un peu longs, ils avaient été domptés ; sa barbe blonde était désormais bien taillée, lui donnant un air à la fois élégant et dangereusement sexy.

Dès que son assistante eut refermé la porte derrière elle, il traversa la pièce et prit place derrière son bureau, sur lequel il appuya ses deux poings serrés.

— La première fois que je t'ai vue, au couvent, dit-il, je savais que quelque chose clochait mais je n'arrivais pas à mettre le doigt dessus. C'est désormais chose faite : c'était ton déhanchement sexy. J'aurais dû écouter mon instinct, ajouta-t-il d'une voix dure. Tu n'es qu'une menteuse, comme la plupart des femmes.

Elle rougit, mais refusa de baisser les yeux.

— C'est une généralisation machiste et dans mon cas, c'est faux. Je suis honnête d'habitude, mais la mère supérieure m'a persuadée de me vêtir ainsi pour me protéger. Je ne m'attendais pas à ce qu'une… une relation naisse entre nous.

Clare ignora le bref soupir de mépris de Diego et prit place sur la chaise qu'il lui indiquait. Elle eut l'impression de passer un entretien d'embauche lorsqu'il s'assit dans son imposant fauteuil en cuir et darda le regard sur son visage.

— Je te rappelle que toi aussi tu as menti, poursuivit-elle. Tu m'as laissée croire que tu étais un chercheur d'or.

— Je *suis* un chercheur d'or, mais surtout un prospecteur de diamants. J'explore souvent de nouveaux gisements dans le bassin amazonien. Lorsque j'en ai l'occasion, je me joins à une équipe de mineurs et je descends au fond de notre première mine, « la vieille Betsy », comme on l'a surnommée avec Cruz. Le reste du temps, je dirige Cazorra Entreprises. Mais je n'aime pas rester trop longtemps en ville.

Clare nota que sous son vernis de sophistication prospère se cachait toujours le Diego qu'elle connaissait — l'homme qui se sentait plus à l'aise dans la jungle qu'en ville et qui lui avait fait l'amour et l'avait gardée en sécurité dans ses bras toute la nuit. Elle s'obligea à refouler ses souvenirs.

— Pourquoi m'as-tu fait venir ici ? Pourquoi as-tu dit à ma sœur que je travaillerais pour toi et pourquoi m'as-tu fourni une armoire entière de vêtements de marque ? Je ne sais pas à quel jeu tu joues, Diego, conclut-elle, irritée. Je veux rentrer chez moi.

— Tu sembles avoir oublié quelque chose.

Malgré son sourire narquois, Clare perçut la colère dans

sa voix et elle eut un sentiment de malaise lorsqu'elle vit son regard dur.

— Tu sembles avoir oublié que j'ai obtenu ta libération en donnant à Rigo le diamant rose, poursuivit-il. En fait, je t'ai achetée pour la somme de un million de dollars.

— Bien sûr que je n'ai pas oublié, s'offusqua-t-elle. Dès mon retour en Angleterre, je veillerai à te rembourser.

— Il te faudra des années pour gagner une telle somme. Je pensais plutôt à un autre moyen de me rembourser.

Il marqua une pause. Clare avait l'impression d'être une souris entre les griffes d'un matou.

— En acceptant de devenir ma maîtresse, assena-t-il.

C'était comme si elle avait été frappée en pleine poitrine. Jamais elle ne s'était sentie aussi blessée. Certes, elle *savait* que la nuit passée avec Diego dans la grotte ne signifiait rien pour lui, et c'était la même chose pour elle. Submergée de colère, elle cilla pour refouler ses larmes. Plutôt mourir que de les lui laisser voir.

— Dis-moi si j'ai bien compris : tu suggères que je rembourse ma dette en couchant avec toi ? Comment est-ce que cela fonctionnera exactement ? Dois-je créer un fichier Excel, et à chaque fois qu'on aura eu un rapport je pourrai déduire quelques milliers de dollars ? Quel est le barème en vigueur pour un rapport sexuel ? Le chantage est-il la seule façon pour toi de coucher avec une femme ? Tu dois vraiment être aux abois.

Diego se rembrunit.

— Modère tes propos, *querida*, et arrête de jouer les vierges effarouchées. Tu m'as offert ta virginité lorsque tu faisais semblant d'être une nonne. *Deus !* s'écria-t-il en posant brutalement la main sur le bureau, faisant sursauter Clare. As-tu seulement une idée du sentiment de culpabilité que j'ai ressenti en croyant t'avoir éloignée du destin que tu t'étais tracé ?

Elle s'empourpra et baissa les yeux.

— Je suis désolée de t'avoir menti, marmonna-t-elle.

Se renfonçant dans son fauteuil, il l'examina quelques instants.

— Le sexe avec toi était bien, je te l'accorde, mais pas assez pour que quelques parties de jambes en l'air permettent de rembourser la perte du diamant. Je veux plus que ton corps, *anjinho*. Je veux aussi ton intelligence, ajouta-t-il avec un sourire froid, et plus particulièrement ton expertise en relations publiques.

Malgré sa colère, Clare ne put refréner sa curiosité.

— Qu'entends-tu par là ?

— Je me suis renseigné sur A-Star, et j'ai été impressionné par le sérieux de l'entreprise. Tu as dirigé des campagnes publicitaires de haut niveau pour des sociétés de renom en Angleterre et je suis intéressé par ce que tu peux nous apporter. Tu as sans doute entendu parler de Delgado Diamonds ?

Elle acquiesça.

— La boutique londonienne de Mayfair est toujours bondée.

— Mon associé, Cruz Delgado, a créé l'entreprise il y a quelques années en ouvrant le premier magasin à Paris. Cruz a une famille maintenant et veut réduire son temps de travail. Il sera toujours P-DG de Delgado Diamonds en Europe, mais j'ai acheté la franchise me permettant d'ouvrir des magasins dans toute l'Amérique du Sud. Le premier ouvrira ses portes ici à Rio. Mais il y a un problème…

Diego glissa la main dans ses cheveux et, voyant Clare fixer son oreille sectionnée que son geste avait exposée, baissa vite le bras.

— L'agence de relations publiques à qui j'ai confié mon projet n'a pas eu jusqu'à présent d'idées très brillantes, et bien que l'ouverture du magasin approche à grands pas, personne n'est vraiment au courant. Du coup, c'est peut-être une occasion en or pour un professionnel de m'impressionner en organisant une campagne de marketing agressive, efficace et audacieuse.

— Quand est-ce que la boutique doit ouvrir ?

— Dans trois semaines.

— *Trois semaines !* s'étrangla Clare. La campagne dont tu rêves prendra des mois à organiser.

Il haussa les épaules.

— Si tu ne t'en sens pas capable, je suis sûr de trouver une agence ravie de saisir cette formidable occasion.

— Je n'ai jamais dit que je ne pouvais pas le faire, riposta Clare. Ce sera un défi colossal, mais c'est faisable.

— Je te fais confiance. Espérant que tu relèverais ce défi, je me suis permis de te commander des tenues plus appropriées à tes nouvelles fonctions qu'un short et un habit de religieuse, ajouta-t-il sèchement.

La belle Anglaise s'empourpra. Aussitôt, Diego se rappela son visage rosi sous l'effet du plaisir lorsqu'il lui avait fait l'amour dans la grotte. L'intérêt qui l'avait saisi quand Clare était entrée dans son bureau, vêtue d'une robe sexy qui soulignait ses formes voluptueuses, se mua en désir brut.

Il savait qu'il n'y avait aucune raison pour qu'elle refuse ce qu'il considérait comme une proposition honnête de sa part. Son hésitation ne fit qu'exacerber son envie de conclure cette conversation afin de pouvoir enfin faire ce qu'il avait envie de faire depuis la seconde où elle était entrée ici : lui faire l'amour sur son bureau.

— Je présume que tu aimerais qu'A-Star obtienne ce marché, non ?

Clare s'en voulut terriblement quand son cœur fit un bond dans sa poitrine à la vue du sourire sexy de Diego.

— Bien entendu, répliqua-t-elle. Comme tu l'as indiqué, ce serait une aubaine pour nous de travailler pour Cazorra Entreprises. Mais j'imagine que tu ne m'accorderas le contrat que si j'accepte *toutes* tes conditions ?

— En effet.

Se redressant de toute sa taille, Clare fit de son mieux pour cacher sa déception. Cela aurait donné un énorme coup de pouce à sa carrière et à la réputation de l'agence si elle avait obtenu ce marché ; sans compter que son père aurait été fier d'elle.

Mais elle n'avait pas besoin de prouver qu'elle était digne de l'amour de son père, réalisa soudain Clare dans un éclair de lucidité. Son périple dans la forêt amazonienne lui avait ouvert les yeux et rien, pas même l'offre alléchante de Diego, ne valait la peine de sacrifier son estime de soi.

Tête haute, elle marcha vers la porte, qu'elle ouvrit à la volée avant de faire face au superbe Brésilien.

— Je n'accepterai aucune de tes offres d'emploi. Je trouverai un moyen de te rembourser, même si je dois récurer des planchers pour cela. Tu ne m'as pas achetée, Diego, parce que je ne suis pas et ne serai jamais à vendre.

Là-dessus, elle tourna les talons et sortit, claquant la porte derrière elle.

Clare n'était pas peu fière de sa sortie théâtrale. Hélas, elle avait oublié un petit détail…

— Tu as mon passeport, fit-elle en entrant de nouveau dans le bureau de Diego. J'aimerais que tu me le rendes.

Il s'était levé en son absence et se trouvait à présent tout près d'elle. Troublée, elle était douloureusement consciente de l'odeur de bois de santal qui l'entourait, pimentée par sa si enivrante odeur masculine.

Son expression était indéchiffrable.

— Je te le rendrai lorsque j'aurai la confirmation que tu n'es pas enceinte.

Diego vit le sang se retirer du visage de la jeune femme.

— Tu étais vierge, reprit-il, et par conséquent pas préparée à avoir une relation sexuelle, j'imagine.

La possibilité qu'elle soit enceinte suscitait en lui des sentiments mitigés. Il était surtout furieux contre lui-même de s'être montré si irresponsable. Cela ne lui était jamais arrivé auparavant, et même si la nuit passée avec elle lui avait semblé irréelle, ce n'était pas une excuse pour son comportement irréfléchi.

L'idée qu'il ne valait pas mieux que son propre père le remplit de honte. Mais lui n'abandonnerait pas son bébé. Un enfant avait besoin de son père. Il songea aux jumeaux de Cruz, qui grandissaient entourés de parents aimants, et ressentit un étrange pincement au cœur, comme il s'imaginait tenir dans ses bras son propre bébé. Les enfants étaient si vulnérables… Il n'avait jamais compris pourquoi son géniteur n'avait jamais montré le moindre intérêt pour l'enfant qu'il avait si négligemment conçu. Une chose était sûre : il ne pouvait permettre à Clare de rentrer en Angleterre tant qu'il n'était pas certain qu'elle ne portait pas son enfant.

— Je suis sûre de ne pas être enceinte, affirma-t-elle.

— Es-tu en train de me dire que tu prends la pilule ou un autre moyen de contraception ?

— Non, mais mes règles venaient de se terminer lorsqu'on a fait l'amour. Les femmes sont moins fertiles à ce moment-là.

— Nous ne parlons pas des femmes en général, mais de toi et du fait que tu as peut-être conçu un enfant, lui assena Diego sans ménagement. Quand le sauras-tu ?

— Dans un peu moins de trois semaines. Il n'y a aucune raison pour que je ne rentre pas en Angleterre, et si… si le pire est arrivé, je te préviendrai.

— Être enceinte de moi serait donc la pire chose qui puisse t'arriver ? demanda-t-il, l'air vexé.

Clare se mordit la lèvre.

— Je… Je ne sais pas ce que je ressentirais si j'étais enceinte. Je n'y ai jamais pensé.

Elle était désormais forcée de le faire. Et elle se rendait compte que l'idée ne lui déplaisait pas. Elle aimait son travail, elle était fière que son père lui ait confié la direction de l'entreprise familiale, mais ce n'était rien comparé au fait de tenir un bébé dans ses bras.

Mon Dieu ! Mon bébé et celui de Diego…

— Je voulais dire que ce ne serait pas une bonne nouvelle si je me retrouvais seule à élever mon bébé.

— Cela n'arrivera pas, assura-t-il. Mon père a abandonné ma mère quand elle était enceinte, je ne permettrai pas à l'histoire de se répéter. Si tu attends mon enfant, je subviendrai à tes besoins et à ceux du bébé. Je ne peux pas te permettre de quitter le Brésil avant de le savoir.

— Tu ne peux pas m'obliger à rester ! s'écria-t-elle. C'est absurde !

Hélas, elle savait Diego assez puissant pour obtenir gain de cause. Toutefois, au plus profond d'elle-même, elle se voyait rassurée qu'il accepte de subvenir aux besoins de leur éventuel enfant. De toute façon, les chances qu'elle soit enceinte étaient minimes, tenta-t-elle de se rassurer.

— Trois semaines, ce n'est pas long, argua-t-il. De plus, le temps passera vite si tu es occupée à gérer la campagne de publicité pour Delgado Diamonds.

Clare fixa longuement les traits ciselés de son premier amant, cherchant à lire ses pensées. S'il comptait vraiment lui accorder ce contrat, ne serait-elle pas stupide de refuser ?

— Je serais heureuse de travailler pour toi, mais tu ne peux pas m'obliger à être ta maîtresse.

Son lent sourire la prit au dépourvu. Il était bien trop sexy. Mais son traître de corps se moquait bien du danger que représentait pour sa santé mentale le si séduisant Diego Cazorra. Ses mamelons durcis se dressaient déjà sous sa robe en soie. Instinctivement, elle s'écarta de lui. Elle se retrouva dos au mur tandis qu'il se rapprochait d'elle, le regard luisant d'une lueur carnassière.

— Je n'ai jamais forcé une femme à coucher avec moi, et je n'ai pas l'intention de commencer avec toi, mon petit chat sauvage, dit-il d'une voix profonde, aussi douce que du miel.

Il plaça les mains de part et d'autre de sa tête, puis braqua les yeux sur sa poitrine, dont les mouvements suivaient le rythme de sa respiration haletante.

— Toi et moi savons que tu viendras volontiers me rejoindre au lit quand je voudrai de toi, susurra-t-il à son oreille.

— N'y compte pas !

Quelle arrogance ! songea-t-elle, furieuse. Lorsque Diego inclina la tête et captura ses lèvres, elle se raidit, déterminée à ne pas réagir. Et elle aurait réussi s'il l'avait embrassée avec passion, comme elle s'y était attendue. Or il lui coupa le souffle avec un baiser aussi léger que les ailes d'un papillon. Il la goûta, délicat. Sa douceur inattendue mit les sens de Clare en émoi. Un incendie s'alluma en elle, tandis qu'un tremblement irrépressible, né entre ses cuisses, se déployait au plus profond de son intimité.

Si elle ne pouvait maîtriser son propre corps, comment lutter contre la puissante sensualité de Diego ? Il n'utilisait pas sa force pour asseoir sa volonté : il ne la touchait même pas excepté sa bouche. Mais lorsqu'il approfondit son baiser, elle capitula et entrouvrit les lèvres. Leurs langues se rencontrèrent. Il continua à l'embrasser lentement, lui arrachant de petits gémissements. Elle se pressa contre lui. Elle mourait d'envie qu'il la prenne dans ses bras.

Clare faillit pleurer de déception lorsque Diego s'écarta enfin. À son crédit, il ne se moqua pas de sa pitoyable faiblesse ; son regard ardent trahissait seulement du désir.

— Dans un instant, Juliana te présentera mes collaborateurs qui t'assisteront dans cette mission. Si tu dois quitter l'entreprise pour quelque raison que ce soit, tu seras toujours accompagnée ; par moi ou par un garde du corps.

— Est-ce vraiment nécessaire ? Je ne présente aucun intérêt pour des ravisseurs.

— Je ne veux prendre aucun risque. Tant que tu travailles pour moi, tu es sous ma responsabilité, dit Diego d'un ton sans appel. J'ai demandé à Miguel de prendre soin de toi.

— *Miguel !* s'écria-t-elle. Tu as demandé à un des acolytes de Rigo de me servir de garde du corps ? Je sais que c'est un ami de longue date, mais…

— … Mais tu ne me fais toujours pas confiance, compléta Diego, l'air contrit. Alors que sans mon aide, Becky et toi seriez toujours à la merci de Rigo. J'ai demandé à Miguel de te protéger parce qu'il est le mieux placé pour effectuer ce travail. Il y a plusieurs années, je lui ai sauvé la vie. Au Brésil, c'est considéré comme une dette d'honneur. Miguel donnera volontiers sa vie pour te protéger si je le lui demande.

Clare aurait aimé avoir plus de détails sur son amitié avec Miguel, mais Diego changea de sujet :

— J'organise une petite fête ce soir dans mon night-club, et je souhaite que tu sois à mes côtés.

L'expression dure de son regard la mettait au défi de refuser ; cependant, Clare avait déjà décidé qu'il ne servait à rien de discuter avec Diego quand il paraissait déterminé à obtenir gain de cause.

Il haussa les sourcils, comme s'il paraissait surpris de la voir céder si vite. Il lui caressa les lèvres du pouce.

— Je te suggère d'aller te repoudrer, sauf si tu veux que mes collaborateurs se rendent compte que tu as été embrassée par le patron, ironisa-t-il.

Clare réprima la réponse acerbe qui lui était venue aux lèvres : elle jugeait plus prudent de suivre son conseil. Elle poussa un gémissement lorsqu'elle vit dans le miroir ses lèvres enflées et ses cheveux en bataille. Diego avait raison, elle avait l'air tout droit sortie de son lit !

Son incapacité à lui résister était humiliante. Elle ne *devait* plus lui permettre de l'embrasser. À partir de maintenant, elle serait un modèle d'efficacité, et elle se ferait un devoir d'organiser une campagne de publicité qui impressionnerait Diego par son professionnalisme.

8.

Clare lissa d'un revers de main sa robe pailletée d'or, soulagée de voir que sa tenue n'était pas trop flamboyante ni suggestive, comme elle l'avait craint. Elle était en fait parfaite pour cette soirée à la Kasbah, le night-club de Diego.

L'endroit était immense, avec de nombreux bars et pistes de danse, un gigantesque casino — tables de poker, roulette et machines à sous. Au centre du complexe se dressait une scène tournante éclairée par des chandeliers scintillants suspendus au plafond cathédrale. Le décor était un tantinet opulent et représentait un harem de sultan. De riches tapis pourpres, du papier peint de soie jaune et des sièges moelleux en velours donnaient à l'intérieur une sensation de sensualité, intensifiée par un éclairage discret et la pulsation de basses profondes.

Diego était arrivé avant elle. D'après Juliana, il avait voulu assister à la répétition finale des danseurs. Le spectacle de ce soir était au profit de la Fondation pour un plus bel avenir, créée par Diego et son associé, Cruz Delgado, en faveur de l'éducation d'enfants issus des *favelas*.

Miguel avait été chargé de la conduire au club. Le garde du corps avait manifestement senti qu'elle se méfiait de lui car il lui avait répété ce que lui avait déjà dit Diego, à savoir qu'il la protégerait au péril de sa vie si nécessaire.

— Diego m'a dit que vous étiez amis, il y a des années de cela. Où vous êtes-vous rencontrés ? lui avait demandé Clare, espérant en apprendre plus sur le passé de Diego.

Mais Miguel avait secoué la tête.

— Vous devrez lui poser cette question.

Après tout, le mystère entourant Diego ne la regardait pas, se dit-elle en s'approchant de la scène. Dans quelques semaines, elle rentrerait en Angleterre et ne le reverrait plus jamais. À moins qu'elle ne soit enceinte de lui…

À cette pensée, son estomac se noua, même si une telle éventualité était peu probable. Elle repéra Diego sur scène, entouré de danseuses dont le costume était seulement constitué de quelques plumes d'autruche judicieusement placées. Les invités n'allaient pas tarder à arriver et elle se demanda ce que son rôle d'hôtesse impliquait.

Les filles faisaient cercle autour de Diego. Clare ne pouvait pas leur en vouloir : il était superbe dans son smoking noir et sa chemise en soie blanche, et ses cheveux décoiffés ainsi que l'ombre de sa barbe blonde lui conféraient une touche sexy. Il tourna la tête à son approche, comme mû par un sixième sens.

— Clare, l'accueillit-il d'une voix rauque et sensuelle, qui déclencha en elle une vague de chaleur.

Le regard rivé sur elle, Diego tapa dans ses mains. Les danseuses quittèrent la scène dans un frou-frou de plumes.

— Juliana m'a dit que je te trouverais en plein travail, railla-t-elle. À vue de nez, je dirais que tu as dû coucher avec au moins dix des vingt jeunes femmes de ta troupe de danse.

Il lui adressa un sourire éclatant.

— Mais pas toutes à la fois, répondit-il, en l'étudiant des pieds à la tête. Je savais que cette robe t'irait à merveille.

— Comment connaissais-tu ma taille ?

— J'ai demandé à ta sœur. En outre, je me souviens parfaitement de ton corps, *querida*.

Clare rougit. Heureusement, les premiers invités commençaient à arriver. Diego alla les accueillir, mais elle ne put s'échapper car il lui glissa un bras autour de la taille et la tint serrée contre lui. Elle lui proposa de le laisser circuler seul au milieu des invités.

— Ce soir, tu joues le rôle d'hôtesse, lui rappela-t-il.

— Pourquoi ai-je l'impression que tu te sers de moi comme

d'un bouclier ? N'es-tu pas flatté de savoir que tu pourrais conquérir sans le moindre effort toutes les femmes de cette pièce ?

Elle leva les yeux, s'attendant à voir son sourire moqueur, mais Diego la fixait d'un regard brûlant.

— Il n'y a qu'une seule femme que je désire, mais elle m'a dit qu'elle n'était pas intéressée.

Clare était consciente de la pulsation à la base de son cou. Diego l'avait-il repérée ? C'était un coureur de jupons, qui batifolait avec elle parce que c'était pour lui une seconde nature. Mais il y avait eu une indéniable alchimie sexuelle entre eux dans la chaleur étouffante de la forêt, et elle n'était pas moins forte ici dans la pénombre du night-club, où le rythme de la musique faisait écho aux battements frénétiques de son cœur. Elle ouvrit la bouche pour lui répéter qu'elle ne serait jamais sa maîtresse, mais les mots qui sortirent de sa bouche n'étaient pas ceux escomptés :

— J'ai dit que je n'étais pas à vendre, murmura-t-elle. Je n'ai jamais dit que je n'étais pas intéressée.

Qu'est-ce que Clare avait voulu dire par là ? se demanda Diego en la regardant s'éloigner. Il était certain qu'elle avait inventé cette excuse de devoir se rendre aux toilettes ; il fut tenté de la suivre, de s'enfermer avec elle et de la prendre contre le mur avec toute la finesse d'un adolescent victime de ses hormones.

Glissant une main nerveuse dans ses cheveux, il laissa son regard errer sur le balancement de ses hanches et de son charmant fessier sous sa robe pailletée d'or. Il ne se rappelait pas avoir jamais autant désiré une femme. Mais peut-être que son inexplicable sentiment de possessivité était dû au fait qu'elle portait peut-être son enfant.

Son bon sens l'exhortait pourtant à l'oublier. Comme elle le lui avait si bien dit, il n'avait qu'à choisir parmi toutes les femmes célibataires présentes à sa soirée, et probablement quelques femmes mariées aussi, songea-t-il, cynique. L'argent était un puissant aphrodisiaque, mais même avant qu'il devienne milliardaire, les femmes lui tombaient dans les bras. Et moins il s'intéressait à elles et plus elles le poursuivaient de leurs assiduités.

Clare était la seule femme à lui avoir jamais tenu tête, tout comme elle avait tenu tête à l'impitoyable seigneur de la drogue, Rigo. Diego l'admirait. Il l'appréciait aussi et la désirait. Il savait d'instinct qu'elle était prête à tomber amoureuse de lui. Il ne voulait cependant pas la faire souffrir, ce qui risquait fort d'arriver. Car il ne cherchait pas l'amour. Son amnésie à propos de ce qui s'était passé quand il avait dix-sept ans cachait une vérité qu'il ne voulait pas découvrir. Il valait mieux être un play-boy qui ne se souciait pas des sentiments des autres.

Il croisa à travers la pièce le regard d'une de ses ex-maîtresses. Belinda, une jolie blonde, portait ce soir une minuscule robe qui dévoilait ses jambes interminables. Comme à son habitude avec ses amantes, il l'avait quittée en bons termes. Il se dirigeait vers elle lorsqu'il vit Clare du coin de l'œil, debout devant le bar ; elle le cherchait du regard.

Les lumières vives au-dessus du bar éclairaient sa longue chevelure auburn, qui cascadait sur ses épaules et brillait comme de la soie. *Santa Mãe !* La belle Anglaise avait l'air d'avoir été coulée dans cette robe dorée qui épousait ses formes exquises. Décidément, elle lui faisait perdre la tête. Il décida que la seule façon de la sortir de son esprit était de la mettre dans son lit.

Un excellent champagne et de délicieux canapés furent servis aux invités, qui avaient payé des centaines de dollars pour participer à cette soirée dont la recette serait entièrement reversée à la fondation.

Après le spectacle de cabaret eut lieu l'événement majeur de la soirée : la vente aux enchères. Un peu plus tôt, Clare avait jeté un coup d'œil sur les articles présentés, dont de fabuleux bijoux, de nombreuses œuvres d'art et, plus étonnant, une voiture de sport. Le seul objet pour lequel elle aurait été tentée de faire une offre était une première édition des poèmes de Lord Byron, mais quand elle avait vu le prix de départ, elle avait compris qu'elle n'en avait pas les moyens.

De fait, le livre de poésie fut vendu trois fois plus cher que le prix demandé…

— Tu sembles déçue que le montant des enchères pour le recueil de poèmes de Byron soit si élevé, lui chuchota Diego.

— Surprise, mais sûrement pas déçue puisque tout l'argent récolté va à ta fondation.

— Chaque dollar, confirma-t-il avec fierté. L'argent sera bien utilisé. Cruz et moi savons par expérience que les études sont la clé pour sortir de la pauvreté.

Clare plissa le front.

— Tu as fait don de ton recueil de poèmes, n'est-ce pas ? Puis tu as remporté l'enchère pour le récupérer.

Il haussa les épaules.

— Je fais la même chose à chaque vente aux enchères. Lire les romans et les recueils de poésie que j'empruntais à la bibliothèque du comte Bancroft m'a permis de me rendre compte que le monde s'étendait bien au-delà de mon travail à la mine. J'espère offrir à tous les enfants défavorisés non seulement le rêve d'une meilleure vie, mais aussi les moyens de transformer leurs rêves en réalité.

Ces mots bouleversèrent Clare, qui s'efforça de ne pas le montrer.

— Tu n'as vraiment aucune famille qui tienne à toi ? Tu m'as dit que ton père avait abandonné ta mère avant ta naissance, et que tu avais grandi dans une *favela*. Ta mère est-elle décédée aussi ?

Il haussa les épaules.

— Je ne sais pas. Je n'ai plus de contact avec elle depuis l'âge de dix-sept ans.

— N'as-tu jamais essayé de la retrouver ?

— Non.

Le ton sec de Diego l'avertit de ne pas insister. À ce moment-là, un serveur déposa un livre relié de cuir sur la table.

— Voici ton recueil de poèmes, dit-elle. Tu pourras le remettre sur l'étagère de ta bibliothèque.

— En fait, il est à toi, déclara Diego en poussant l'ouvrage vers elle. J'ai monté les enchères en ton nom.

Elle secoua la tête.

— Je ne peux pas m'endetter plus alors que je te dois déjà plus d'un million de dollars.

— Tu ne me dois rien pour ce livre : c'est un cadeau.

Clare lui décocha un regard surpris. Diego jura intérieurement. Pourquoi se comportait-il comme un idiot amoureux ? Pour la séduire afin de l'attirer au lit, se dit-il. Il ouvrit le livre à une page au hasard, qui se trouva être le célèbre poème *Elle marche dans sa beauté.* Il l'avait lu maintes fois. Soudain, il se mit à déclamer les vers :

Elle marche dans sa beauté, semblable à la nuit
des climats sans nuages et des cieux étoilés ;
tout ce qu'ont de plus beau la lumière et l'ombre
est réuni dans ses traits et dans ses yeux…

Clare cilla. Son trouble était dû au champagne, n'est-ce pas ? Et non à la voix profonde de Diego qui déclamait les superbes vers de Byron. Les deux hommes avaient au moins un point commun : le poète avait été célèbre en son temps pour ses liaisons scandaleuses, et Clare ne doutait pas que la réputation de dragueur impénitent qui escortait Diego était bien méritée.

Il l'invita à danser. Elle se retrouva sur la piste de danse, enveloppée de ses bras puissants. Lorsque leurs regards se croisèrent et que sa bouche dessina un lent sourire sexy qui lui coupa le souffle, elle cessa de résister.

Ils dansèrent toute la nuit. Au petit matin, lorsque Diego se glissa à côté d'elle à l'arrière de la limousine, les nerfs de Clare étaient à vif.

Les portes de l'ascenseur se refermèrent. L'appareil entama son ascension vers le dernier étage de l'immeuble Cazorra. Diego avait défait son nœud papillon. Une mèche de cheveux blonds lui tombait sur le front, ce qui ajoutait à son charme. Mais pourquoi avait-il l'air si tendu ?

Soudain, l'ascenseur s'arrêta et les lumières s'éteignirent.

— Bon sang ! s'écria Diego.

Les lumières clignotèrent puis se rallumèrent, mais l'ascenseur demeura immobile.

— Crois-tu qu'il est tombé en panne ? murmura Clare, peu rassurée.

— Non, je crois qu'il s'est arrêté pour le plaisir.

Elle leva les yeux au ciel, puis étudia le panneau de commandes.

— Inutile de te montrer sarcastique, dit-elle. Il y a un bouton d'urgence. Dois-je appuyer dessus ?

— *Deus !* explosa Diego. Appuie sur ce satané bouton et dis-leur de nous sortir de là !

— Diego, est-ce que tu vas bien ?

Clare le fixa, interloquée. Les mâchoires serrées, il paraissait étrangement pâle. Lorsqu'il repoussa ses cheveux d'un geste machinal, elle vit des gouttes de sueur perler sur son front.

— Je n'aime pas les ascenseurs. J'ai une peur irrationnelle des espaces confinés.

Soudain, une voix parlant portugais résonna dans l'ascenseur. Diego répondit par quelques mots brefs.

— Le concierge a prévenu la maintenance et l'ascenseur sera réparé dès que possible, expliqua-t-il.

Clare ne put cacher son étonnement : cet homme s'était montré intrépide dans la forêt amazonienne, l'avait débarrassée à mains nues d'un serpent mais paniquait dans un ascenseur bloqué.

— Comment as-tu fait pour travailler des années au fond de la mine si tu es claustrophobe ?

Il haussa les épaules.

— C'était le seul moyen pour moi de gagner ma vie ; soit je prenais sur moi, soit je mourais de faim. Descendre sous terre dans un monte-charge bondé était un enfer pour moi.

Heureusement, les galeries de la vieille Betsy sont de taille raisonnable.

Clare hocha la tête, le cœur serré.

— Ce doit être compliqué pour toi puisque tu vis et travailles dans l'immeuble Cazorra.

— Je ne prends pas l'ascenseur, d'habitude. J'utilise l'escalier.

— Mais… Tu vis au trentième étage !

— Comme ça, je garde la forme.

— Tu as donc pris l'ascenseur ce soir à cause de moi ?

— Je ne pouvais pas te demander de monter trente étages.

Clare se mordit la lèvre.

— Tu aurais dû me le dire. Je me sens très mal, mais sûrement moins que toi. Puis-je faire quelque chose pour t'aider ?

— Non. À moins que tu trouves une technique pour me distraire et me faire oublier que nous sommes prisonniers d'un caisson de métal, dit-il entre ses dents serrées.

Mue par une impulsion, elle se rapprocha et captura son visage entre les mains.

— Peut-être que ceci te distraira…, murmura-t-elle.

Elle posa les lèvres sur les siennes. Malgré son évidente surprise, Diego entrouvrit aussitôt la bouche et chercha sa langue.

— Est-ce que ça marche ? s'enquit-elle en s'écartant pour reprendre son souffle.

— Je n'en suis pas sûr. Tu devrais peut-être recommencer.

Il avait l'air moins pâle, nota Clare. Elle se hissa sur la pointe des pieds pour atteindre sa bouche. Cette fois, Diego prit les choses en main et approfondit son baiser, jusqu'à la laisser pantelante de désir.

— De toute évidence, ça a l'air de fonctionner, déclara-t-il d'un ton insouciant qui lui ressemblait plus.

Soudain, l'ascenseur se mit en mouvement et poursuivit son ascension. Clare s'écarta de Diego à la hâte, honteuse de l'avoir excité — et de l'être aussi, d'ailleurs…

Lorsque les portes s'ouvrirent, Diego poussa un soupir de soulagement. Dans le couloir qui menait à leurs chambres respectives, elle ne savait que penser, ni ce qui allait se passer. Mais elle savait sans l'ombre d'un doute ce qu'elle voulait.

La déception l'envahit lorsque Diego passa devant sa porte sans tenter de la persuader de passer la nuit avec lui. Peut-être ne la désirait-il pas autant qu'elle l'avait cru…

Sa chambre à elle était juste à côté. Il s'arrêta devant sa porte et jeta nonchalamment sa veste par-dessus son épaule. Il n'y avait pourtant rien de nonchalant dans son regard ardent.

— Vas-tu m'inviter à entrer ?

Sa voix rauque et sexy fit naître de délicieux frissons le long de sa nuque.

— Oui, répondit-elle, laconique. Mais à une condition.

Il leva un sourcil interrogateur.

— Je ne paierai pas ma dette de cette façon, poursuivit-elle. Je t'invite dans mon lit parce que je te désire. Je refuse d'être ta maîtresse. Tu seras mon… étalon, acheva-t-elle après un instant d'hésitation.

Il éclata de rire.

— Tu es vraiment un phénomène, Clare, dit-il d'une voix teintée d'admiration.

Il ouvrit la porte de sa chambre, lui plaça une main dans le creux du dos et la fit entrer dans la pièce.

— Fais attention à ce que tu souhaites, *querida*, murmura-t-il en posant la paume sur ses fesses. Tu veux un étalon et, comme tu l'as probablement senti…

D'un mouvement du bassin, il se pressa contre elle.

— … Je suis tout disposé à te donner satisfaction.

Diego savait qu'il devait se calmer. Il était diablement tenté de retrousser la robe de Clare jusqu'à la taille, lui baisser sa culotte, la jeter sur le lit et la prendre sans cérémonie. L'adrénaline pulsait encore dans ses veines après l'incident de l'ascenseur, mais son besoin urgent de faire l'amour à cette femme était plus qu'un simple désir primaire.

Elle avait été adorable de l'embrasser pour le distraire de

son angoisse. Si elle savait la raison pour laquelle il n'aimait pas les endroits confinés, elle comprendrait que sa peur n'avait rien d'irrationnel. Mais il n'avait dit à aucune de ses maîtresses qu'il avait été en prison, alors pourquoi l'avouerait-il à Clare ?

Elle le dévisageait avec une légère incertitude qui lui fit refouler ses pensées et reporter toute son attention sur elle. Elle voulait un étalon, avait-elle dit, mais sa seule expérience dans ce domaine avait été lorsqu'il lui avait pris sa virginité. Ce dont elle avait besoin, c'était de la patience et de la tendresse. Cela ne lui déplairait pas de lui apprendre les divers chemins du plaisir…

Diego fronça les sourcils. Ce sentiment possessif était nouveau pour lui, et pas quelque chose sur quoi il voulait s'attarder.

Il glissa les doigts dans la chevelure soyeuse de la jeune Anglaise et inclina la tête pour capturer sa bouche dans un tendre baiser. Son charmant empressement à lui répondre attisa la flamme de sa passion ; il introduisit la langue entre ses lèvres en une imitation de l'acte sexuel.

Elle déboutonna à la hâte sa chemise et fit glisser les mains sur son torse. Il eut un rire bref.

— Comment veux-tu que je te fasse l'amour lentement et doucement si tu es si excitée ?

Clare noua les bras autour de son cou et l'embrassa tout en se pressant contre lui, de sorte que Diego sentit la pointe de ses seins frotter contre son torse.

— Je ne veux pas que tu sois doux et lent. Cela m'est égal si tu es un peu brusque. Je te veux maintenant. *Maintenant !*

— *Deus*, tu veux ma mort, *anjinho* !

Il fit glisser la fermeture de sa robe et tira dessus. Elle ne portait pas de soutien-gorge. Ses seins nus se retrouvèrent dans ses mains, ronds et fermes comme des fruits mûrs… et tellement savoureux, songea Diego lorsqu'il referma les lèvres sur un mamelon durci, puis sur l'autre.

Les petits gémissements de plaisir de Clare faillirent le rendre fou. Lorsqu'elle défit avec des gestes malhabiles sa fermeture Éclair et effleura des doigts son sexe tendu, il décida de prendre les choses en main. D'un geste brusque, il fit tomber sa robe sur le sol, la laissant dans un minuscule string doré et des sandales à hauts talons de la même couleur. Diego s'agenouilla devant elle et lui retira ses sandales. Il la souleva dans ses bras et la déposa sur le lit. Il résista aux efforts de Clare pour le faire tomber sur elle. Il se plaça à l'extrémité du lit et lui écarta les cuisses.

— Voici ce que j'ai l'intention de faire, *querida*. Je vais embrasser chaque centimètre carré de ton corps — à savoir *partout*, l'avertit-il doucement. Maintenant, allonge-toi.

Il ne voulait pas vraiment dire partout, si ? songea Clare en s'allongeant sur le couvre-lit en satin. Diego s'agenouilla au-dessus d'elle et inclina la tête pour capturer ses lèvres. Son baiser sensuel ne fit qu'accroître son désir. Il déposa de petits baisers dans son cou et sur ses seins, accordant une attention particulière à ses mamelons, jusqu'à ce qu'elle halète.

— Arrête, supplia-t-elle dans un souffle.

— Je viens à peine de commencer !

Il continua son exploration, embrassant son ventre et le haut de ses cuisses. Elle frissonna, et instinctivement essaya de refermer les jambes. Il l'en empêcha, de sorte qu'elle était entièrement offerte à lui, hormis le fragile rempart de son string. Il l'écarta du doigt. Clare sentit sa chevelure soyeuse effleurer l'intérieur de ses cuisses. Elle réalisa alors qu'il avait bel et bien l'intention d'embrasser *chaque* centimètre carré de son corps…

— Je ne suis pas certaine que…

Cela lui semblait un peu trop intime. Pourtant, elle était curieuse, et son corps brûlait d'un désir qui s'intensifia lorsqu'il effleura son clitoris. Elle releva instinctivement les hanches et faillit crier quand son amant entreprit de lécher les replis de son sexe.

Doux Jésus… Elle se cramponnait au couvre-lit tandis que son excitation croissait à chaque coup de langue, l'emmenant au bord de l'extase. Le plaisir explosa en elle, si fort que cela lui fit presque mal. Elle était secouée de spasmes violents.

— Je t'en prie…

Était-ce vraiment sa voix qui sonnait de façon si gutturale et désespérée ? Elle était abasourdie par l'intensité de son désir. Diego l'avait traitée de petit chat sauvage, et il n'avait peut-être pas tort. Avec lui, elle devenait intrépide et lascive. Elle faillit ronronner de plaisir anticipé en le voyant se dévêtir, puis enfiler un préservatif.

Lorsqu'il plongea de nouveau la tête entre ses jambes, elle poussa un petit cri de protestation.

— Ça suffit. Je veux…

Sa voix s'éteignit lorsque Diego déchira son string de ses dents.

— Je sais ce que tu veux, lança-t-il en se plaçant au-dessus d'elle. Tu veux ceci !

Il avait pourtant essayé de se montrer doux, mais la réaction explosive de Clare, associée à son propre désir, avait créé une alchimie sexuelle prête à exploser. Il baissa les yeux sur son corps magnifique. Alors, il s'enfonça en elle, la faisant soupirer de plaisir.

Il marqua une pause pour leur laisser le temps à tous les deux de reprendre leur souffle. Il ressentit un curieux serrement à la poitrine lorsqu'elle sourit. *Deus*, elle était si belle ! Diego se demanda ce qui lui arrivait. Il lui avait tout d'abord récité des vers, et maintenant il ressentait des émotions qu'il préférait ne pas examiner de trop près.

Il ne s'agissait que de sexe, se persuada-t-il. Il avait quelques compétences dans ce domaine, à en croire ses nombreuses ex-maîtresses. Clare lui avait dit vouloir un étalon et sur ce point, il savait qu'il ne la décevrait pas.

Il reprit son va-et-vient, alternant mouvements lents et rapides. Elle gémissait et se contorsionnait sous lui. Il sentait qu'elle était au bord de l'extase, mais il ne fléchit pas pour autant, augmentant le rythme de ses coups de reins jusqu'à ce qu'elle lâche un cri et que des spasmes d'une violence inouïe la secouent.

Ce fut le signal qu'il attendait pour savourer son propre plaisir : d'une ultime et puissante poussée, il la rejoignit au septième ciel. L'intensité de son plaisir lui arracha un cri. Lorsqu'il retomba sur Clare, inerte et totalement épuisé, il fut étrangement réticent à bouger et à se retirer d'elle.

Finalement, il roula sur le côté et fixa le plafond, cherchant quelque chose de banal à dire qui briserait l'atmosphère chargée d'émotivité. Il fronça les sourcils quand Clare se blottit contre lui. Même s'il appréciait de sentir son corps doux pressé contre le sien, il ne pouvait prendre le risque de s'endormir avec elle dans son lit. Il ne savait jamais quand son sommeil serait perturbé par un cauchemar, ni ce que ses rêves pouvaient dévoiler de lui.

Bientôt, le bruit de sa respiration régulière lui indiqua qu'elle s'était endormie. Diego résista à la tentation de la réveiller pour lui faire de nouveau l'amour. Elle restait trois semaines au Brésil pour travailler sur la campagne de publicité, ce qui lui laissait amplement le temps d'assouvir son désir. Nul doute qu'à ce moment-là, il se serait lassé d'elle. Il refusait de songer aux problèmes à venir si elle était enceinte de lui.

Faisant attention de ne pas la déranger, il se leva et tira le couvre-lit sur elle avant de quitter la pièce.

L'incrédulité de Clare se mua rapidement en colère. Elle s'endormait lorsqu'elle avait senti Diego se lever. Elle avait cru au début qu'il se rendait dans la salle de bains, mais s'était vite rendu compte de son erreur : il ne comptait pas passer la nuit avec elle.

Il avait eu ce qu'il voulait et ne voyait pas l'intérêt de rester au lit avec elle. Pourquoi était-elle surprise ? Elle savait qu'il était un coureur de jupons, mais avait préféré ne pas y penser lorsqu'il l'avait séduite en déclamant des vers. Son mobile pour lui donner le précieux recueil de poèmes n'avait été que pur cynisme, comprenait-elle maintenant. Comme une idiote, elle avait été touchée par la tendre expression de son regard ; ensuite, comme pour aggraver son cas, elle avait été dupe de sa soi-disant attaque de panique dans l'ascenseur…

Elle resta allongée encore quelques instants, mais le sommeil ne venait pas — elle avait l'estomac noué. Marmonnant un juron, elle s'assit au bord du lit et enfila la chemise de Diego, qu'il avait jetée au sol avant leurs ébats.

La chambre de Diego était plus grande que la sienne, nota-t-elle en ouvrant la porte. Contrairement au décor neutre du reste de l'appartement, le mur en était couvert d'images de la jungle amazonienne. L'attention de Clare fut attirée par l'immense lit, sur lequel était allongé Diego, ses larges épaules adossées à une pile d'oreillers. Il lisait. Il leva les yeux et fronça les sourcils lorsqu'il la vit.

— Je suis étonnée que tu n'aies pas laissé une liasse de billets sur ma table de nuit en règlement de mes services, dit-elle sèchement. Puis je me suis rappelé que tu voulais que je rembourse ma dette en m'offrant à toi. Voyons voir… Il reste trois semaines avant le lancement de ta boutique, soit vingt et une nuits. Si je divise un million de dollars par viingt et un, cela t'a coûté environ cinquante mille dollars pour coucher avec moi. J'espère que ça en valait la peine !

Lorsque Diego remarqua des larmes dans les yeux de Clare, il s'en voulut de l'avoir fait souffrir.

— *Querida…*

— Ne m'appelle pas *querida* ! Tu ne me considères pas comme ta « chérie », mais comme une traînée. Tu as été très clair là-dessus quand tu as quitté mon lit : la seule chose que tu voulais de moi était du sexe. Tu m'as fait me sentir minable.

Diego se leva et marcha à grands pas vers elle.

— *Deus !* Ce n'était pas mon intention. Je croyais que tu t'étais endormie et je ne voulais pas te déranger.

Il lui saisit le bras pour l'empêcher de se précipiter hors de la chambre.

— Je dors mal, ajouta-t-il, et j'ai l'habitude de lire la nuit.

Clare essaya de ne pas fixer le corps nu de Diego, mais elle ne put ignorer son sexe tendu pressé contre sa hanche. Elle essaya de s'écarter de lui, mais il la souleva dans ses bras et la tint serrée contre lui.

— Je suis capable de marcher, lança-t-elle. Laisse-moi tranquille !

Mais Diego n'en tint pas compte. Il la porta dans sa chambre et la déposa sur son lit. Elle essaya de tourner la tête lorsqu'il se pencha vers elle, mais il captura son visage entre les mains et étouffa ses protestations d'un long baiser sensuel, qui hélas raviva son désir.

— Il me paraît évident que je n'arrive pas à te laisser seule !

Il lui ôta sa chemise et, les yeux étincelant d'une lueur sauvage, il lui caressa les seins. Puis sa main descendit, encore et encore…

— Je ne veux pas te faire mal, chuchota-t-il à son oreille, tout en se positionnant entre ses cuisses.

Et pourtant, cela arriverait, songea Clare. Ce n'était pas sa faute : il s'était montré honnête avec elle. C'était son stupide cœur qui était en cause — si elle avait le moindre bon sens, elle se blinderait contre le charisme ensorcelant du superbe Brésilien.

9.

— Tu dors comme une bûche !

Le son de la voix impatiente de Diego força Clare à ouvrir les yeux. Penché sur elle, il avait l'air en pleine forme, ce qui était impressionnant vu qu'il n'avait pas quitté son lit avant 2 heures du matin — elle n'était pas certaine de l'heure exacte car il attendait toujours qu'elle soit endormie avant de s'éclipser.

Elle avait fini par accepter ses raisons pour ne jamais passer la nuit entière avec elle : il avait le sommeil agité et avait peur de la déranger. Mais elle ne savait pas ce qui causait son insomnie. Il y avait beaucoup de choses qu'elle ne savait pas sur lui. Diego était autant une énigme pour elle maintenant que lorsqu'elle avait commencé à travailler sur la campagne de publicité de sa boutique, trois semaines auparavant.

Elle étira les bras au-dessus de sa tête, geste qui fit glisser le drap et révéla ses seins nus.

— Quelle heure est-il ?

— 8 heures.

— Pourquoi m'as-tu réveillée ? Six heures de sommeil te suffisent peut-être, marmonna-t-elle, mais j'ai besoin de huit.

Lorsqu'il éclata de rire, le désir l'enflamma aussitôt.

— Tu dois te lever, *anjinho*, sinon je te rejoins au lit et dans tous les cas, tu ne dormiras pas plus.

Elle fit semblant de réfléchir.

— Que me feras-tu si je refuse de me lever ?

— Ne me tente pas… Sérieusement, *querida*, nous sortons pour la journée. Cruz et sa femme, Sabrina, sont arrivés du

Portugal avec leurs jumeaux. Ils ont loué une villa en bord de mer et nous ont invités à passer la journée avec eux.

Clare se redressa et remonta le drap pour cacher ses seins au regard incandescent de Diego.

— Mais ce soir aura lieu la soirée de lancement pour Delgado Diamonds ! Je dois être présente pour superviser les derniers préparatifs et régler les éventuels problèmes.

— Il n'y aura pas de problèmes. J'ai vu la taille de ton dossier concernant la soirée de lancement et je suis sûr que tout est sous contrôle. J'ai été impressionné par le travail que tu as fourni en trois semaines. Tu devrais être fière de toi.

Elle lui jeta un regard et vit qu'il ne se moquait pas d'elle. Son compliment lui fit plaisir, mais elle refusa de s'y attarder, tout comme elle refusa de s'attarder sur le fait qu'après ce soir elle n'aurait plus aucune raison de rester au Brésil.

À moins d'être enceinte…

Son cœur fit un bond dans sa poitrine à cette pensée. Elle n'avait que deux jours de retard, essaya-t-elle de se rassurer. Et elle se sentait légèrement nauséeuse, ce qui était en général le signe que ses règles n'allaient pas tarder.

— Cela te fera du bien de te détendre avant la soirée, insista Diego.

— À quelle heure sommes-nous attendus ?

— Je leur ai dit que nous arriverions d'ici une heure.

— Mmm…

Elle laissa retomber le drap et glissa les mains sous le T-shirt de Diego, faisant courir ses doigts sur son torse.

— Je peux donc rester au lit un peu plus longtemps. Veux-tu te joindre à moi ?

— Il ne faut pas me le demander deux fois !

Clare retint son souffle lorsque Diego captura ses seins et titilla du pouce ses mamelons, les faisant aussitôt durcir. La passion qu'ils éprouvaient l'un pour l'autre ne s'était pas atténuée. Elle semblait même s'intensifier à chaque fois qu'ils faisaient l'amour… et ils ne s'en privaient pas !

Elle rougit en se rappelant que la veille Diego l'avait convoquée dans son bureau sous le prétexte fallacieux de discuter de la campagne de publicité. Elle aurait dû deviner ses intentions quand il avait donné pour instructions à sa secrétaire de ne pas les déranger et fermé la porte à clé.

— Je croyais que nous étions supposés avoir une réunion, lui avait-elle rappelé lorsqu'il avait entrepris de déboutonner son chemisier.

— C'est le cas. Mon corps va rencontrer le tien et je te promets un résultat fructueux, lui avait-il dit, avant de la plaquer contre le bureau et de lui faire l'amour.

Il n'y avait pas que le sexe qui était extraordinaire. Ils passaient leurs journées ensemble, soit à travailler soit à se détendre, puis dînaient à l'appartement ou au restaurant ; et ils faisaient l'amour plusieurs fois par nuit. Le seul bémol était que Diego ne passait jamais la nuit entière avec elle. Mais c'était peut-être une bonne chose, vu qu'elle commençait à tomber amoureuse de lui. Se réveiller tous les matins seule dans son lit était un bon moyen de lui rappeler que les sentiments qu'elle éprouvait pour Diego étaient un mirage, et elle serait stupide de croire qu'il pourrait en être autrement.

Finalement, ils ne furent en retard que d'une demi-heure…

Si Cruz et Sabrina remarquèrent ses joues empourprées ou le sourire suffisant de Diego, ils furent trop polis pour le faire remarquer. Clare aima aussitôt le couple. Le physique sombre et ténébreux de Cruz contrastait avec le teint de rose anglaise de sa femme. Sabrina Bancroft, de son nom de jeune fille, était élégante et raffinée, mais il se dégageait d'elle une chaleur et une convivialité qui attiraient les gens.

Sabrina lui expliqua que leurs jumeaux de neuf mois, Vitor et Henrique, avaient été prénommés ainsi en hommage à leurs grands-pères. Ils étaient adorables avec leurs boucles brunes et leurs grands yeux verts. Ils montraient déjà les signes d'un tempérament fougueux, sans doute hérité de leur père.

Observant les petits garçons ramper sur le tapis, Clare

ressentit une bouffée de désir maternel. Elle n'avait jamais réfléchi à la question, supposant qu'un jour elle aurait des enfants. Mais depuis peu, elle s'était laissée aller à imaginer ce qu'elle ressentirait à tenir un bébé dans ses bras.

Les deux hommes passèrent la matinée à faire du jet-ski, tandis que Clare resta sur la plage et aida Sabrina à courir après les jumeaux, qui semblaient déterminés à s'éloigner de l'ombre du parasol.

— Lequel de tes filleuls veux-tu prendre dans tes bras ? demanda Cruz à Diego lorsqu'ils retournèrent à la maison.

— Je ne veux montrer aucun favoritisme, donc tu ferais mieux de me donner les deux.

Devant le spectacle de Diego jouant avec les bébés, Clare sentit son cœur fondre ; elle l'imagina bercer leur propre bébé. *Stop !* Elle ne pouvait pas être enceinte. La légère sensation nauséeuse qui l'avait submergée avant le déjeuner était due au stress de la soirée de lancement.

Le repas fut un moment détendu, qui se prolongea jusqu'au milieu de l'après-midi. Pendant que les nourrissons faisaient la sieste, les adultes purent converser.

— Comment va ton père ? demanda Diego à Sabrina.

Elle sourit.

— Papa va très bien. Il vit dans un grand manoir en Angleterre, précisa-t-elle à l'attention de Clare. Il a ouvert le domaine au public et il adore faire des visites guidées de la propriété.

Faisant soudain le lien, Clare se tourna vers Diego.

— Le comte anglais qui possédait une mine de diamants dans laquelle tu travaillais est donc le père de Sabrina ?

Diego acquiesça.

— Quelques années plus tard, lorsque Henry a mis la mine en vente, Cruz et moi étions en mesure de l'acheter. Cruz avait fait fortune comme banquier et j'avais hérité une somme colossale du côté de ma famille paternelle. Nous avons donc pris le risque d'investir dans la mine de diamants et fort heureusement le pari a été gagné.

Perplexe, elle fronça les sourcils.

— Je croyais que tu n'avais jamais eu de contact avec ton père ? s'étonna-t-elle.

— C'est exact. Il savait toutefois que ma mère avait donné naissance à un fils, mais il n'a jamais essayé de me retrouver. Il est mort jeune. Avant de mourir, il a dit à son père qu'il avait un fils illégitime au Brésil ; celui-ci m'a recherché pendant des années. Cela a été un choc pour moi lorsque le père Vincenzi est venu m'annoncer que j'étais un riche héritier !

— Qui est le père Vincenzi ?

— C'est un prêtre qui m'a aidé lorsque j'étais…

Il s'interrompit brusquement. Sabrina et Cruz échangèrent un regard furtif. Un silence gêné régnait désormais dans la pièce.

— Le prêtre qui m'a aidé quand j'étais jeune, reprit Diego, avant de se lever. Il est temps que nous partions, Clare. J'imagine que tu auras besoin de temps pour te préparer pour la soirée.

Diego avait exigé quelque chose de spectaculaire pour la soirée de lancement de sa boutique Delgado Diamonds. Avec le budget illimité qui lui avait été alloué, Clare avait affrété un grand et luxueux yacht pour l'occasion.

Du balcon de sa cabine, elle observa l'incessant ballet des hélicoptères et vedettes au design futuriste qui transportaient les invités au yacht amarré dans la baie de Copacabana. Diego et elle étaient arrivés en fin d'après-midi, et elle avait passé les dernières heures à peaufiner les derniers détails.

Le champagne coulerait à flots de fontaines en cristal, les invités pourraient le savourer tout en regardant le défilé de mode. Clare avait engagé des top models qui porteraient les bijoux de la collection Delgado Diamonds. Un peu plus tard aurait lieu une soirée disco avec un DJ mondialement connu, puis le clou de la soirée : un feu d'artifice grandiose, visible depuis le pont supérieur du yacht.

Un rapide coup d'œil à sa montre lui révéla que la soirée allait bientôt commencer. Son estomac se noua d'appréhension ;

sa nervosité augmenta encore d'un cran lorsque Diego entra dans la pièce.

Il s'était montré peu bavard après avoir quitté Cruz et Sabrina, et Clare ne l'avait pas revu depuis qu'ils étaient montés à bord du yacht. Le découvrir si beau dans son smoking noir lui coupa le souffle. Avec ses cheveux blonds retombant dans son cou et son menton mal rasé, il avait l'air dangereux et sexy à la fois. Elle fut aussitôt sur ses gardes lorsqu'un sourire carnassier ourla ses lèvres. Toutefois, l'expression de son regard fut plus difficile à cerner.

— Tu es resplendissante !

Mal à l'aise, Clare fit face au miroir pour cacher sa gêne.

— La robe est superbe. Tu as très bon goût, je dois dire, ajouta-t-elle.

La robe en velours bleu saphir avec ses épaules dénudées moulait ses seins et ses hanches, mettait en valeur ses formes généreuses. La partie inférieure de la robe s'ouvrait dans le dos sur une traîne. Elle avait noué ses cheveux sur le haut de la tête, laissant quelques mèches encadrer son visage. Un peu de mascara sur les cils et une touche de gloss rose sur les lèvres complétaient le tableau. Nul besoin de mettre du blush, ironisa-t-elle lorsqu'elle vit ses joues s'empourprer — Diego s'était rapproché d'elle.

— Quoi que tu portes, tu es toujours superbe, mais je préfère quand tu ne portes rien du tout, susurra-t-il.

Il inclina la tête et déposa une multitude de baisers sur ses épaules.

— Pas très approprié pour ce genre de soirée, le nu intégral, si ? plaisanta-t-elle.

Elle s'efforçait de garder un ton léger pour cacher l'excitation qui la gagnait. Diego poussa un soupir qui ressemblait à un grognement.

— J'ai hâte que la soirée se termine pour t'avoir pour moi seul. Veux-tu savoir ce que j'ai prévu de faire avec toi lorsque nous serons enfin seuls, *anjinho* ?

— Il ne vaut mieux pas !

Riant aux éclats, elle s'écarta de lui. Il lui était difficile de résister à son charisme et à ses badineries.

— Tu dois te rendre sur le pont principal pour accueillir tes invités, reprit-elle.

Il lui glissa le bras autour de la taille et l'entraîna vers la porte.

— Tu as raison, admit-il avec une pointe de regret dans la voix. Mais j'insiste pour que tu restes à mes côtés toute la soirée.

Clare s'interdit d'accorder trop d'attention aux propos de Diego. Pourtant, fidèle à sa parole, il la garda près de lui, tandis qu'ils déambulaient dans la salle de réception et discutaient avec les invités. Clare dégusta de délicieux canapés, mais opta pour de l'eau pétillante plutôt que du champagne : elle était en service et devait garder les idées claires.

Une certaine effervescence gagna la salle lorsque le début imminent du défilé fut annoncé. Les invités prirent place de chaque côté du podium. Diego et elle avaient des places au premier rang et une vue parfaite sur les mannequins. Les femmes portaient de longues robes noires et les hommes des costumes de la même couleur pour que le public se focalise sur les magnifiques colliers de diamants, boucles d'oreilles et montres. Soudain, l'attention de Clare fut attirée par un mannequin en particulier.

Seigneur ! *Mark…*

— J'ai l'impression que tu ne t'intéresserais pas à moi même si j'étais nue.

Diego nota le sarcasme et jeta un regard impatienté à la femme qui se tenait à côté de lui. Tiffany Delaney était la fille d'un diplomate avec laquelle il avait couché, crut-il se souvenir. Elle était jolie et blonde, ses seules exigences dans le choix d'une maîtresse — jusqu'à présent, du moins…

Il reporta son attention sur la piste, où Clare dansait avec un des modèles masculins. Il laissa errer le regard sur la silhouette menue, dont la robe bleue mettait en valeur les courbes, et sur sa flamboyante chevelure auburn. Elle était décidément la seule femme qu'il désirait.

— Qui aurait pu deviner que Diego Cazorra s'enticherait d'une femme ? susurra Tiffany. Ta petite rouquine doit être vraiment spéciale : tu n'arrêtes pas de la fixer. Quelqu'un devrait peut-être prévenir son cavalier que tu as l'air d'être sur le point de le tuer.

— Ne sois pas ridicule !

Soudain, n'y tenant plus, Diego se leva et s'éloigna de Tiffany. Il aurait dû s'excuser de sa muflerie, mais elle avait touché une corde sensible. Regarder Clare danser avec son ex avait fait naître en lui une violente jalousie, au point de vouloir modifier le portrait du beau Mark Penry. Mais serait-il vraiment capable de lui casser la figure, voire de le blesser sérieusement — ou pire ? Était-ce cela qu'il avait fait à dix-sept ans, quand il avait essayé de protéger sa mère des coups de l'homme qui la battait ? Avait-il frappé l'homme si fort qu'il l'avait tué, comme l'avait prétendu sa mère ?

Le yacht avait beau être immense, il était bondé. Diego sentit un serrement à la poitrine tandis qu'il se frayait un chemin dans la foule. Les souvenirs d'une cellule surpeuplée lui revinrent à l'esprit. Des hommes violents et désespérés, la puanteur de la sueur dans la petite pièce sans air. *Il ne pouvait pas respirer.*

Il monta en courant l'escalier jusqu'au pont supérieur, se précipita dans sa cabine, ouvrit la porte coulissante vitrée et sortit sur la terrasse privée, uniquement accessible de sa suite et de celle de Clare. Il emplit ses poumons d'air frais et se pencha au-dessus de la rambarde, tout en luttant contre un accès de panique. *Deus*, était-il capable de commettre un meurtre ? Ce soir la noirceur de son âme s'était révélée.

Clare avait disparu juste après le défilé. Diego avait passé le yacht au peigne fin, avant de la découvrir en train de danser avec un mannequin — Mark Penry, avait-il appris d'un des invités. Il avait aussitôt reconnu le nom de l'homme qui avait brisé le cœur de Clare. La façon dont elle s'était blottie contre Penry suggérait qu'elle éprouvait encore des sentiments pour lui ; Diego avait été à deux doigts de traverser la piste de danse pour lui arracher Clare des bras.

Voilà pourquoi il ne s'était jamais émotionnellement impliqué avec ses maîtresses : il ne pouvait prendre le risque de ressentir des émotions fortes comme l'amour ou la haine, la jalousie ou la colère. Surtout la colère. Il avait peur de ses réactions s'il était poussé à bout. La colère aveuglante qui l'avait submergé en voyant Clare danser avec Mark Penry l'avait ébranlé. Elle n'était rien pour lui, se rappela-t-il. Elle était certes d'excellente compagnie et ils s'entendaient bien au lit, mais cela ne voulait *rien* dire.

Il se raidit en entendant des pas approcher. Un délicat parfum de rose titilla ses narines. La douce voix de Clare lui noua le ventre :

— Je te cherchais. Le feu d'artifice va commencer.

Elle vint se poster à côté de lui. Diego fut douloureusement conscient de l'effet que sa présence produisait sur son corps.

— Cela dit, nous avons peut-être une meilleure vue d'ici.

— C'est la raison pour laquelle je suis venu, mentit-il. Tu avais l'air de prendre plaisir à danser. Je ne savais pas que tu avais engagé ton ex-fiancé pour le défilé.

Diego eut honte de paraître si affecté, mais Clare ne sembla pas avoir remarqué sa voix tendue.

— Je ne l'ai pas engagé. J'ai été surprise de le voir, mais il m'a dit qu'il remplaçait au pied levé Tom Vaughn, un autre mannequin de l'agence, qui s'est cassé la cheville avant-hier.

La tension de Diego s'apaisa légèrement : au moins, Clare n'avait pas volontairement fait venir Penry au Brésil.

— Alors, es-tu tentée de retourner avec un gars qui gagne sa vie à défiler en sous-vêtements ? la taquina-t-il.

Elle rit.

— Non. Je me suis rendu compte en dansant avec lui qu'il était totalement imbu de lui-même. Pour être honnête, je ne sais pas ce que je lui ai trouvé, autrefois. Peut-être étais-je flattée qu'il s'intéresse à moi. Maintenant que la campagne de publicité pour Delgado Diamonds est terminée, ajouta-t-elle après un bref instant d'hésitation, j'ai décidé de rentrer en Angleterre avec les mannequins. Cela me fera de la compagnie durant le vol et me permettra d'apprendre ce qui s'est passé durant mon absence.

Diego se crispa.

— Es-tu certaine de ne pas être enceinte ?

— Quasiment. Mes seins sont ultra-sensibles, ce qui est en général le signe que mes règles vont débuter. Je pense pouvoir te confirmer la nouvelle demain.

Diego hocha la tête. Il espérait que Clare n'était pas enceinte, mais bizarrement cette perspective ne lui donnait pas non plus envie de sauter de joie. C'était finalement une bonne chose que la jeune Anglaise rentre chez elle. Il ne s'était certes pas encore lassé d'elle comme il s'y était attendu, mais était convaincu de pouvoir rapidement la remplacer. En attendant, il avait encore une nuit entière en sa compagnie…

— Tu as toujours eu les seins sensibles, murmura-t-il en l'attirant contre lui.

Il fit glisser la fermeture de sa robe, ce qui découvrit sa poitrine superbe. Ses mamelons étaient déjà durcis ; elle poussa un petit cri lorsqu'il les titilla du pouce, avant d'incliner la tête et de capturer une pointe gonflée entre les lèvres.

Il adorait la façon dont elle était réceptive à ses caresses. Ses petits gémissements de plaisir le rendaient fou. Alors, il la souleva et l'emporta dans la chambre.

— Vas-tu me dire maintenant ce que tu comptes faire de moi ? demanda-t-elle d'une voix innocente.

Diego la déposa sur le lit et se dévêtit à la hâte. Les pupilles de Clare s'élargirent lorsqu'il se tint devant elle, le sexe tendu à lui faire mal, et éclata de rire tout en enfilant un préservatif.

— Je crois qu'une démonstration est nécessaire, *querida*.

Clare entendit une voix crier. Les cris devenaient de plus en plus forts. Elle sursauta et se réveilla. Diego était allongé dans le lit à côté d'elle. C'était sa voix et non un rêve. De la lumière filtrait à travers les persiennes. Diego avait dû passer toute la nuit avec elle — ou ce qu'il en était resté après leurs nombreux ébats torrides.

— Diego ?

Elle tenta de le réveiller en le secouant. En vain. Il gémit comme s'il souffrait. Elle avait mal de le voir si tourmenté.

— Diego, réveille-toi ! insista-t-elle.

Il ouvrit les yeux et se redressa d'un bond, la respiration saccadée. Il la fixa d'un air hébété, comme s'il ne la reconnaissait pas.

— Tout va bien, murmura-t-elle. Tu rêvais, c'est tout.

— Clare.

Il déglutit et d'une main repoussa ses cheveux, révélant quelques instants son oreille mutilée, avant de secouer la tête pour les faire retomber sur son front.

— Tu rêvais de quoi ?

Il haussa les épaules.

— Je ne sais pas. Rien de spécial, éluda-t-il.

Son ton était sec, mais Clare avait perçu dans sa voix une âpreté qu'il avait essayé de cacher.

— Ce n'est pas ce que tes cris ont laissé entendre. Pourquoi ne veux-tu pas en parler ? s'enquit-elle, agacée. Pourquoi faire tant de secrets ? Pourquoi Miguel ne veut pas me dire où vous vous êtes rencontrés ? Qui a sectionné le bout de ton oreille ? Pourquoi me tiens-tu à l'écart, bon sang ! ?

Le silence qui s'ensuivit fut empli de tension. L'expression choquée de Diego se mua en masque de colère. Clare déglutit pour refouler la nausée qui menaçait de la submerger. Hélas, la sensation ne fit qu'empirer. D'un bond, elle sauta du lit, saisit sa robe de chambre et courut dans la salle de bains.

Quelle honte ! songea-t-elle en s'asseyant sur une chaise après avoir vomi et s'être lavé les dents. La seule et unique fois où Diego avait passé la nuit entière avec elle serait inoubliable, mais pour de bien mauvaises raisons…

— Clare ? fit-il en entrebâillant la porte.

— Va-t'en, s'il te plaît, maugréa-t-elle.

Il ignora sa requête, entra, puis lui appliqua sur le visage un gant de toilette humide.

— Tu te sens mieux ?

Elle acquiesça, espérant qu'il partirait. Il ne répondrait à aucune de ses questions, elle en était certaine, et elle se sentait émotionnellement et physiquement épuisée.

Diego s'inclina devant elle et posa les mains sur le dossier de la chaise. Elle était prisonnière.

— Parfait, parce que j'ai des questions à te poser. Pourquoi as-tu acheté un test de grossesse si tu es certaine de ne pas être enceinte ? Et depuis combien de temps souffres-tu de nausées matinales ?

— Ce ne sont pas des nausées matinales. J'ai le mal de mer.

Il lui jeta un regard narquois.

— Le yacht est au mouillage et la mer est aussi calme qu'un lac. As-tu été malade avant ce matin ?

— Non, mais j'ai eu des nausées ces derniers jours, admit Clare. J'ai acheté le test juste… juste pour être sûre.

Diego prit le test dans sa mallette de toilette et le lui laissa tomber sur les genoux.

— Eh bien, qu'attends-tu ?

10.

Interloquée, Clare fixait les deux traits colorés, hypnotisée. Elle relut le mode d'emploi. Elle n'en croyait pas ses yeux. Pourtant, le résultat était flagrant : elle était bel et bien enceinte…

Diego frappa à la porte, la faisant sursauter.

— Alors ?

Elle ne répondit pas. Elle avait besoin d'un peu de temps pour digérer l'information. Elle étudia son reflet dans le miroir, surprise d'avoir toujours le même aspect (si elle était vraiment enceinte, ça se verrait, non ?). Elle posa la main sur son ventre plat, puis essaya de s'imaginer avec un gros ventre.

Et passa de la panique à l'euphorie : d'ici quelques mois, elle tiendrait son enfant dans ses bras ! Son enfant ne douterait jamais de l'amour de ses parents, contrairement à elle, dont les parents avaient accordé davantage d'attention à sa sœur. Mais comment Diego allait-il réagir à cette nouvelle ? Il lui avait assuré trois semaines auparavant qu'il subviendrait à ses besoins si elle tombait enceinte, mais même s'il était prêt à lui offrir une aide financière, elle ne pouvait l'obliger à aimer son enfant.

— Tout va bien, Clare ?

Elle ne pouvait pas le faire patienter plus longtemps. Elle ouvrit la porte. Diego avait l'air tendu. Il n'y avait plus trace de sa nonchalance habituelle.

— Alors ? répéta-t-il.

— C'est… positif. Je suis enceinte, balbutia-t-elle en lui tendant le test.

Les mâchoires serrées, il le regarda en silence, comme si ce petit objet l'avait lui aussi hypnotisé.

— Je n'y crois pas, murmura-t-elle d'une voix tremblante.

Elle aurait aimé que Diego dise quelque chose, mais il demeura silencieux.

Pensif, Diego se planta devant la fenêtre. *Clare est enceinte de toi.* Les mots ricochaient dans son esprit. Comme son père avant lui, il s'était comporté de façon irresponsable en ayant une relation sexuelle non protégée, et les conséquences étaient dramatiques.

Il tourna la tête vers Clare, assise au bord du lit. Son visage était si pâle que ses taches de rousseur ressortaient.

— À en juger par ton silence, tu ne dois pas être heureux de cette nouvelle.

Diego baissa les yeux devant son regard inquisiteur. Il avait le sentiment qu'elle pouvait sentir le vent de panique qui l'habitait et lui donnait envie de fuir le plus loin possible. « Tout comme tu as fui toute ta vie », lui souffla une petite voix intérieure.

— Peu importe, éluda-t-il. Tu es enceinte, j'assumerai mes devoirs envers toi et le bébé.

Il ne pouvait se résoudre à dire *mon* bébé, pas plus qu'il ne pouvait prétendre être heureux de la nouvelle. Il était surtout furieux envers lui-même.

— Ne t'inquiète pas, tu ne seras pas obligée de régler la situation seule, dit-il pour la rassurer.

Elle pâlit de plus belle.

— *Régler ?* s'offusqua-t-elle. Je ne sais pas trop ce que tu veux dire par là, mais ne te fais pas d'illusions : j'ai l'intention de garder ce bébé.

— Bien entendu ! dit-il avec précipitation, comprenant qu'elle l'avait mal compris. L'inverse ne m'a jamais traversé l'esprit.

Cette solution le fit frémir ; il se demanda si sa mère avait envisagé de se faire avorter après que son père l'avait abandonnée à son triste sort.

— Écoute…

Il glissa une main dans ses cheveux, mais suspendit son geste lorsqu'il la vit fixer son oreille. Il se souvenait de ses nombreuses questions, auxquelles il n'avait aucune intention de répondre.

— Nous devons parler, mais nous avons aussi besoin de temps pour accepter la nouvelle. Je dois donner une conférence de presse suite à la soirée d'hier. Je propose qu'on se retrouve à l'appartement ce soir pour dîner et discuter de l'avenir.

Tout au long de la journée, Clare éprouva un tenace sentiment d'irréalité. Elle se rendit à son bureau, mais elle avait peu de choses à faire maintenant que la soirée de lancement était terminée. Elle avait imaginé qu'elle réserverait un vol pour l'Angleterre ; au lieu de cela, elle attendait un enfant de Diego… Elle devait donc rester au Brésil encore un peu — de toute façon, il avait toujours son passeport en sa possession.

Elle le rejoignit comme prévu en début de soirée. *Tu n'as aucune raison de te sentir nerveuse*, se dit-elle. Elle sortit sur la terrasse, sans pouvoir s'empêcher comme à chaque fois d'admirer la vue sur la plage de Copacabana. Elle fut soulagée de constater qu'il avait choisi de dîner de façon informelle.

Il tourna la tête lorsqu'il entendit son pas. Il portait un jean qui épousait ses hanches étroites, et un T-shirt blanc qui laissait entrevoir ses pectoraux musclés. Les sens en émoi, Clare évita son regard en prenant place sur le siège qu'il avait tiré pour elle. Elle secoua la tête lorsqu'il voulut lui verser un verre de vin blanc pétillant.

— Je prendrai de l'eau, s'il te plaît. Je préfère éviter l'alcool durant les prochains mois.

— Désolé, j'avais oublié. Pas ta grossesse, ajouta-t-il précipitamment quand elle haussa les sourcils. Nous allons tous les deux devoir nous habituer à de nombreux changements. Enfin, surtout toi, bien sûr…

Diego semblait mal à l'aise, presque démuni, comme s'il

ne savait comment faire face ni se comporter. La gouvernante leur servit du ragoût de haricots blancs et de saucisses — un plat populaire au Brésil. L'arôme attisa ses papilles gustatives. Si elle dévorait pour deux durant les huit prochains mois, elle doublerait de volume, songea-t-elle tristement.

Ils mangèrent quelques instants en silence, puis Diego ouvrit un dossier posé sur la table et en sortit un document.

— J'ai besoin que tu signes quelques papiers, plus particulièrement ce formulaire d'intention de mariage.

Le cœur de Clare manqua un battement. Médusée, elle posa sa fourchette et le fixa par-dessus la table.

— Intention de mariage ? répéta-t-elle en insistant sur chaque syllabe.

— C'est la chose évidente à faire.

— Pas pour moi, protesta-t-elle, son bel appétit envolé. Nous sommes au XXIe siècle, nous n'avons pas besoin de nous marier parce que je suis enceinte.

— Mon enfant portera mon nom, dit-il d'un ton sans appel, à l'image de l'expression dure de son regard. En réalité, mon enfant aura le nom de famille de ma mère, Cazorra. J'ai appris bien après sa mort que le nom de mon père était Hawke. Mais il n'a pas épousé ma mère et ne m'a pas donné son nom. J'ai grandi en me demandant comment un homme pouvait concevoir un enfant et s'en désintéresser par la suite. Je ne permettrai pas à mon enfant de rechercher des similarités physiques dans le visage des étrangers, espérant un jour trouver l'homme dont le sang coule dans ses veines.

Clare se mordilla la lèvre, émue. Elle comprenait les raisons avancées par Diego. Mais le *mariage* ! Elle se leva et s'accouda à la balustrade. Le ciel était rose et or, bigarré ; le soleil disparaissait à l'horizon. Les lumières des lampadaires et des gratte-ciel qui entouraient la baie jetaient une lueur argentée sur la mer. Au sol, l'éclat des phares des voitures formait une ligne continue. Rio était une ville dynamique, excitante, la baie de Copacabana était magnifique, néanmoins Clare se sentait loin de chez elle, loin des siens et de ses amis.

— Je comprends que ce soit important pour toi que tes enfants sachent que tu es leur père et portent ton nom, mais attendre de moi que je t'épouse et vive loin de ma famille, c'est beaucoup me demander.

D'autant que Diego ne paraissait pas enthousiaste à l'idée de l'épouser. Elle n'avait jamais considéré le mariage comme une option, mais s'il la prenait dans ses bras et lui demandait d'être sa femme, elle serait tentée d'accepter. Et pas seulement pour le bien du bébé… Or il lui proposait de signer un contrat !

— Je ne m'attends pas à ce que tu vives au Brésil, affirma-t-il.

Il se leva et la rejoignit, tout en gardant une distance respectable, remarqua-t-elle.

— Le mariage sera dans le seul intérêt de l'enfant. Être mariés nous donnera les mêmes droits parentaux et permettra légalement à l'enfant de porter mon nom. Mais j'accepte volontiers que toi et le bébé viviez en Angleterre, dans une maison que j'achèterai. Je subviendrai à vos besoins.

Clare plissa le front, perplexe.

— Cela ne va pas être difficile pour toi de diriger ta société et de gérer tes activités si tu déménages en Angleterre ?

— Je continuerai à vivre au Brésil.

Une vive douleur traversa Clare de part en part, comme si la lame d'une épée l'avait transpercée. Quelle idiote ! Qu'avait-elle cru ?

— Et… Comment envisages-tu d'être père si tu vis de l'autre côté du monde ? réussit-elle à dire sans que sa voix tremble trop.

— Je vous rendrai souvent visite. L'enfant saura que… que je me soucie de lui.

Il serra la rambarde jusqu'à faire blanchir ses articulations. Clare devinait qu'il aurait préféré être n'importe où plutôt qu'ici à avoir cette discussion avec elle. Or il n'avait pas le choix. Ils avaient tous les deux fait ce bébé, et elle était furieuse et humiliée que Diego semble croire que sa responsabilité se limitait à lui donner de l'argent.

— Donc, pour toi être un bon père se résume à rendre visite tous les deux mois à ton enfant, avec un cadeau onéreux j'imagine, à l'amener au zoo l'après-midi, puis à disparaître la conscience tranquille ? riposta-t-elle en ignorant son regard noir. Ce n'est pas le nombre de cadeaux et de voyages qui fera croire à un enfant que tu l'aimes, crois-en mon expérience.

Des larmes lui montèrent aux yeux comme elle imaginait son enfant ressentir le même sentiment d'abandon qu'elle autrefois. Elle ferait de son mieux pour compenser l'absence de Diego, tout comme sa tante Edith avait fait pour elle, mais un enfant avait besoin de ses deux parents. Or l'idée que Diego se faisait de son rôle de père était loin d'être idéale…

Clare lui donnait mauvaise conscience, aussi Diego rentra-t-il dans l'appartement pour échapper à son regard accusateur. Depuis qu'il avait appris la grossesse de sa belle Anglaise, il avait réfléchi à ce qui serait le mieux pour l'enfant. Et le meilleur moyen de protéger son enfant serait de les envoyer vivre tous les deux le plus loin possible de lui et de ses accès de rage incontrôlables. Tout l'après-midi, pendant qu'il donnait la conférence de presse, il s'était remémoré le moment où il avait regardé Clare danser avec son ex-fiancé et la rage violente et irraisonnée qui l'avait alors saisi.

Il ne savait pas de quoi il était capable s'il perdait son sang-froid et ne voulait pas examiner la noirceur de son âme pour le découvrir. Depuis qu'il avait été libéré de prison, il évitait les situations conflictuelles ; il avait si bien perfectionné l'image du play-boy décontracté qu'il avait commencé lui-même à y croire. Mais hier soir, sa véhémente réaction de jalousie avait brisé ses rêves et prouvé que, s'il avait peut-être réprimé ses émotions pendant près de vingt ans, il ne les avait pas pour autant éliminées.

— As-tu une meilleure suggestion ? s'enquit-il, tandis que Clare le rejoignait dans le salon.

— En effet.

Diego la vit jeter un coup d'œil sur son sac à dos et son vieux chapeau en cuir qu'il avait laissés près de la porte.

— Je t'écoute, dit-il, croisant les bras sur sa poitrine

— Je suggère que nous nous mariions pour de vrai. Tu veux donner un nom à ton enfant, mais ce dont un enfant a vraiment besoin est un sentiment d'appartenance, de savoir qu'il est aimé sans condition, de préférence en grandissant entouré de ses deux parents. Ce n'est pas toujours possible pour un certain nombre de personnes, mais pourquoi n'essayerions-nous pas, au moins pour le bien du bébé ? Au lieu d'être un père à temps partiel, pourquoi ne serais-tu pas le père dont tu as tant rêvé étant enfant ?

Les émotions qu'il avait combattues depuis si longtemps submergèrent Diego. C'était comme si un raz-de-marée au plus profond de lui-même avait fait éclater les barricades qu'il avait si laborieusement érigées. Il se détesta lorsqu'il vit le chagrin luire dans les yeux de Clare alors qu'il secouait négativement la tête. Cela avait dû lui coûter de faire cette proposition. Elle était fière, mais elle avait renoncé à sa fierté pour ce qu'elle croyait être le bien de leur enfant. Diego l'admira encore plus que lorsqu'elle avait risqué sa vie pour sauver sa sœur.

Hélas, il ne pouvait pas faire ce qu'elle lui demandait. Il ne pouvait pas prendre le risque. Que se passerait-il s'ils se disputaient et qu'il perdait son sang-froid avec elle ? Et pire, avec son enfant ? Cette pensée le remplit d'effroi. Le seul moyen qu'il avait d'assurer leur sécurité était de vivre loin d'eux ; lorsqu'il leur rendrait visite, il ferait en sorte de ne jamais être seul avec l'enfant.

Il balança son sac sur son dos et enfonça son chapeau sur sa tête.

— Tu sais ce que je pense du mariage, répondit-il, réussissant à garder un ton léger. Je ne partage pas ta conviction que la seule chose dont un enfant ait besoin est d'être aimé. Essaye de dire ça aux milliers d'enfants qui vivent dans une extrême pauvreté, sans manger à leur faim, sans logement décent, sans avoir accès à l'éducation qui leur permettrait d'échapper à leur triste sort.

Se dirigeant vers la porte, il jeta un regard oblique à

Clare. Était-ce son imagination ou sa poitrine avait-elle l'air légèrement plus généreuse sous sa robe en soie crème ? Sa chevelure auburn cascadait en boucles soyeuses sur ses épaules. *Deus !* N'échapperait-il jamais au sort qu'elle lui avait lancé ? Il pensait tout le temps à elle et avait envie d'être jour et nuit en sa compagnie.

— Vous aurez, toi et l'enfant, un excellent train de vie. Vous ne manquerez de rien. Tu n'auras pas besoin de travailler, sauf si tu le désires. Tu es jeune et attirante : il est probable que tu voudras t'engager dans une relation avec… un homme.

— Veux-tu dire par là que je pourrai avoir une liaison ? demanda-t-elle, l'air perplexe.

— Aussi longtemps que tu restes discrète, pour le bien de l'enfant.

Cette perspective lui nouait le ventre. Il serra la poignée de la porte de toutes ses forces pour s'empêcher de s'élancer vers Clare et de la prendre dans ses bras.

— Et maintenant, tu t'en vas ? demanda-t-elle d'une voix incrédule, pleine de chagrin et de reproches.

Gêné, Diego évita son regard.

— Je dois me rendre en avion à Boa Vista effectuer l'étude géologique d'une possible mine d'or. Avant mon départ, je présenterai le formulaire de demande en mariage. Nous sommes légalement tenus d'attendre trois semaines avant de pouvoir nous marier. Nous nous marierons donc à mon retour. Après la cérémonie, je prendrai mes dispositions pour que tu puisses rentrer en Angleterre.

— Pars, alors ! s'écria Clare dans un rire méprisant. Sauve-toi, Diego. Lorsque tu nous as aidées, Becky et moi, à échapper à Rigo et à ses sbires, j'ai cru que tu étais l'homme le plus courageux du monde. Mais je vois maintenant que tu es lâche. Peu importent l'argent et les biens matériels que tu veux donner à ton enfant, parce que si tu ne veux même pas essayer d'être un père pour lui tu ne vaux pas mieux que l'homme qui t'a engendré et abandonné.

Les paroles de Clare lui firent l'effet d'un coup de couteau dans le cœur. Elle avait raison, il ne valait pas mieux que son père. Mais ce n'était pas la couardise qui l'avait conduit à prendre la décision de vivre loin de son enfant. Clare ne comprenait pas qu'il agissait ainsi pour les protéger, elle et le bébé.

— Je ne *peux pas* être le mari que tu souhaites avoir, déclara-t-il d'un ton dur en s'appuyant à la porte, ni le genre de père que j'aurais aimé avoir enfant. Il y a des choses sur moi que tu ignores.

Clare s'approcha et posa les mains sur ses épaules.

— Dis-les-moi, alors. Aide-moi à comprendre tes démons intérieurs. Parce que l'enfant que nous avons conçu si étourdiment aura besoin de ses deux parents.

Diego pivota et lui fit face. Elle était si petite et si fragile comparée à lui. Savoir qu'il pouvait aisément lui faire du mal le terrifiait, et il était certain que s'il lui disait la vérité elle partirait vivre le plus loin possible de lui. Mais ne méritait-elle pas de savoir la vérité ? Par où commencer ? Il se rappela alors les questions qu'elle avait posées le matin où elle l'avait réveillé de son cauchemar.

— Tu ferais mieux de t'asseoir.

Lorsqu'elle obtempéra, il prit place sur le sofa en face d'elle et ôta son chapeau, qu'il tritura entre ses doigts.

— J'ai fait la connaissance de Miguel en prison. Nous partagions une cellule avec dix autres prisonniers, dit-il en grimaçant à ce souvenir. Nous étions tous les deux en détention provisoire. Miguel avait été faussement accusé d'escroquerie et moi, j'attendais d'être jugé pour… meurtre.

Clare prit une profonde inspiration, les yeux écarquillés.

— Étais-tu faussement accusé comme Miguel ? Ou bien… avais-tu réellement… tué quelqu'un ? bredouilla-t-elle.

— Je ne sais pas. Je ne me rappelle plus.

— Je ne comprends pas : comment peux-tu ne pas t'en souvenir ? Ce n'est tout de même pas quelque chose qu'on peut oublier.

Elle posa une main sur son ventre, comme si elle cherchait

instinctivement à protéger son enfant. De lui, songea-t-il, amer. Pourtant, assez bizarrement, maintenant qu'il avait commencé à parler, il voulait poursuivre. Il ne pouvait plus continuer à se fuir lui-même. Il était las de le faire depuis vingt années. Clare était visiblement sous le choc, mais elle était toujours là, attendant ses explications.

— Ma mère était toxicomane. Les dealers se servaient souvent de l'unique pièce où nous vivions tous les deux comme base pour leurs trafics. Je passais la plupart des nuits dehors dans la rue à chercher de la nourriture dans les poubelles.

Bouleversée, Clare imagina sous les traits de Diego un petit garçon errant dans les ruelles sombres du bidonville, cherchant un abri pour la nuit et de quoi grignoter.

— Arrivé à l'adolescence, j'avais vu des choses qu'aucun enfant ne devrait avoir vues, et j'avais appris à me protéger. J'étais violent, souvent impliqué dans des bagarres. Une nuit, il pleuvait si fort que j'ai décidé de rentrer à la maison ; je n'avais nulle part ailleurs où aller. Lorsque je suis arrivé, j'ai trouvé ma mère en sang et en larmes pendant que son dealer la battait car elle ne pouvait pas le payer.

Il serra convulsivement son chapeau entre ses mains.

— Elle était petite, à peu près de la même taille que toi, et sans défense. J'ai perdu mon sang-froid et frappé l'homme. Fort. Je voulais le tuer.

— Et l'as-tu fait ? demanda Clare d'une voix tremblante.

— Franchement, je ne sais pas. Le gars a riposté et nous nous sommes battus. La dernière chose dont je me souvienne est d'avoir reçu son poing sur la figure. Puis, quand j'ai rouvert les yeux, j'ai vu l'homme allongé sur le sol, baignant dans une mare de sang. De toute évidence, il était mort. La police était arrivée et ma mère leur a dit…

— Qu'a dit ta mère à la police ? le relança Clare, tendue, alors qu'il s'était arrêté, trop ému pour continuer.

— Elle leur a dit que j'étais devenu fou et que j'avais continué à frapper l'homme alors qu'il était à terre. Selon elle, j'avais été saisi d'une rage incontrôlable.

Diego se força à croiser le regard de Clare. Elle était peut-être choquée par ce qu'il venait de dire, mais il ne vit aucun signe de dégoût sur son doux visage.

— La police m'a arrêté et j'ai été inculpé de meurtre, poursuivit Diego. Étant mineur, j'aurais dû être envoyé dans un centre de détention spécialisé mais ils étaient tous pleins. J'ai donc été enfermé dans une prison d'adultes jusqu'à mon procès. Mais je n'avais pas les moyens de me payer un avocat, et le seul témoin de la scène était ma mère, qui avait disparu.

— Oh ! mon Dieu… Tu as dû être terrifié ! Combien de temps es-tu resté en prison ?

— Deux ans. C'est là que j'ai perdu un bout de mon oreille, dit-il en repoussant ses cheveux pour la montrer. J'ai sauvé Miguel d'un passage à tabac et en représailles, ses agresseurs m'ont maintenu au sol et sectionné l'oreille avec une lame de rasoir.

— Dieu tout-puissant…, soupira Clare. Pas étonnant que tu aies des cauchemars.

— L'aumônier de la prison, le père Vincenzi, s'est lié d'amitié avec moi. C'était vraiment un homme remarquable, ajouta-t-il en souriant. Il a cru en mon innocence et s'est battu pour que les poursuites soient abandonnées en raison d'un manque de preuves.

Diego se remémora les sentiments mitigés qu'il avait éprouvés le jour de sa sortie de prison : soulagement d'être libre, mais aussi terrible incertitude — était-il oui ou non un meurtrier ? Ce doute le rongeait encore aujourd'hui.

— Après ma sortie de prison, je suis allé vivre chez Cruz et sa famille. Nous avons tous les deux travaillé dans la mine de diamants du comte Bancroft. Quelques années plus tard, le père Vincenzi a été contacté par un avocat anglais qui me cherchait pour m'annoncer que j'étais l'héritier d'un homme dénommé Geoffrey Hawke. C'était mon grand-père. Il m'a légué une fortune considérable, qui m'a permis d'acheter une mine de diamants avec Cruz.

— Pourquoi le prêtre t'a-t-il cru innocent ?

— Il y avait des incohérences dans le témoignage que ma

mère a donné à la police. Par ailleurs, les preuves médico-légales ont indiqué que l'homme avait été tué d'un coup à l'arrière de la tête par un objet lourd. Or je ne me souviens pas avoir utilisé une arme. Le père Vincenzi pensait que ma mère avait peut-être menti sur ce qui s'était passé, ajouta Diego en secouant la tête. Mais elle savait que j'irais en prison, alors pourquoi ma propre mère aurait-elle menti à la police ?

— Je ne sais pas, dit Clare. As-tu essayé de la retrouver pour lui demander ?

— Je l'ai cherchée pendant des années. Je crois qu'elle est toujours en vie car si ce n'avait pas été le cas, son décès aurait été enregistré. J'ai eu plusieurs fois des pistes prometteuses et l'année dernière, j'ai appris qu'elle était soignée dans un hôpital. Mais je n'ai pas eu de réponse quand j'ai essayé de la contacter. Depuis, elle a de nouveau disparu. J'en ai donc conclu qu'elle ne désirait pas me voir et j'ai cessé de la rechercher.

— Pourquoi ne voudrait-elle pas voir son fils unique ? Aurait-elle quelque chose à cacher ? Son attitude laisse quand même sous-entendre qu'elle aurait menti à la police, non ?

Diego s'essuya le front de la main.

— Je crois plutôt qu'elle m'a vu métamorphosé en violent assassin et qu'elle a peur de moi. Je ne sais pas si j'ai perdu mon sang-froid et tué un homme, Clare. J'ai peut-être été saisi d'une rage folle, comme l'a prétendu ma mère, et je ne peux pas prendre le risque d'être un vrai père alors qu'il est possible que je sois un meurtrier.

Le cœur de Clare se serra en voyant des larmes briller dans les yeux de Diego. Elle songea à la façon dont il l'avait protégée dans la jungle et aidée à sauver sa sœur. Ressentant le besoin incoercible de le réconforter, elle se leva et s'agenouilla devant lui.

— Tu avais dix-sept ans, Diego, et tu essayais de protéger ta mère, dit-elle doucement. Même si tu as cogné l'homme qui tabassait ta mère, ce n'était pas un acte prémédité. Je ne crois pas que tu avais l'intention de le tuer ; comme le père Vincenzi, manifestement, sinon il ne se serait pas battu pour obtenir ta libération.

Diego n'eut pas l'air convaincu et serra les dents.

— Je ne veux pas risquer ta sécurité ou celle de l'enfant, tant que je ne suis pas sûr d'être capable de garder mon sang-froid. Hier soir, j'ai eu la preuve que j'étais toujours aussi violent : lorsque je t'ai vue danser avec Penry, j'ai eu envie de l'envoyer par-dessus bord.

Stupéfaite, Clare écarquilla les yeux.

— Pourquoi donc ?

— J'étais jaloux. Ce n'est pas un sentiment habituel chez moi, ajouta-t-il du ton cynique qui lui était plus habituel.

Il avait été jaloux parce qu'elle avait dansé avec Mark ! songea Clare, médusée.

— Tu as peut-être *voulu* faire basculer Mark par-dessus bord, mais tu ne l'as pas fait. Ce qui prouve que tu es capable de contrôler ta mauvaise humeur.

La main posée sur le genou de Diego, elle noua ses doigts avec les siens.

— Tu ne sais peut-être pas si tu es responsable de la mort de cet homme, mais je sais quant à moi que tu as sauvé ma vie et celle de ma sœur. Je suis désolée de t'avoir traité de lâche, ajouta-t-elle dans un souffle. Cela a dû te demander beaucoup de courage de me dire tout ça.

Elle le regarda droit dans les yeux.

— À Torrente, poursuivit-elle, tu m'as demandé de te faire confiance ; je regrette de ne pas l'avoir fait à l'époque. Mais maintenant, ce n'est plus le cas, et je veux t'aider. Pour moi, la seule façon que tu as d'accepter ton passé et d'aller de l'avant est de retrouver ta mère afin de découvrir la vérité sur ce qui s'est réellement passé cette nuit-là.

Diego baissa les yeux sur leurs doigts liés. Il avait l'impression que son cœur allait éclater. Clare était aussi féroce qu'une tigresse. Il était touché par son obstination à vouloir l'aider. Mais la confiance qu'elle lui témoignait et son refus de le juger renforcèrent sa détermination à les protéger, elle et l'enfant, contre lui-même.

— Si je retrouve ma mère, es-tu prête à apprendre la vérité, quelle qu'elle soit ?

Elle soutint son regard.

— Rien que ta mère puisse dire ne me fera perdre la confiance que j'ai en toi.

11.

Les hôpitaux sentaient toujours le désinfectant, songea Clare, tandis qu'elle pénétrait à la suite de Diego dans un hospice de Belo Horizonte. Rien à voir avec la clinique privée où Diego et elle avaient eu rendez-vous la semaine précédente pour une échographie. Celle-ci avait confirmé qu'elle était désormais enceinte de douze semaines.

Elle avait été surprise de voir à quel point l'image du bébé était nette quand l'échographiste avait indiqué sur l'écran la tête et le tronc du nourrisson. Des larmes lui étaient montées aux yeux en voyant pour la première fois son enfant se développer en elle ; lorsqu'elle avait jeté un coup d'œil à Diego et vu sa mâchoire se serrer, elle avait su qu'il tentait de cacher son émotion.

Depuis son terrible aveu, ils vivaient une situation confuse. Clare avait insisté pour qu'ils attendent qu'elle ait dépassé les trois mois de grossesse avant de parler mariage. Elle avait beaucoup souffert de nausées matinales, et le dérèglement hormonal inhérent à sa grossesse l'avait fatiguée ; aussi se couchait-elle très tôt.

Heureusement, Diego n'avait pas tenté d'avoir des rapports sexuels avec elle. Peut-être que son teint pâle et sa propension à courir régulièrement à la salle de bains étaient des repoussoirs… Toutefois, si le sexe n'était plus à l'ordre du jour, une autre sorte de relation était née entre eux et ils étaient devenus bons amis. À sa vive surprise, Diego parlait librement de son enfance pauvre et des deux terribles années qu'il avait passées en prison.

Il lui avait demandé de réfléchir à une nouvelle campagne publicitaire, cette fois afin de collecter des fonds pour sa fondation. Elle avait été heureuse de s'occuper l'esprit avec ce nouveau projet. Celui-ci avait aussi été l'excuse qu'elle avait donnée à son père pour ne pas rentrer en Angleterre. Elle ne voulait pas informer ses parents de sa grossesse avant d'en savoir un peu plus sur son avenir. Son père lui avait paru plus heureux qu'il ne l'avait été depuis longtemps : la santé de sa femme s'était nettement améliorée, et il avait pu reprendre la direction de l'agence.

Une autre surprise avait été l'inculpation pour trafic de drogue du criminel le plus recherché du Brésil, Rodrigo Hernandez, connu sous le nom de Rigo. Quelques jours plus tard, le fameux diamant rose avait été rendu à Diego.

Mais il ne pensait pas au diamant, savait Clare, tandis qu'ils traversaient l'hospice où sa mère était hospitalisée, avaient-ils appris quelques jours plus tôt.

Diego avait engagé des détectives privés pour rechercher sa mère, mais au fil des semaines, Clare en était venue à douter qu'ils réussissent à la retrouver. Diego ne saurait jamais ce qui s'était réellement passé lors de cette funeste nuit… Quoi qu'il en soit, cela ne changerait pas l'opinion qu'elle avait de lui. Pour elle, Diego n'avait été qu'une victime des circonstances, un garçon qui avait tenté de protéger sa mère. Elle faisait entièrement confiance à l'homme qui l'avait protégée depuis son arrivée au Brésil. Et puis elle ne pouvait plus se mentir : elle l'aimait.

Quelques jours plus tôt pourtant, les limiers de Diego avaient retrouvé la trace de la mère de celui-ci.

— Votre mère est réveillée, monsieur Cazorra, annonça une infirmière, tirant Clare de ses pensées. Elle a hâte de vous voir.

— Je vais m'asseoir dans la salle d'attente pendant que tu discutes avec elle, proposa-t-elle en lui serrant le bras.

— Je veux que tu fasses sa connaissance, protesta Diego.

Je veux lui parler du bébé, et c'est peut-être la seule occasion qu'elle aura de te rencontrer.

Il jeta un coup d'œil à l'infirmière, qui acquiesça.

— Le cancer de votre mère est à un stade avancé. J'ai le regret de vous dire que ses jours sont comptés.

Ils entrèrent dans la chambre. La femme allongée dans le lit était très maigre ; ses cheveux noirs étaient striés de gris. Shayla Cazorra tendit une main osseuse vers le fils qu'elle n'avait pas vu depuis vingt ans.

— *Diego, meu filho. Me perdoe*, murmura-t-elle.

— *Mãe.*

Diego ne savait pas à quoi s'attendre quand il était entré dans cet hôpital. Pendant toutes ces années, il avait souvent pensé à elle, furieux néanmoins qu'elle l'ait quitté quand il avait encore tant besoin d'elle. Mais l'entendre l'appeler « mon fils » toucha une fibre dans son cœur. Il ne reconnaissait pas sa mère dans la femme si frêle allongée dans le lit. Il ne lui restait plus que quelques jours à vivre, comprit-il instinctivement.

— *Mãe.* Voici Clare. Nous allons avoir un bébé.

Il parlait portugais, se doutant que sa mère n'avait pas appris l'anglais depuis leur dernière rencontre. Le visage de Shayla se décomposa.

— *Me perdoe*, répéta-t-elle, les larmes aux yeux.

— *Me perdoe* veut dire « pardonne-moi », traduisit-il pour Clare.

Il prit la main de sa mère dans la sienne.

— *Mãe*, pourquoi veux-tu que je te pardonne ?

Au lieu de répondre, sa mère lui tendit une lettre manuscrite. L'espace d'un instant, il hésita à la décacheter. Apprendrait-il enfin la vérité sur lui-même ? Il eut un haut-le-cœur. Que ressentirait-il si la lettre de sa mère confirmait ses pires craintes ?

Soudain, une petite main prit la sienne. Clare. Il plongea le regard dans le sien.

— Je crois que ta mère aimerait que tu lises la lettre.

Diego parcourut la lettre une fois, deux fois…

— *Deus…*, balbutia-t-il d'une voix chargée d'émotion.

— Que dit la lettre ? demanda Clare.

— Elle l'a tué, dit-il en anglais. Pendant que je me battais avec l'homme qui tabassait ma mère, elle l'a frappé à l'arrière de la tête avec le pied d'une chaise. Elle a compris qu'il était mort, moi j'étais inconscient suite au coup de poing qu'il m'avait donné avant qu'elle le frappe. Quelqu'un a appelé la police. Elle a paniqué et leur a dit que j'avais tué l'homme dans un accès de rage. Elle pensait que j'irais en centre de détention pour jeunes, alors qu'elle savait qu'elle passerait le restant de sa vie en prison si elle se dénonçait. Elle a eu peur de se retrouver derrière des barreaux.

La gorge nouée, Diego sentit les larmes lui monter aux yeux. Pendant vingt ans, il avait été hanté par l'idée qu'il était peut-être un meurtrier. Or tout ce temps, il était innocent. Les larmes coulaient le long des joues de sa mère. Son cœur se serra. Elle n'avait pas été une bonne mère, mais n'avait pas eu non plus une vie facile. Il ne ressentait aucune colère envers elle. Juste de la pitié.

— *Mãe*, dit-il en essuyant ses larmes. *Eu perdoo você*. Je te pardonne.

C'était déjà la fin de l'après-midi lorsque la limousine s'arrêta devant l'immeuble Cazorra.

— Es-tu sûr que tu ne voulais pas rester plus longtemps avec ta mère ? demanda Clare en entrant dans l'immeuble.

Diego secoua la tête.

— Nous nous sommes tout dit.

Sa mère s'était endormie pendant qu'il lui parlait. L'infirmière lui avait assuré que Shayla dormait paisiblement pour la première fois depuis qu'elle avait été admise à l'hôpital.

— Tu n'es pas obligé de prendre l'ascenseur avec moi, dit Clare en le voyant entrer avec elle dans la cabine. Je sais que tu préfères prendre l'escalier.

La porte se referma. Diego attendit la sensation d'étouffement habituelle. Rien ne se passa. Il respirait normalement. Il se remémora la façon dont Clare l'avait distrait de sa claustrophobie en l'embrassant. Sa méthode avait été pour le moins efficace, et le souvenir de la passion qui les avait embrasés déclencha une soudaine érection.

Ils n'avaient pas fait l'amour depuis deux mois en raison des nausées matinales de Clare. Il s'était senti responsable. Heureusement, depuis quelques jours ses nausées s'étaient estompées et elle avait l'air radieuse. Sa grossesse n'était pas encore visible, mais ses seins étaient plus ronds et son corps dégageait une volupté qui lui donnait envie de la déshabiller.

— Comment te sens-tu ? s'enquit-elle innocemment.

Il n'allait tout de même pas admettre qu'il était terrassé par le désir !

— Je suis encore sous le choc. Pendant vingt ans, j'ai évité les relations sérieuses car j'avais peur d'être capable d'une extrême violence. C'est comme si un poids immense m'avait été ôté des épaules. Je me sens libre.

Pour la première fois de sa vie, l'avenir semblait lui sourire. Il jeta un coup d'œil à Clare. Aussitôt, une étrange émotion le gagna. Il laissa son regard errer sur le léger renflement de son ventre et ce sentiment s'amplifia tandis qu'il visualisait dans son esprit l'image du bébé vu pendant l'échographie. Il prit peur tellement il était habitué à refouler ses émotions.

— Nous devons parler, dit-il d'un ton bourru. D'abord, tu dois signer les documents permettant de procéder à l'enregistrement de notre demande de mariage, puis…

Il s'interrompit et fronça les sourcils : l'ascenseur s'était arrêté au huitième étage, où se situait le siège de son entreprise. Les portes s'ouvrirent et ils furent accueillis par les hourras de ses employés rassemblés devant l'entrée.

— Que se passe-t-il ? lança Diego, tandis que son assistante personnelle s'avançait vers lui.

— Les chiffres de Delgado Diamonds pour les deux premiers mois d'exercice ont été publiés, et les bénéfices sont deux fois plus importants que ce qui était prévu, affirma Juliana. Vous n'avez pas oublié votre promesse de verser une prime à tout le personnel, si ? On voulait tous vous remercier.

Au milieu des acclamations, Diego jeta un coup d'œil sur les chiffres du bilan que venait de lui donner Juliana. Il sourit.

— Les bénéfices engendrés par l'ouverture de la nouvelle boutique méritent d'être célébrés au champagne ! annonça-t-il.

Le personnel applaudit et quelqu'un se mit à souffler dans une *vuvuzela* — une longue trompette en plastique. Des bouchons de champagne sautèrent. Il fut entraîné dans la fête.

Restée seule dans l'ascenseur, Clare vit Diego converser avec Juliana avant d'être assailli par des danseuses de son night-club. Son éclat de rire se fit entendre au-dessus du brouhaha. Il avait l'air plus heureux et détendu que Clare ne l'avait jamais vu. Pourtant, quelques instants plus tôt, il avait froncé les sourcils en mentionnant le document de demande de mariage qu'elle devait signer.

Elle appuya sur le bouton pour refermer les portes et, tandis que l'ascenseur continuait sa progression, elle visualisa Diego entouré de son personnel. Pour la première fois depuis sa sortie de prison, il était réellement libre…

Une coupe de champagne à la main, Diego chercha Clare des yeux. Il ne vit pas sa magnifique chevelure auburn au milieu de la foule. Lorsqu'il demanda à Juliana si elle l'avait vue, elle secoua la tête.

Il voulait célébrer son succès avec elle. Après tout, c'était la brillante campagne de publicité de Clare qui avait engendré ces bons résultats. Il lui devait beaucoup. Sans son soutien, il n'aurait pas tenté de rechercher sa mère et aurait passé le restant de sa vie à croire qu'il était peut-être un meurtrier. Maintenant, ses angoisses à ce sujet avaient disparu, tout comme sa peur irrationnelle des espaces confinés. Il n'avait cependant pas réalisé jusqu'à présent la pleine implication de sa liberté retrouvée : il était libre de laisser libre cours à ses émotions, libre d'ouvrir son cœur à l'amour.

Il quitta la fête et prit à son tour l'ascenseur jusqu'à l'appartement.

Il trouva Clare dans sa chambre. Son sac à dos était posé sur le lit. Elle était vêtue du short kaki et du T-shirt qu'elle portait en quittant Torrente. Son regard alla du passeport qu'elle tenait à ses yeux rougis de larmes. Elle n'avait pas pleuré quand elle s'était retrouvée nez à nez avec un serpent ni quand elle avait été menacée par un dangereux trafiquant de drogue. Mais là, visiblement sur le point de le quitter, elle n'avait pas retenu ses larmes.

Diego fut submergé par une violente émotion qu'il ne sut pas nommer. Il voulut se précipiter vers Clare et la prendre dans ses bras, mais vingt ans de retenue l'en empêchèrent ; aussi s'adossa-t-il nonchalamment au chambranle de la porte.

— Je vois que tu as trouvé ton passeport dans ma chambre. Pourquoi portes-tu tes vieux vêtements ? Allons-nous de nouveau dans la jungle ?

Elle s'approcha du lit et rangea le passeport dans son sac, prenant soin d'éviter son regard.

— *Nous* n'allons nulle part. J'ai décidé de rentrer en Angleterre. Je ne veux pas annoncer ma grossesse à mes parents par téléphone.

— Parfait. Nous irons ensemble. Cela me permettra ainsi de faire la connaissance de ta famille avant le mariage. Nous pourrons même nous marier en Angleterre, si tu le souhaites.

— Non. Je ne compte pas t'épouser.

— *Deus*, Clare ! Que se passe-t-il ? Tu étais d'accord pour qu'on se marie une fois tes trois premiers mois de grossesse passés.

En deux enjambées, il la rejoignit, la saisit par les épaules et la fit pivoter vers lui. Son visage pâle et strié de larmes lui noua l'estomac.

— Es-tu malade ? Je croyais que tu allais mieux ?

— Je me sens très bien.

Elle baissa la tête, mais du pouce Diego la lui releva. Elle était si belle… Il inspira son doux parfum de rose et ressentit une bouffée d'angoisse lorsqu'il se rendit compte combien elle était tendue. Avait-elle peur de lui ?

— Tu sais que ma mère a admis avoir tué cet homme, dit-il d'une voix rauque, se souvenant que la lettre avait été écrite en portugais. Si tu ne me crois pas, je te donnerai la lettre et tu pourras la faire traduire.

— Je te crois.

— Tu n'as rien à craindre de moi, insista-t-il. Je ne vous ferai jamais de mal, à toi et à l'enfant.

— Je sais.

Clare se mordit la lèvre. C'était encore plus dur que ce qu'elle avait craint, mais elle savait qu'elle avait fait le bon choix. Sa résolution se raffermit.

— Nous n'avons pas besoin d'être mariés pour que notre enfant porte ton nom et pour être de bons parents. Je suis prête à venir vivre au Brésil pour que nous n'habitions pas trop loin l'un de l'autre. De nombreuses familles ont pris des dispositions peu conventionnelles : si nous y mettons du nôtre, cela peut fonctionner.

Une sensation de froid glaça le cœur de Diego devant l'air déterminé de Clare.

— Lorsque nous avons appris ta grossesse, je t'ai dit que je ne pouvais pas être un véritable mari et père parce que j'avais peur d'être un meurtrier, et que je ne voulais pas risquer de vous mettre en danger. Je connais désormais la vérité et je suis libéré de cette angoisse.

— Exactement, renchérit Clare. Tu es enfin libre, Diego. Tu as passé deux ans en prison, mais vingt ans emprisonné dans ta tête pour un crime que tu n'as pas commis. C'est pour cette raison que tu ne t'es jamais permis de tomber amoureux. Cela a dû être un fardeau terrible à porter.

Clare inspira profondément. Elle devait se montrer courageuse.

— Nous avons conçu ce bébé dans un moment de folie,

enchaîna-t-elle. Je refuse de te condamner à un mariage de convenance, car pour la première fois, tu es libre d'aimer et de passer le restant de ta vie avec la femme de ton choix.

Diego suffoquait. Il croyait savoir pourquoi Clare faisait son possible pour le repousser. Mais il pouvait se tromper. Or, si elle ne voulait vraiment pas l'épouser, son avenir paraissait bien sombre.

— Et si c'était toi, la femme avec laquelle je veux passer le restant de ma vie ? Si je te disais que je t'aime, accepterais-tu de m'épouser ?

Elle secoua la tête. Diego crut toucher le fond.

— C'est un peu trop commode pour toi de décider soudain que tu m'aimes. Je sais que tu veux être un père dévoué, comme tu aurais aimé que ton père le soit avec toi. En tout cas je te promets que je ne me mettrai pas entre toi et ton enfant.

Elle essuya furtivement une larme qui coulait sur sa joue.

— Tu seras un père formidable, ajouta-t-elle.

— *Commode !* Il n'y a rien de *commode* à t'aimer, *anjinho.* Dès l'instant où je t'ai vue, je savais que tu serais source d'ennuis. Je voulais te faire toutes sortes de choses pas très catholiques et lorsque nous avons fait l'amour dans la grotte, j'étais prêt à payer pour mes péchés en passant le reste de mon existence au purgatoire. Parce que cette nuit était la plus belle de toute ma vie.

Il prit son visage entre les mains et essuya du pouce une autre larme.

— J'aurais dû être furieux quand je me suis aperçu que tu m'avais dupé, mais je ne pensais qu'au fait que tu étais libre, ajouta-t-il. Mais moi, je n'étais pas libre de suivre mon cœur et de t'aimer. Je devais te protéger contre le monstre qui vivait en moi.

— Oh ! Diego ! Cela me brise le cœur de penser à toutes les années que tu as vécues seul, craignant d'aimer.

Il ferma les yeux quelques secondes et pria pour la première fois de sa vie.

— En vérité, aucune femme n'a touché mon cœur avant toi,

meu amor. Je t'aime, Clare, pas parce que c'est commode ou parce que tu portes mon enfant. Je t'aime parce que tu es la femme la plus courageuse, la plus folle, la plus belle et la plus sexy de la planète. Lorsque tu m'as dit que tu me faisais confiance, tu m'as fait me sentir capable de conquérir le monde. Mais je ne veux pas conquérir le monde : la seule chose que je veux, c'est toi. Je te demande, *querida*, je te supplie de m'épouser. Parce que tu es tout pour moi et que sans toi je ne suis rien.

Clare fixa l'homme qu'elle aimait. Son regard était empreint d'amour, réalisa-t-elle.

— Lorsque j'ai dit que je ne t'épouserais pas, j'essayais de me montrer généreuse, dit-elle d'une voix tremblante. Tu pourrais avoir n'importe quelle femme que tu désires…

— C'est toi que je désire. Je ne veux pas que tu sois généreuse, je veux que tu m'aimes.

Clare entendit le petit garçon sous l'homme, le poète qui déclamait des mots d'amour mais qui n'en avait jamais reçu. Levant la main, elle effleura sa barbe blonde naissante, puis du bout des doigts traça le contour de sa bouche.

— Je t'aime, Diego. De tout mon cœur et de toute mon âme. Tu es ma moitié, mon héros, mon protecteur, mon amant et… mon mari. Du moins je l'espère, ajouta-t-elle timidement.

— Essaye de m'en empêcher, murmura-t-il à son oreille.

Alors, il captura ses lèvres et l'embrassa avec toute la passion, la tendresse et l'amour qu'il avait gardés enfouis au fond de lui-même jusqu'à ce que Clare libère son cœur.

Épilogue

Six mois plus tard, Rose Cazorra vint au monde. Elle ravit immédiatement le cœur de ses parents.

— Qui eût cru qu'un si petit bébé puisse crier si fort, dit Diego en berçant sa fille dans ses bras. Rose a dû hériter de ton tempérament de feu en plus de tes cheveux roux et tes yeux bleus.

Clare sourit.

— Tu as peut-être raison. Maman dit que j'avais un cri puissant quand j'étais bébé. J'ai hâte qu'ils arrivent demain pour rendre visite à leur petite-fille. On ne les a pas vus depuis le mariage.

Diego et elle s'étaient mariés en Angleterre cinq mois plus tôt, lors d'une simple mais très émouvante cérémonie. Clare portait une robe en satin blanche agrémentée de minuscules cristaux, et des boutons de rose dans les cheveux. Diego, d'une beauté à couper le souffle dans son costume gris clair, n'avait eu d'yeux que pour elle. Il l'avait enveloppée dans ses bras puissants et embrassée sur les marches de l'église.

— *Te adoro*, avait-il murmuré à son oreille.

Il répétait maintenant ces paroles à sa fille, qu'il déposa dans son berceau ; puis il les répéta à sa femme en s'allongeant dans leur lit.

— Vous êtes toute ma vie, Rose et toi. Je prendrai soin de vous, vous protégerai et vous aimerai chaque jour de ma vie.

— Seulement chaque jour ? le taquina-t-elle. M'aimeras-tu la nuit aussi ? En commençant par ce soir ?

Diego sentit le désir monter lorsque Clare défit les bretelles de sa nuisette. Nom d'un chien, ses seins étaient toujours aussi beaux !

— Cela ne fait que quelques semaines que tu as donné naissance à Rose. Te sens-tu disposée à ce que je te fasse l'amour ?

— Je suis toujours disposée à ce que tu me fasses l'amour, murmura-t-elle, l'attirant contre elle.

— Et moi, je suis toujours partant, *anjinho* !

Désirs grecs, de Melanie Milburne - N°4642

C'est avec émotion que Ruby s'engage dans Rothwell Park, le domaine où elle a grandi. Le château, dont sa grand-mère est restée la gouvernante, lui a offert autrefois un havre de paix… et l'amour. Follement éprise de Lucas Rothwell, son héritier, elle a cependant dû se faire à l'idée qu'il ne partagerait jamais ses sentiments. Aujourd'hui, revoir Lucas est plus troublant que jamais. L'aura de mystère qui entoure cet homme est accentuée par le secret qu'il lui révèle bientôt. Un secret qu'il demande à Ruby de taire au monde, durant le voyage qu'ils feront ensemble en Grèce…

Scandale en Italie, de Chantelle Shaw - N°4643

Si Ivy fait irruption dans la salle de réunion de Rafael Vieri, interrompant ainsi la signature d'un fructueux contrat, c'est pour le placer face à ses responsabilités. Le bébé dont elle est la tutrice est celui de l'homme d'affaires ! proclame-t-elle devant une assemblée ahurie. Or ce scandale est d'autant plus malvenu que Rafael lui prouve bientôt qu'elle a fait erreur sur la personne. Furieux qu'Ivy ait ainsi compromis sa réputation, il exige d'elle qu'elle contribue à redorer son image… en l'épousant !

L'héritier d'une princesse, de Clare Connelly - N°4644

La princesse Charlotte de Rothsburg connaît son devoir : donner au royaume un héritier. Or, avant d'épouser un homme qu'on a choisi à sa place, elle s'autorise une nuit d'égarement. Une nuit où dans l'anonymat elle s'offre à Rocco Santinova, un homme d'affaires connu à Manhattan et dans le monde pour son caractère impitoyable. Alors que leur histoire devrait s'arrêter là, Charlotte se découvre vite enceinte. Dès lors, elle n'a d'autre choix pour éviter la disgrâce que d'épouser Rocco…

La rivale amoureuse, de Rebecca Winters - N°4645

Sous un faux nom, Francesca s'est installée au royaume de Baldasseri. Là, elle a décroché l'emploi de ses rêves et démarré une nouvelle vie. Pas question pour elle, donc, de révéler qu'elle est une Visconti, car sa famille est rivale de la Couronne ! Hélas, par un curieux hasard – ou une facétie du destin –, elle fait bientôt la connaissance du prince Vincenzo Baldasseri, dont elle tombe amoureuse. Alors qu'elle devrait fuir son ennemi, elle a très envie d'en faire son amant…

Une passion innocente, de Sharon Kendrick - N°4646

Six ans plus tôt, Mia a fui son tout nouvel époux, sitôt leurs vœux prononcés. Quel choc pour elle de retrouver Theo Aeton sur le pas de sa porte ! S'il est venu à sa rencontre aujourd'hui, c'est pour lui demander de l'accompagner en Grèce pour se rendre au chevet d'un parent malade. Malgré les différends qui les opposent encore, Mia accepte de le suivre, tout en se jurant de rester prudente. L'homme qu'elle a follement aimé avant qu'il la trahisse a gardé le pouvoir de la faire fondre d'un seul regard. Or le désir entre eux est d'autant plus fort qu'ils n'ont jamais consommé leur union…

Liaison au palais, de Susan Meier - N°4647

Le roi Jozef vit en reclus depuis des années. Aussi est-il réticent à l'idée de confier son image publique à l'audacieuse Rowan Gray. Cette dernière, convaincue qu'il est temps pour lui de sortir de son isolement, le pousse malgré lui dans ses retranchements tout en l'attirant dangereusement. Jozef peut-il s'autoriser une liaison clandestine avec Rowan et prendre le risque de faire naître un scandale avec celle-là même qui a pour mission de protéger sa réputation ?

La captive de la forêt, de Millie Adams - N°4648

Perdue dans une forêt des Highlands, Athéna pénètre dans un mystérieux château gothique dont le maître des lieux se révèle être Cameron McKenzie. L'homme d'affaires, célèbre autrefois pour ses frasques de play-boy, vit en reclus depuis l'accident qui l'a défiguré. Alors qu'elle devrait être effrayée par son apparence et ses manières brusques, Athéna se sent auprès de lui… en sécurité. Jusqu'à ce qu'elle comprenne que Cameron n'a aucune intention de la laisser repartir !

Un patron pour époux, de Lynne Graham - N°4649

SÉRIE : *L'HÉRITAGE DES STEFANOS* - 1/3

Choqué de se découvrir une famille dont il ignorait tout, Ari Stefanos décide d'oublier ses soucis le temps d'une nuit passionnée. Dans les bras de Cleo, sa douce assistante, il vit une parenthèse délicieuse. Mais le poids des responsabilités l'accable encore quand il apprend que pour adopter sa nièce orpheline il lui faut se marier. Qu'à cela ne tienne, Ari connaît déjà la candidate parfaite pour tenir auprès de lui le rôle d'épouse. Reste à convaincre son amante d'un soir de se prêter au jeu…

Le secret de Sa Majesté, de Lucy Monroe - N°4650

SÉRIE : *DÉCRET ROYAL* - 2/3

Emma a follement aimé le prince Konstantin de Mirrus, avant qu'il la quitte pour rechercher une femme de son rang. Le revoir cinq ans plus tard est un choc d'autant plus grand pour elle que Konstantin veut désormais faire partie de sa vie – ou plutôt de celle de leur fils, dont il vient d'apprendre l'existence. Emma peut-elle lui faire confiance alors qu'il a autrefois choisi de sacrifier leur amour sur l'autel du devoir ?

La fuite d'une fiancée, de Dani Collins - N°4651

SÉRIE : *QUATRE MARIAGES ET UN BÉBÉ* - 2/4

Pour sauver son entreprise, Eden doit contracter un mariage de convenance. Hélas, lorsque la cérémonie vire au désastre, elle se retrouve contrainte de fuir en compagnie du témoin du marié ! Une folie d'autant plus grande que Remy Sylvain ne la laisse pas indifférente, depuis le baiser inoubliable qu'ils ont échangé autrefois... Cet homme, qui l'agace autant qu'il l'attire, représente pour elle le fruit défendu. Et Eden rêve soudain de passer entre ses bras ce qui aurait dû être sa nuit de noces...

Cette dernière nuit entre tes bras,
d'Anne Mather - N°4652

Une dernière nuit d'amour. C'est tout ce que Joanna attend de Matt avant qu'ils ne divorcent. Une nuit de passion dans la chaleur de Miami, lors de laquelle, pendant quelques heures, ils pourraient oublier leurs différends. Une nuit de plaisir et d'insouciance... Ils se sont tant aimés, autrefois ! Seulement voilà, Joanna ne le sait que trop bien : plus rien n'est possible entre Matt et elle. Du moins le croit-elle, jusqu'à ce qu'un événement inattendu vienne bouleverser leur existence...